源氏作例秘訣

源氏物語享受歌集成

「源氏物語と和歌」研究会

青簡舎

凡例

本書は東北大学図書館狩野文庫蔵の写本『源氏作例秘訣』二冊（整理番号4－11405－2）の翻刻である。

翻刻の方針

『源氏作例秘訣』（以下、『秘訣』と略す）は、源氏物語の場面ごとに、それに基いた中世・近世の和歌（若干中古の歌をも含む）を集めて提示したものである。

〔源氏物語本文〕取り上げられた物語場面の本文は、原本では引用の冒頭に合点を付すことで示されているが、本翻刻では見易さを考え、罫線で囲んで示した。また、場面に【一】から【二六六】までの通し番号を付した。

なお、『秘訣』は三条西実隆の源氏物語巻名歌（五十四帖各巻に付き一首ずつ、その内容を詠んだ歌）をすべて採用するなど、特定の場面でなく、巻名を題とした和歌を各巻の末尾に配置している。これらも便宜的に一つの場面として通し番号の対象とした。

〔例歌〕『秘訣』の掲げる和歌にすべて通し番号を付した。本文や集付、作者などに疑問の存するものもあるが、原本通りに翻刻した。

〔源氏詞の合点について〕『秘訣』は各場面ごとに、重要な源氏詞に対して合点を付している（物語本文と例歌の両方に付す）。この合点を、傍線（　　）によって示した。ただし、原本の合点はどの字からどの字までを源氏詞として指示しているのか、正確に示すような丁寧な掛け方ではなく、ほぼ「その近辺」を指すとしか言えない程度の表示である。これを忠実に再現するのは無意味であると考え、『秘訣』が源氏詞として示そうとしているものを我々が推測して傍線を加えることにした。従って、傍線が必ずしも『秘訣』編者の意向をそのまま再現している保証はないことに十分留意されたい。

また、例歌の掲げ方から判断して、当然物語引用部分に源氏詞として合点があってもよいはずなのに、表示されていない詞がある。本翻刻では、源氏詞の手近な索引として利用されることを考えて、これらにも我々の判断で傍線を補った。しかし、狩野文庫本に確かに合点があるものと区別するために、我々が加えたものは（┈┈）で示すこととした。

〔原本との対応〕　漢字の字体は通行の字体に改めた。読み易さを考えて濁点を付し、散文部分には適宜句読点や「　」を施した。誤字や、歴史的仮名遣いにそぐわない仮名遣いなどがあっても、あえて訂正することはしなかった。ミセケチ・傍記はなるべく原態に近付けるようにした。補入は〔　〕で示した。ゴチックで示されているのは朱筆の書入れである。

頭注の方針

使用の便宜のため、以下のような頭注を加えた。

〔物語の場面について〕『秘訣』の掲げる源氏物語断片がどのような場面であるかを簡潔に記した。また、当該部分の物語中での所在を小学館新日本古典文学全集の分冊と頁数、また『源氏物語大成』の頁数によって示した。

〔例歌について〕　例歌の出典につき、歌集名（「〇〇和歌集」の「和歌」は省略するなど略記に従った）・歌番号・作者名

（私家集の場合は省略）などを簡略に示した。複数の歌書に収録される歌は、『秘訣』の集付が指示している文献を優先した。集付を欠く場合は、勅撰集を優先して示す等、便宜的な措置を取った。『秘訣』の集付・作者に疑問がある場合は指摘した。

出典を記すに当たっては、『新編国歌大観』を優先し、それにない歌書については『公宴続歌』『古典文庫（「中世百首歌十」＝肖柏千首、「近世千首歌」）』『近世和歌撰集集成』『群書類従』『続群書類従』『未刊国文資料（「中世歌合集と研究」＝仙洞三十六番歌合）』の翻刻に拠った。さらにそれ以外の主な文献については以下の通り。

・『三玉集類題』…版本（盛岡市中央公民館所蔵本）
・『類題和歌集』…版本（盛岡市中央公民館所蔵本）
・『後柏原院御着到百首』…宮内庁書陵部蔵伏見宮本（伏54）

これらについては国文学研究資料館のマイクロフィルムによって披見した。

なお、翻刻のないもの、または翻刻に番号が付いていないものでは歌番号までは示していない。

『秘訣』編者が資料として参照した歌書の伝本は、『新編国歌大観』が採録するような古写本ではもちろんなく、勅撰集なら正保版本などというように、流布の版本類が多かったであろうが、それらを優先的に典拠として掲示はしなかった。本翻刻の利用者は主に中世～近世初期の和歌・連歌を研究する方々であろうから、その便宜を図るべきだと考えたためである。

〔桃園文庫本の異同〕　東海大学付属図書館桃園文庫蔵「源氏もの語掌故」における本文異同のうち、歌順の差異や作者の異同といった大きなもののみにつき、頭注として注記した。その際「桃本」という略称を使用した。

補遺について

〔三玉挑事抄による追補〕『秘訣』は八百六十首にのぼる和歌を挙げているが、実際には源氏物語に基く歌はもっと多くあるはずである。いくらかでもそれを補うために、やはり江戸時代の作品で、野村尚房が「三玉集」の典拠を広く捜索した『三玉挑事抄』（享保八年刊。宮城県図書館伊達文庫蔵本の、国文学研究資料館のマイクロフィルムに拠る）から、源氏物語を典拠として指摘するものを集めて、本翻刻の末尾に加えることとした（ただし、『秘訣』に既に採られているものは除いた）。例歌採録の範囲が近似しているからである。和歌の通し番号は『秘訣』から続く一連の番号とした。

〔桃園文庫本による追補〕東海大学桃園文庫蔵「源氏もの語掌故」の有する独自歌を掲げた。和歌の通し番号はやはり一連のものとした。

解題について

原本の書誌、内容の概観などを記した。

索引の方針

次の三種類の索引を設けた。

・和歌初句索引　歴史的仮名遣いによる例歌の初句索引。

・作者索引　作者名から例歌を引き当てるための索引。

・源氏詞索引　『秘訣』が源氏詞と認定していると思われる語彙を引くための索引。

なお、源氏物語の場面の索引は、目次がこれを兼ねる。

目次

凡例　一
源氏作例秘訣　二九
（詠格詞寄）　三三
桐壺
【一】桐壺更衣、病のため退出。帝への別れの和歌。新全集一 - 二三。大成九。　三九
【二】靫負命婦、桐壺更衣母を訪れ、別れを惜しむ。新全集一 - 三一。大成一五。　四〇
【三】桐壺更衣母の、帝への若君（源氏）を案じる和歌。新全集一 - 三四。大成一六。　四〇
【四】桐壺帝、桐壺更衣の形見を見て嘆いて詠んだ和歌。新全集一 - 三五。大成一七。　四一
【五】帝の桐壺更衣への哀傷、楊貴妃の玄宗になぞらえられる。新全集一 - 三五。大成一七。　四一
【六】源氏、幼心に藤壺を一筋に恋慕する。新全集一 - 四九。大成二七。　四二

【七】（巻名）　四三

箒木

【八】源氏の色恋沙汰について、語り手の前置き。新全集一‐五三。大成三五。　四三
【九】源氏、梅雨の所在無さに、頭中将と文を見る。新全集一‐五五。大成三六。　四三
【一〇】頭中将、女性について現実的な感想を述べる。新全集一‐五七。大成三七。　四四
【一一】左馬頭、世に知られぬ中流階級の女について語る。新全集一‐六〇。大成四〇。　四六
【一二】左馬頭、伴侶とする女性について、究極の条件を語る。新全集一‐六五。大成四三。　四六
【一三】左馬頭、人の心を、絵師の実力に例える。新全集一‐六九。大成四七。　四七
【一四】左馬頭の経験談、指に噛み付いた女への皮肉の歌。新全集一‐七四。大成五〇。　四八
【一五】左馬頭、指を噛んだ過去の女を切なく思い返す。新全集一‐七六。大成五二。　四九
【一六】左馬頭の経験談、通っていた女の浮気現場を目撃。新全集一‐七八。大成五三。　四九
【一七】左馬頭、身をもって、情趣になびく若者に一言。新全集一‐八〇。大成五五。　五二
【一八】頭中将の経験談、行方不明になった夕顔について語る。新全集一‐八一。大成五五。　五四
【一九】式部丞の経験談、賢女の悪臭から去る際の和歌の贈答。新全集一‐八八。大成六一。　五八
【二〇】源氏、左大臣邸から、方違えに紀伊守の家に立ち寄る。新全集一‐九二。大成六四。　五九
【二一】空蟬、源氏との逢瀬をつれなく振舞おうとする。新全集一‐一〇一。大成七〇。　六二

【二二】源氏、つれない空蟬に思いを訴えて、辞去する。新全集一‐一〇三。大成七二。　六三
【二三】源氏が小君に託した空蟬への文の中の和歌。新全集一‐一〇七。大成七四。　六六
【二四】逢う事を拒まれた源氏と、空蟬のやり取り。新全集一‐一一二。大成七八。　六七
【二五】（巻名）　六八

空蟬

【二六】空蟬の寝所へ源氏を導こうと奮闘する小君。新全集一‐一二三。大成八九。　六九
【二七】源氏、軒端荻と契って帰宅、空蟬に文を送る。新全集一‐一二九。大成九三。　六九
【二八】源氏、空蟬が脱ぎ残した薄衣を身近に置く。新全集一‐一三〇。大成九四。　七一
【二九】空蟬、源氏の手習の畳紙に歌を書きつける。新全集一‐一三一。大成九五。　七二
【三〇】（巻名）　七四

夕顔

【三一】源氏、粗末な造りの家の塀に咲く夕顔に目を留める。新全集一‐一三六。大成一〇一。　七四
【三二】夕顔の家から受け取った扇に、書き付けられていた和歌。新全集一‐一四〇。大成一〇四。　七六
【三三】惟光、夕顔の家の主の素性を源氏に報告する。新全集一‐一四〇。大成一〇五。　七七
【三四】源氏、夕顔の家の女を見過ごしがたく、返歌する。新全集一‐一四一。大成一〇五。　七八

【三五】源氏、伊予介の訪問に、空蝉のことを忘れがたく思う。新全集一‐一四六。大成一〇八。　七九
【三六】源氏、六条御息所邸を辞去する朝、中将の君とやり取り。新全集一‐一四七。大成一〇九。　八〇
【三七】源氏、素性を知らない夕顔の女に夢中になる。新全集一‐一五一。大成一一三。　八一
【三八】源氏、夕顔に溺れるも、心を静めようとする。新全集一‐一五二。大成一一三。　八二
【三九】中秋の十五夜、源氏が宿る夕顔の家の周囲の様子。新全集一‐一五五。大成一一五。　八三
【四〇】源氏と夕顔、夜明け前の庭の情景を眺める。新全集一‐一五六。大成一一六。　八三
【四一】源氏、来世までの契りを夕顔に約束する。新全集一‐一五八。大成一一八。　八四
【四二】源氏、夜明けに夕顔を廃院に連れ込む。新全集一‐一五九。大成一一九。　八五
【四三】源氏、下家司に隠れ処のことを口止めする。新全集一‐一六〇。大成一二〇。　八七
【四四】源氏、夕顔に名を明かすよう請うも、はぐらかされる。新全集一‐一六二。大成一二一。　八七
【四五】源氏、家鳩の声に、亡き夕顔との廃院の夜を思い出す。新全集一‐一八七。大成一四〇。　八八
【四六】源氏、右近とともに亡き夕顔を恋しく思い出して独詠。新全集一‐一八九。大成一四一。　八八
【四七】源氏、軒端荻が男を通わせていると聞き、文のやり取り。新全集一‐一九一。大成一四二。　八九
【四八】（巻名）　九〇

若紫

【四九】源氏、北山にて僧都の坊を垣間見し、幼い紫上を発見する。新全集一‐二〇五。大成一五五。　九〇

【五〇】紫上の祖母尼君、紫上の行末を案じての和歌。新全集一‐二〇八。大成一五八。 九二
【五一】女房、紫上に代わって尼君の和歌【四六】に返歌。新全集一‐二〇八。大成一六〇。 九三
【五二】源氏、北山僧都から紫上の身の上について聞こうとする。新全集一‐二一一。大成一六〇。 九三
【五三】源氏、尼君に紫上を後見したいと申し出る。新全集一‐二一六。大成一六三。 九四
【五四】源氏、紫上の後見について尼君の返答を待つ。新全集一‐二一五。大成一六二。 九四
【五五】源氏、再び僧都と会い、和歌を贈答する。新全集一‐二一九。大成一六五。 九五
【五六】源氏、藤壺と逢い、夜明けに和歌の贈答。新全集一‐二三一。大成一七四。 九六
【五七】源氏、藤壺を思うにつけて、何とか紫上を得ようとする。新全集一‐二三九。大成一七九。 九八
【五八】(巻名) 九九

末摘花

【五九】源氏、亡き夕顔を忘れられず、恋しく思い続ける。新全集一‐二六五。大成二〇一。 九九
【六〇】源氏、末摘花と逢い、歌の贈答。代わりに女房が返歌。新全集一‐二八三。大成二一三。 一〇〇
【六一】源氏、夜が明けて初めて末摘花の顔の様子を知る。新全集一‐二九二。大成二二〇。 一〇一
【六二】源氏、末摘花の家を急いで出ようとし、歌を贈る。新全集一‐二九四。大成二二二。 一〇一
【六三】源氏、帰宅時に末摘花の家のさびれた様子に同情。新全集一‐二九五。大成二二二。 一〇二
【六四】源氏、末摘花の庭の橘に積もる雪を随身に払わせる。新全集一‐二九六。大成二二二。 一〇三

【六五】（巻名）　一〇四

紅葉賀

【六六】源氏、朱雀院の行幸の試楽に、頭中将と青海波を舞う。新全集一‐三一一。大成二三七。　一〇四
【六七】朱雀院の藤壺への言葉。試楽の翌日、源氏と藤壺の歌の贈答。新全集一‐三一三。大成二三八。　一〇七
【六八】源氏、朱雀院の行幸当日にも、青海波を舞う。新全集一‐三一四。大成二三九。　一〇八
【六九】源氏、若宮への思いを、藤壺への和歌に託す。新全集一‐三三〇。大成二五〇。　一〇九
【七〇】藤壺、【六九】に対し、若宮への思いを源氏への和歌に託す。新全集一‐三三〇。大成二五〇。　一一〇
【七一】源氏、心を慰めようと訪れた紫上のもとで琴を奏でる。新全集一‐三三一。大成二五一。　一一一
【七二】源氏、源典侍と恋人めいた戯れをする。新全集一‐三三七。大成二五五。　一一二
【七三】源氏、源典侍のもとを訪れ、和歌の贈答。新全集一‐三四〇。大成二五七。　一一三
【七四】源氏、源典侍について、頭中将と和歌の贈答。新全集一‐三四五。大成二六〇。　一一四
【七五】（巻名）　一一四

花宴

【七六】源氏、花の宴の後、弘徽殿の細殿で朧月夜と出会う。新全集一‐三五五。大成二七〇。　一一四
【七七】源氏、朧月夜の扇に思いを募らせ、和歌を書き付ける。新全集一‐三六〇。大成二七四。　一二二

【七八】右大臣家において、藤の宴が盛大に行われる。新全集一‐三六三。大成二七六。　二二四
【七九】源氏、逢瀬の夜をほのめかす和歌で朧月夜を探し当てる。新全集一‐三六五。大成二七八。　二二五
【八〇】（巻名）　二二七

葵

【八一】源氏を見物に来た葵上の一行、六条御息所との車争い。新全集二‐二〇。大成二八五。　二二七
【八二】車争いの後、身の上を思い知った六条御息所の和歌。新全集二‐二四。大成二八八。　二二九
【八三】源氏、葵祭の日に、源典侍と和歌の贈答。新全集二‐二八。大成二九一。　二三〇
【八四】六条御息所、訪れてこない源氏に悲痛の和歌を贈る。新全集二‐三五。大成二九五。　二三二
【八五】葵上の母大宮、娘の死に悲嘆にくれる日々。新全集二‐五七。大成三一一。　二三二
【八六】源氏、左大臣邸を去る日、手習に和歌を書き付ける。新全集二‐六五。大成三一六。　二三三
【八七】（巻名）　二三四

賢木

【八八】源氏、六条御息所や世間の目を考慮して野宮を訪れる。新全集二‐八四。大成三三四。　二三五
【八九】野宮付近のしみじみとした情景。新全集二‐八五。大成三三四。　二三五
【九〇】源氏、野宮にて六条御息所と物越しの対面。新全集二‐八七。大成三三五。　二三六

【九一】源氏と六条御息所、野宮での別れの情景。新全集二‐八九。大成三三七。　一三七
【九二】六条御息所、斎宮と伊勢に出発。源氏と和歌の贈答。新全集二‐九三。大成三四〇。　一三七
【九三】源氏、密かに朧月夜に通う。藤少将に気付かれる。新全集二‐一〇五。大成三四七。　一三九
【九四】源氏、藤壺に文をつけて山の紅葉を贈る。新全集二‐一一二。大成三六〇。　一四一
【九五】（巻名）　一四一

花散里

【九六】源氏、花散里への訪問の途中、昔の女の家に気付く。新全集二‐一五三。大成三八七。　一四二
【九七】（巻名）　一四三

須磨

【九八】源氏、都を離れ須磨に退去することを決意。新全集二‐一六一。大成三九五。　一四三
【九九】源氏、辛い旅路を考慮し、紫上を都に残すことにする。新全集二‐一六一。大成三九五。　一四四
【一〇〇】葵上の母、左大臣家を辞去する源氏に文をつかわす。新全集二‐一六八。大成四〇〇。　一四五
【一〇一】源氏、寂れた二条院を見て行く末を案じる。新全集二‐一七〇。大成四〇一。　一四七
【一〇二】源氏、やつれた自分の姿を鏡で見て、紫上と和歌の贈答。新全集二‐一七三。大成四〇三。　一四七
【一〇三】源氏、朧月夜に無理をして文をつかわす。新全集二‐一七七。大成四〇七。　一四九

【一〇四】源氏、出立の前日に藤壺の宮へ参上。父院の墓を拝む。新全集二‐一七八。大成四〇七。 一四九
【一〇五】源氏、須磨において都の人々を思いやる。新全集二‐一八八。大成四一四。 一五〇
【一〇六】紫上、源氏の持ち物を見るにつけ須磨を思いやる。新全集二‐一九〇。大成四一五。 一五一
【一〇七】六条御息所、須磨の源氏からの便りに、伊勢から返事。新全集二‐一九四。大成四一八。 一五二
【一〇八】源氏、須磨にて憂愁の秋を過ごす。新全集二‐一九八。大成四二一。 一五二
【一〇九】源氏、所在なさに手習や絵を始める。新全集二‐二〇〇。大成四二二。 一五五
【一一〇】源氏の供人、源氏の絵に名人が彩色することを望む。新全集二‐二〇〇。大成四二二。 一五六
【一一一】源氏、八月の十五夜の月に宮中を思い出す。新全集二‐二〇二。大成四二四。 一五六
【一一二】大弐の娘、太宰からの帰途、源氏と和歌の贈答。新全集二‐二〇五。大成四二六。 一五七
【一一三】源氏、柴の燻りを海人の焼く塩と認識していたと気付く。新全集二‐二〇七。大成四二八。 一五七
【一一四】宰相中将、須磨の源氏を訪れ、異国の風情を感じる。新全集二‐二一三。大成四三二。 一五八
【一一五】（巻名） 一五八
【一一六】朧月夜、朱雀帝の言葉に涙をこぼす。新全集二‐一九八。大成四二一。 一五九

明石

【一一七】四月の夕月夜、海を見て都を恋しく思い出す。新全集二‐二三九。大成四五二。 一五九
【一一八】源氏、入道の琵琶に合わせて箏の琴を弾く。新全集二‐二四一。大成四五四。 一六〇

【一一九】源氏、明石君に文を遣わす。代わりに入道が返事。新全集二-二四八。大成四五八。　一六〇
【一二〇】明石上、戸惑いながらも源氏に自ら返事。新全集二-二五〇。大成四六〇。　一六一
【一二一】源氏、明石君を気に入るも、お互い意地の張り合い。新全集二-二五〇。大成四六〇。　一六二
【一二二】源氏、八月十二、三日の月夜、明石君のもとを訪れる。新全集二-二五五。大成四六三。　一六三
【一二三】明石君の住まいの周囲、素晴らしい情趣。新全集二-二五六。大成四六四。　一六四
【一二四】源氏、明石君との逢瀬後、人目をはばかり帰宅。新全集二-二五八。大成四六五。　一六四
【一二五】源氏、帰京決まる。明石君と琴を弾き、再会を約束する。新全集二-二六六。大成四七一。　一六五
【一二六】源氏、明石に帰る供人に明石君への文を託す。新全集二-二七五。大成四七七。　一六六
【一二七】（巻名）　一六七

澪標

【一二八】源氏、明石君が住吉に来合わせていたと知り、文を遣わす。新全集二-三〇六。大成五〇二。　一六七
【一二九】住吉からの帰途、上達部達、遊女達の姿に目をとめる。新全集二-三〇七。大成五〇三。　一六八
【一三〇】源氏、六条御息所の死後、斎宮に文を遣わす。新全集二-三一五。大成五〇八。　一六九
【一三一】（巻名）　一六九

蓬生

【一三二】末摘花、邸荒れ果て、蓬や浅茅などが生い茂る。新全集二‐三二九。大成五二二。　一六九
【一三三】末摘花、邸を離れる側近女房の侍従に別れの和歌。新全集二‐三四二。大成五三一。　一七〇
【一三四】末摘花の邸、冬にいよいよわびしさが増す。新全集二‐三四三。大成五三一。　一七〇
【一三五】源氏、末摘花の邸を通りかかり、車を止める。新全集二‐三四四。大成五三一。　一七一
【一三六】源氏、蓬の露を払わせつつ、末摘花の邸に分け入る。新全集二‐三四八。大成五三五。　一七二
【一三七】源氏、自分を変わらずに待ち続けた末摘花に和歌。新全集二‐三五〇。大成五三七。　一七六
【一三八】（巻名）　一七七

関屋

【一三九】源氏、空蝉と逢坂で行き合わせ伝言する。新全集二‐三六〇。大成五四八。また、新全集二‐三六二。大成五四九。　一七七
【一四〇】（巻名）　一七八

絵合

【一四一】源氏、権中納言に対抗しようと、秘蔵の絵画を紫上と選ぶ。新全集二‐三七七。大成五六二。　一七九
【一四二】（巻名）　一八〇

松風

【一四三】明石君、父を故郷に残し、母と大堰に移る。新全集二‐四〇六。大成五八六。　一八〇
【一四四】紫上、自分に知らせず明石君を都に迎えた源氏に不満。新全集二‐四〇九。大成五八八。　一八一
【一四五】源氏、大堰の明石君邸にて、造園を家司に指図。新全集二‐四一一。大成五八九。　一八一
【一四六】源氏、明石君とともに上京した母尼君の和歌に返歌。新全集二‐四一三。大成五九一。　一八二
【一四七】源氏、琴を弾きながら明石君と和歌の贈答。新全集二‐四一四。大成五九一。　一八二
【一四八】（巻名）　一八三

薄雲

【一四九】源氏、斎宮の女御に自分の恋情を打ち明ける。新全集二‐四六三。大成六二八。　一八三
【一五〇】源氏、春を愛する紫上に、斎宮女御は秋を好むと伝える。新全集二‐四六四。大成六三〇。　一八四
【一五一】（巻名）　一八四

朝顔

【一五二】朝顔、若き日の源氏との思い出に浸る。文のやり取り。新全集二‐四七五。大成六四三。　一八五
【一五三】雪の夜、源氏と紫上、庭の情景を眺めている。新全集二‐四九〇。大成六五四。　一八六

【一五四】紫上、源氏の昔今の女性評を聞いた後、和歌を詠む。新全集二‐四九四。大成六五六。　一八九
【一五五】（巻名）　一九〇

少女

【一五六】夕霧と雲居雁、仲を裂かれ嘆くばかり。新全集三‐四八。大成六八七。　一九〇
【一五七】夕霧、雲居雁乳母の中傷を聞き、雲居雁と歌の贈答。新全集三‐五七。大成六九三。　一九一
【一五八】夕霧、後見の花散里を女性として批評する。新全集三‐六七。大成七〇一。　一九二
【一五九】六条院の完成、西北の明石君の町は、冬の情趣。新全集三‐七九。大成七一〇。　一九三
【一六〇】（巻名）　一九三

玉鬘

【一六一】玉鬘の乳母、筑紫へ幼い玉鬘を連れて行く。新全集三‐八九。大成七二〇。　一九三
【一六二】玉鬘一行、筑紫を離れ、京に入るも路頭に迷う。新全集三‐一〇〇。大成七二八。また、新全集三‐一〇二。大成七三〇。　一九五
【一六三】玉鬘一行と長谷寺で再会した右近、御堂で勤行。新全集三‐一一七。大成七四一。　一九六
【一六四】源氏、自邸に引き取った玉鬘の処遇を紫上に語る。新全集三‐一三一。大成七五〇。　一九七
【一六五】（巻名）　一九八

初音

【一六六】新春の六条院、源氏の居所の庭の素晴らしさ。新全集三‐一四三。大成七六三。 一九八
【一六七】明石の君、離れて暮らす姫君との和歌の贈答。新全集三‐一四六。大成七六五。 二〇〇
【一六八】六条院の臨時客、黄昏の管絃の素晴らしさ。新全集三‐一五二。大成七六九。 二〇〇
【一六九】源氏、二条東院に末摘花を訪れ、白髪などを目にする。新全集三‐一五三。大成七七〇。 二〇一
【一七〇】（巻名） 二〇一

胡蝶

【一七一】源氏、春の御殿で船楽を催し、人々集まる。新全集三‐一六五。大成七八一。 二〇二
【一七二】春の御殿の庭の宴、庭の絵のような美しさ。新全集三‐一六六。大成七八二。 二〇二
【一七三】秋好中宮の女房たち、紫上の春の御殿を賞賛。新全集三‐一七二。大成七八六。 二〇四
【一七四】源氏、玉鬘に贈られた、柏木の懸想文を見る。新全集三‐一七七。大成七八九。 二〇四
【一七五】（巻名） 二〇五

蛍

【一七六】源氏、蛍宮に蛍の光で玉鬘の姿を見せる。新全集三‐二〇〇。大成八〇八。 二〇五

【一七七】蛍宮、蛍の光で見えた玉鬘の姿に心奪われ、和歌の贈答。新全集三 - 二〇〇。大成八〇九。 二〇六
【一七八】（巻名） 二〇七

常夏

【一七九】（巻名） 二〇七

篝火

【一八〇】初秋、源氏と玉鬘、篝火のそばで和歌の贈答。新全集三 - 二五六。大成八五五。 二〇八
【一八一】（巻名） 二一〇

野分

【一八二】野分の日、秋好中宮、紫上の御殿の様子。新全集三 - 二六三。大成八六三。 二一〇
【一八三】夕霧、御簾を吹き上げる風に紫上を垣間見る。新全集三 - 二六四。大成八六四。 二一一
【一八四】夕霧、美しい紫上を初めて垣間見ての心中。新全集三 - 二六六。大成八六五。 二一三
【一八五】夕霧、六条院の紫上の御殿を訪れる。野分で乱れた庭。新全集三 - 二七〇。大成八六八。 二一三
【一八六】夕霧、玉鬘と源氏の姿を垣間見る。二人の和歌の贈答。新全集三 - 二八〇。大成八七五。 二一三
【一八七】夕霧、明石の姫君の居所で、恋人に文を贈る。新全集三 - 二八三。大成八七七。 二一四

【一八八】（巻名）　二一四

行幸

【一八九】（巻名）　二一五

藤袴

【一九〇】夕霧、大宮の喪中にかこつけて玉鬘に胸中を訴える。新全集三‐三三一。大成九二〇。　二一五

【一九一】蛍宮、入内が決定した玉鬘と和歌の贈答。新全集三‐三四四。大成九二九。　二一五

【一九二】（巻名）　二一六

真木柱

【一九三】源氏、鬚黒の妻となった玉鬘と和歌の贈答。新全集三‐三五四。大成九三八。　二一六

【一九四】鬚黒北の方、外出する鬚黒に灰を浴びせかける。新全集三‐三六五。大成九四六。　二一七

【一九五】鬚黒の娘真木柱、母とともに、家や父と別離。新全集三‐三七三。大成九五一。　二一八

【一九六】（巻名）　二一九

梅枝

【一九七】六条院の薫物合わせ、蛍宮が判者となる。新全集三‐四〇八。大成九七八。 二一九
【一九八】源氏、薫物合わせで、自ら調製した薫物を取り出す。新全集三‐四〇八。大成九七八。 二二〇
【一九九】兵部卿宮、源氏が集めた草子の筆跡を批評する。新全集三‐四二〇。大成九八七。 二二〇
【二〇〇】（巻名） 二二一

藤裏葉

【二〇一】（巻名） 二二二

若菜上

【二〇二】源氏、女三宮の返歌を待つ間、紫上に梅の花を見せる。新全集四‐七一。大成一〇六四。 二二二
【二〇三】源氏、朧月夜との逢瀬、夜明けの情景に昔を思い出す。新全集四‐八二。大成一〇七二。 二二三
【二〇四】（巻名） 二二三

若菜下

【二〇五】柏木、女三宮への思いを遂げた夜明け、和歌を贈る。新全集四‐二二八。大成一一八〇。 二二三
【二〇六】柏木、女二宮を娶った自分の運命を恨む。新全集四‐二三三。大成一一八三。 二二四
【二〇七】源氏、紫上の小康状態に、女三宮を訪れる。新全集四‐二四九。大成一一九五。 二二五

【二〇八】源氏、女三宮の褥より柏木の恋文を発見する。新全集四‐二五〇。大成一一九五。 二二五
【二〇九】(巻名) 二二六
柏木
【二一〇】柏木、小侍従の手引きで女三宮と贈答、女三宮の文。新全集四‐二九六。大成一二二二。 二二七
【二一一】落葉宮、一条宮を訪れた夕霧と、柏木について語り贈答。新全集四‐三二三。大成一二五九。 二二七
【二一二】夕霧、四月に一条宮の落葉宮を訪れる。新全集四‐三三六。大成一二六一。 二二八
【二一三】柏木と楓の交差した枝を見て、夕霧と落葉宮の贈答。新全集四‐三三八。大成一二六二。 二二八
【二一四】(巻名) 二二九
横笛
【二一五】夕霧、亡き柏木が夢に現れ、笛の伝授を求められる。新全集四‐三五九。大成一二七九。 二二九
【二一六】(巻名) 二三〇
鈴虫
【二一七】源氏、女三宮の出家生活に庭の風情を改める。新全集四‐三七九。大成一二九五。 二三〇
【二一八】源氏と女三宮、中秋の十五夜、虫の音の中、和歌の贈答。新全集四‐三八一。大成一二九七。 二三〇

【二一九】（巻名）　二三二

夕霧

【二二〇】夕霧、八月二十日頃、小野を訪れ落葉宮と贈答、思いを訴える。新全集四‐四〇一。大成一三一三。また、新全集四‐四〇三。大成一三一四。　二三二
【二二一】夕霧、九月十日過ぎ、落葉宮を訪れ、空しく帰る。新全集四‐四四七。大成一三四五。　二三三
【二二二】夕霧、自分を拒絶する落葉宮を恨めしく思う。新全集四‐四四五。大成一三四四。　二三四
【二二三】（巻名）　二三四

御法

【二二四】紫上、匂宮に二条院を相続、遺言する。新全集四‐五〇三。大成一三八七。　二三五
【二二五】（巻名）　二三五

幻

【二二六】（巻名）　二三六

雲隠

【二二七】（巻名）　二三六

匂宮

【二二八】（巻名）　二三六

紅梅

【二二九】（巻名）　二三七

竹河

【二三〇】蔵人少将、男踏歌に楽人として加わり、御息所を思う。新全集五‐九七。大成一四八九。　二三七

【二三一】（巻名）　二三八

橋姫

【二三二】薫、八宮不在の邸で、姫君たちを垣間見る。新全集五‐一三九。大成一五二二。　二三八

【二三三】薫、老女房弁の昔語りを聞いた後、大君と和歌の贈答。新全集五‐一四八。大成一五二九。　二三九

【二三四】薫、網代の様子を見ながら、大君と和歌の贈答。新全集五‐一四九。大成一五三〇。　二四〇

【二三五】薫、十月に宇治の八宮に対面、周囲の心細い様子。新全集五‐一五六。大成一五三五。　二四二

【二三六】薫、弁に渡された亡き柏木の遺書を読む。新全集五‐一六五。大成一五四二。　二四三
【二三七】（巻名）　二四三

椎本
【二三八】匂宮、初瀬詣の後、宇治の夕霧の別荘に中宿り。新全集五‐一六九。大成一五四七。　二四四
【二三九】薫、宇治を訪れ、亡き八宮を思い出す。新全集五‐二一二。大成一五七七。　二四五
【二四〇】（巻名）　二四五

総角
【二四一】薫、八宮の一周忌法要の願文によせ、大君と和歌の贈答。新全集五‐二二四。大成一五八七。　二四六
【二四二】薫、姫君たちの部屋に忍び込むも、大君逃れる。新全集五‐二五二。大成一六〇八。また、新全集五‐二五五。大成一六一〇。　二四七
【二四三】大君、薫からの紅葉をつけての文に複雑な気持ち。新全集五‐二五七。大成一六一一。　二四七
【二四四】薫、匂宮に中君を譲って大君に拒まれる。新全集五‐二六七。大成一六一八。　二四八
【二四五】宇治の女房達、匂宮一行の紅葉狩りを見物する。新全集五‐二九三。大成一六三六。　二四九
【二四六】中君、訪れない匂宮の文を見て不安を感じつつも返歌。新全集五‐三一三。大成一六五一。　二五〇
【二四七】薫、亡くなった大君を思い、雪の月夜に独詠。新全集五‐三三二。大成一六六四。　二五〇

【二四八】匂宮、真夜中の雪の中を、中の君のもとへ弔問。新全集五 - 三三五。大成一六六六。 二五一
【二四九】（巻名） 二五二

早蕨

【二五〇】中の君、例年の通り蕨などを贈ってきた阿闍梨に返歌。新全集五 - 三四六。大成一六七八。 二五二
【二五一】（巻名） 二五三

宿木

【二五二】薫、弁の尼に浮舟への取り次ぎを依頼し、和歌を詠む。新全集五 - 四九五。大成一七八八。また、新全集六 - 九一。大成一八四五。 二五三
【二五三】（巻名） 二五三

東屋

【二五四】（巻名） 二五四
【二五五】浮舟母、浮舟を伴い中君の邸を訪れ、再会。新全集六 - 四六。大成一八一四。 二五四

浮舟

【二二五六】匂宮、浮舟と契った後、別れを惜しんで京へ帰る。新全集六‐一三六。大成一八八一。 二二五五
【二二五七】薫、宇治の情景や浮舟を見るにつけ、大君を思い出す。新全集六‐一四五。大成一八八七。 二二五五
【二二五八】薫、匂宮と浮舟の関係を知らずに、女と和歌の贈答。新全集六‐一四五。大成一八八八。 二二五六
【二二五九】匂宮、浮舟を邸から連れ出し、小舟に乗る。新全集六‐一五〇。大成一八九二。 二二五七
【二二六〇】匂宮、浮舟と、邸の対岸の家で過ごす。新全集六‐一五四。大成一八九四。 二二五八
【二二六一】浮舟、薫の文の「里人」に対して、手習の和歌。新全集六‐一六〇。大成一八九九。 二二六〇
【二二六二】（巻名） 二二六一

蜻蛉

【二二六三】薫、八宮の娘たちを思い、自らの人生を述懐。新全集六‐二七五。大成一九八四。 二二六一
【二二六四】（巻名） 二二六二

手習

【二二六五】（巻名） 二二六三

夢浮橋

【二二六六】（巻名） 二二六三

三玉挑事抄による追補　二六五
桃園文庫本による追補　二九二
解題　二九五
あとがき　三一五
索引（左開き）
源氏詞索引　2
和歌作者索引　16
和歌初句索引　21

源氏作例秘訣

（下の目録は、「詠格詞寄」の為の各巻略符号一覧である。原本では巻名の下に、〈 〉の中の一字の省画字体を示し、それを「詠格詞寄」の源氏詞の下に符号として添えているが、そのまま再現するのは徒に煩瑣となるのみであるから、以下の翻刻では省画せぬ字体を以て示すことにした。）
＊桃本、この目録及び「詠格詞寄」ナシ。

源氏作例秘訣

上巻

桐壺〈桐〉　帚木〈木〉　空蝉〈空〉
夕顔〈夕〉　若紫〈紫〉　末摘花〈末〉
紅葉賀〈紅〉　花宴〈花〉　葵〈葵〉
榊〈榊〉　花散里〈里〉　須磨〈須〉
明石〈石〉　澪零〈身〉　蓬生〈生〉
関屋〈屋〉　絵合〈合〉　松風〈松〉

薄雲〈雲〉　朝貌〈貌〉

下巻

乙女〈乙〉　玉蔓〈玉〉　初音〈初〉

胡蝶〈胡〉　蛍〈蛍〉　床夏〈床〉

篝火〈火〉　野分〈分〉　行幸〈行〉

藤袴〈藤〉　槙柱〈槙〉　梅枝〈梅〉

藤裏葉〈葉〉　若菜〈上〉〈下〉　柏木〈柏〉

横笛〈笛〉　鈴虫〈鈴〉　夕霧〈霧〉

御法〈法〉　幻〈幻〉　雲隠〈隠〉

匂宮〈匂〉　紅梅〈毎〉　竹川〈竹〉
橋姫〈橋〉　椎本〈本〉　総角〈角〉
早蕨〈早〉　寄生〈寄〉　東屋〈東〉
浮舟〈舟〉　蜻蛉〈蛉〉　手習〈手〉
夢浮橋〈夢〉

詠格詞寄

色こき稲〈霧〉　岩をも吹とつ（ママ）べき〈分〉　伊勢嶋〈須〉　〔いづれに落る〈須〉
入あや〈紅〉〕　いひかはす〈夕〉　家鳩〈夕〉　いぬきがかひしすゞめの子〈紫〉
いせまでたれか〈榊〉　いつも別はうき中に〈須〉　いさらゐは〈松〉　いひし
ほる〈乙〉　色をましたる柳〈胡〉　岩まの水の行なやみ〈貌〉　いふかひもなし
〈須〉　入日をかへす〈橋〉　いづくの露の〈下〉　今もちりつゝ〈貌〉　羽をかは
さん〈夕〉　花といはゞかくこそ〈上〉　花やか〈鈴〉　春のおまへ〈胡〉　はかな

き事を打とけて〈橋〉　華に立ならぶ深山木〈紅〉　春のあけぼの〈雲〉　花におれつゝ〈胡〉　はゝきゞの陰〈木〉　初草の若ばのうへ〈紫〉　花も紅葉も（ママ）〈須〉　はやくの事も〈松〉　はまゆふばかり〈乙〉　柱のひわれ〈槙〉　華やてふやと〈霧〉　西のわた殿〈鈴〉　蛍飛かふ〈木〉　ほの〴〵見えし〈夕〉　外のちりなんとや教へられたりけん〈花〉　蛍をつゝむ〈蛍〉　仏にも奉り〈法〉　細どの〈花〉　隔つる関〈木〉　とりあへぬまでおどろかす〈木〉　取かはす扇〈花〉　とめてこそおれ〈榊〉　年たちかへる〈初〉　千枝つねのり〈須〉　律のしらべ〈木〉　をくれたるかたをば〈木〉　をちかた人〈夕〉　をくらす露〈紫〉　をのれこぼるゝ〈末〉　をとろへにけれ〈須〉　岡べの宿岡のべとも〈石〉　遠近もしらぬ〈石〉　わかれといふ文字〈須〉　我うへを〈木〉　渡り川〈槙〉　わきかへり岩もる水〈胡〉　我まだしらぬ〈夕〉　われはうかばず〈橋〉　別れの櫛〈榊〉　かくろへごと〈木〉　かべの中なるきり〴〵す〈角〉　神のいがき〈榊〉　数ならぬ垣ね〈初〉　風さはぎ村雲まよふ〈分〉　川風のいとあらましき〈橋〉　かざしの花〈竹〉　かぎりとて〈桐〉　柏木のもり〈柏〉　かたかどを聞伝へて〈木〉　風ふきとをす〈空〉　かすめし宿〈石〉　かたらひ〈空〉　かねつきてとぢむる〈末〉　かざし〈下〉　かげをのみたらし川〈葵〉　柏木にむすびし露〈下〉　貌鳥の声〈寄〉　かつらの追風〈里〉　かゝる所の秋なりけり〈須〉　かけはなれぬ影〈生〉　唐めくふね

〈胡〉かゞり火にたちそふ恋の煙〈火〉霞のまより〈分〉世にあらばはかなき世にぞさすらふらん〈木〉よそへつゝ見るに〈紅〉世にしらぬ心地〈花〉余所のかざし〈葵〉よもの嵐を聞給〈須〉蓬は軒をあらそひて〈生〉玉のありかもそことしるべく〈桐〉たちぬるゝ〈紅〉尋ても問るゝ〈生〉畳みなす〈木〉たそかれ〈夕〉立田姫といはんも〈木〉七夕の手にもおとるまじく〈木〉たゆたふ〈須〉竹の中に鳩なく〈夕〉竹の垣松の柱〈須〉瀧のよどみ〈紫〉立花の木〈末〉立まふべくも〈紅〉尋ても〈生〉立花の小嶋〈舟〉玉ざゝの葉分の霜〈藤〉瀧の声〈霧〉高瀬さす棹の雫〈橋〉谷より吹のぼる〈玉〉滝のよどみ〈初〉そのはらや〈木〉袖ふること〈紅〉空のけしき〈初〉空の色かはる〈分〉月いれたる槙の戸に〈石〉月だにやどる〈木〉月もえならず〈木〉月はありあけにて〈木〉露のかごと〈夕〉月の貌のみ守られて〈須〉つらきものに〈榊〉月の名のかつら〈松〉根ざしとゞめぬ〈寄〉ねたます〈木〉ながむる空も神無月〈角〉夏の月なき程は〈火〉ならしの枝〈柏〉名にはたがひて〈鈴〉なき人のかたみ〈早〉名残なく曇らぬ空〈初〉中やどり〈本〉なごりかすめる〈上〉涙の川〈須〉ながるゝみお〈須〉中川のやど〈木〉浪こゝもと〈須〉なよ竹のおるべくもあらぬ〈木〉中川の水〈空〉浪のよる〳〵〈石〉なげの筆づかひ〈夕〉中のころも〈乙〉猶うとまれぬ〈紅〉中

の細を〈紅〉 波のあや〈胡〉 虫の声〱〈木〉 虫のねもかれ〲〈榊〉 昔の人の哀と〈松〉 空蝉のはにをく露〈空〉 うらやみ顔の〈末〉 うき身よに〈花〉 うき中の緒〈石〉 うたふ船人〈玉〉 鶯のす立し松〈初〉 うらめしといふ里〈本〉 宇治橋のあやぶむ方〈舟〉 軒ばの荻〈夕〉 のきのたるひ〈末〉 大嶋の浦がなし〈玉〉 おぼえなき光り〈蛍〉 おもひの外〈木〉 おなじ野の露〈藤〉 おひ行すゑ〈紫〉 思へども猶あかざりし〈末〉 おもひあはする〈紫〉 おぼろけならぬ〈花〉 おほふばかりの袖〈分〉 おやめく〈玉〉 折はおちぬべき萩の露〈木〉 思ふかたより〈須〉 おりたつ田子のみづから〈葵〉 おもひあがれる〈石〉 〔おるべくもあらず〈木〉〕 口おしの花の契りや〈夕〉 くらぶの山にやどりとる〈紫〉 草のはらをばとはじとや〈花〉 雲井の雁〈乙〉 草むらの露の玉のを乱〈分〉 草も木もうれへ貌なる〈分〉 山賤の垣ほありとも〈木〉 山どりの心地〈角〉 やり水〈木〉 山はかゞみをかけたる〈舟〉 山のはの心もしらで〈夕〉 〔山ふところ〈東〉〕 やどりとる〈紫〉 やり水のむせぶ〈貌〉 柳のめにも〈柏〉 窓の中〈木〉 又なくあはれなる〈須〉 まばゆき〈木〉 松竹のけぢめ〈貌〉 ましていかにあれゆかん〈須〉 松のこだかく成にける〈生〉 松こそ宿の〈生〉 まつ里〈下〉 まぼろしも哉〈桐〉 まだ夜はふかき雪のけはひ〈角〉

まゆひらく〈夕〉 松にひかれて〈初〉 槙のお山は霧こめて〈橋〉 けしきば

かりをし明たり〈石〉　けぢめ見えたる〈貌〉　けぶりくらべ〈柏〉　けさのほど〈夕〉　筆かぎりありければ〈桐〉　深き夜のあはれ〈花〉　ふすぶる柴〈須〉　舟みち〈玉〉　吹みだる風〈分〉　舟さしとゞめ〈舟〉　〔ふるき枕ふるきふすま〈葵〉〕　ふかきえにある〈身〉　笛のねを伝ふ〈笛〉　小萩がうへ〈桐〉　こゝもかしこも〈末〉　これひとつやは〈木〉　こだかきもり〈紅〉　こがらしのやど〈木〉　木がくれて〈空〉　このもかのも〈夕〉　心あてに〈夕〉　此世のみとは〈夕〉　心づくしの秋風〈須〉　心とめて聞や〈石〉　声はせで身をのみこがす〈蛍〉　琴のねに引とめらるゝ〈須〉　木だちわすれぬ〈生〉　こゝろあさく〈貌〉　殊更に作り出たらん〈榊〉　えものりやらず〈桐〉　あれはたれ時〈初〉　浅みどり〈乙〉　逢瀬なき涙の川〈須〉　あまの塩やくうらみ〈須〉　逢を限りにへだてきて〈須〉　荒き風〈桐〉　あらそひし車〈葵〉　嵐吹そふ秋〈木〉　あるにもあらぬ〈木〉　哀はかけよ〈木〉　あやしき垣ね〈夕〉　あやにく〈紫〉　あたゝかげなる〈末〉　暁かけて月出る頃〈須〉　明石の岡に新枕〈石〉　朝日ゆふ日をふせぐ〈生〉　朝ぎりの空〈松〉　明ぐれの空〈下〉　あづま屋のあまり〈東〉　あまの家だにまれに〈須〉　朝貌〈夕〉　雨夜物語〈木〉　荒海のいかれるいを〈木〉　あまの子の名のり〈夕〉　有明の月のゆくゑ〈花〉　秋の花皆おとろへ〈榊〉　あしで〈梅〉　淡路の嶋のあはれ〈石〉　東屋のまやの余り〈紅〉　秋の夜の月毛の駒〈石〉　雨には

まさりて〈生〉　あげまきのよりそふ〈角〉　さらぬかゞみ〈須〉　さしぐみ〈紫〉

さくら二木ぞ〈花〉　榊葉〈榊〉　里の名の宇治のわたり〈舟〉　里の名を我身にしる〈舟〉　消るはゝきゞ〈木〉　聞えまうき〈末〉　霧なへだてそ〈榊〉　聞かなやまん〈石〉　霧わけ出ん〈霧〉　夢の契〈蛉〉　雪はづかしく〈末〉　雪まろばして〈貌〉　雪をもてあそばん便り〈乙〉　雪まの草若やかに〈初〉　目とまる〈夕〉　見をとりせぬは〈木〉　水影見えて〈木〉　水せき入て〈木〉　見し夢を〈木〉

身をかへて〈空〉　身にちかくならしつゝ〈空〉　見し宿と〈里〉　み山木のかたはら〈紅〉　見し折の露わすられぬ〈貌〉　水近く埋む一くさ〈梅〉　水鳥のくがにまどふ〈玉〉　峯のさわらび〈早〉　汀の氷ふみならす馬〈舟〉　嶺の雪汀の氷〈舟〉　品にもよらじ〈木〉　柴つみ舟〈舟〉　しゞまにならふ〈末〉　しく物ぞなき〈花〉　塩ひのかたに〈須〉　鹿はたゞ籬になく〈霧〉　しみのすみか〈橋〉　師走の月〈貌〉〔霜の花白しとある処に〈葵〉〕　しらべかはらず〈石〉　引たてゝ別れし〈木〉　ひかりおさまる〈木〉　ひと夜ふせや〈木〉　人のかざし〈葵〉

ひとひふたひのへだて〈須〉　ひはだのみだれ〈分〉　ひとりの灰〈槙〉　一むら薄むしのね〈柏〉　人聞ぬおく山〈鈴〉　ひとへ心〈桐〉　ひろはゞ消ん〈木〉　ひるまなき〈木〉　人かにしめる〈空〉　一ふさおりて〈夕〉　ひかりそへたる〈夕〉　ひるま〈夕〉　引とられぬる帯〈紅〉　人づま〈紅〉　ひかふる袖〈花〉　ひぐ

らしの声〈下〉森の下草〈紅〉物見にと出る車〈葵〉もろき涙〈葵〉もとのこゝろを〈生〉紅葉のつて〈角〉もみぢの小ぶね〈角〉せきむかへ〈屋〉すさまじき例に〈貌〉涼しきかげ〈木〉すめるこゝろ〈紫〉鈴鹿川八十瀬の浪〈榊〉すゞしく曇る〈火〉進みをくるゝ〈梅〉鈴虫のふり出たる〈鈴〉簾みじかく巻上て〈橋〉す崎にたてるかさゝぎ〈舟〉

○桐壺

【一】

更衣

かぎりとてわかるゝみちの悲しきにいかまほしきは命也けり

源親行身まかりて後、遠忌に茂行すゝめて、源氏物語の巻を題にて、人々歌よませ侍りける時、きりつぼのこゝろを

前参議能清

1 新続古今哀傷

かぎりとておなじ歎きにくらべてもながき別れは猶ぞ悲しき

【一】桐壺更衣、病のため退出。帝への別れの和歌。
新全集一―二三。大成九。

1 新続古今集・哀傷・一六〇三、二句「いでしなげきに」。

【二】

えものりやらず

寄車恋

2 雪玉 小ぐるまのわかれ夜深き涙にはえものりやらずかきくらしつゝ
実隆

【三】

更衣母 あらき風ふせぎし陰の枯しより小萩がうへぞしづ心なき

野分したる朝おさなき人をだにとはざりける人に
赤染衛門

3 あらし吹風はいかにとみやぎの丶小萩がうへを人のとへかし

述懐
家隆

4 荒き風ふせぎし宿もあれはて丶月やまことにもりかはるらん

閑庭瞿麦
後柏原院

5 柏 たれこゝにあらき風をもふせぐらん思ふかひなき《イ宿の》なでしこの花

【二】靫負命婦、桐壺更衣母を訪れ、別れを惜しむ。新全集一―三二。大成一五。

2 雪玉集・巻八・七百首題内七十首・三二〇四。

【三】桐壺更衣母の、帝への若君（源氏）を案じる和歌。新全集一―三四。大成一六。

3 新古今集・雑下・一八一九、初句「あらく吹く」。赤染衛門集・三五七、初二句「あらくふくかぜぞいかにと」、結句「露もとへかし」。

4 壬二集・下・三〇七六、四句「月や夜ごとに」。

5 三玉集類題・夏、四結句「思ふかひなき宿の撫子」。

【四】

御門
／尋ねゆくまぼろしもがなつてにても玉のありかをそこと知べく

更尋郭公　　俊成

6 新続古今
たづねみんまぼろしも哉時鳥行衛もしらぬみな月の空

華イ尋花　　実隆

7 雪玉
世にしらぬ花もみゆやと雲井ゆくまぼろしも哉春のあけぼの イ山端

尋在所恋　　後柏原院

8 御集
世の外の玉のありかも思ふにはそことしるべのなきにやはあらぬ

【五】

絵にかける楊貴妃のかたちは、いみじきゑしといへども、筆かぎりありければいとにほひなし。

花使　　為尹

9 千首
筆は猶かぎりありとや咲花の盛りを告るつかひなるらん

春曙　　後柏原院

【四】桐壺帝、桐壺更衣の形見を見て嘆いて詠んだ和歌。新全集一―三五。大成一七。

6 新続古今集・夏・三一七。題林愚抄・夏上・二一八四。

7 雪玉集・巻十二・文亀三年九月九日已来公宴・四八七六、題「尋花」、結句「春の山ぶみ」。

8 柏玉集・恋上・一三六四。柏玉集・五〇〇首上・二〇八四、四句「そこしる人の」。

【五】帝の桐壺更衣への哀傷、楊貴妃の玄宗になぞらえられる。新全集一―三五。大成一七。

9 為尹千首・春二百首・一五二。

10 御集 なにゝかはうつしてを見む移し絵も筆かぎりある春のあけぼの

恨恋　　同

11 同 かくふみも筆限りある物なれや恨むるふしに残る言の葉

寄絵恋　　肖柏

12 千首 むかひてもうちなぐさめよ移し絵の筆限りあるにほひなりとも

孤嶋千鳥　　後西院

13 新題林 いかにせん限り有筆にうつすともえしもゑ嶋の浪の鵆を

嶋月　　雅光

14 院伊勢法楽 限りあれば筆にもいかで写さましあかぬゑ嶋の浪《月歟》のながめを

【六】

をさなき程の御ひとへ心にかゝりて、いとくるしきまでぞおはしける。

幼恋　　実隆

15 雪玉 うらなしと見ゆる物から唐衣ひとへごゝろをいかゞたのまむ

恋衣　　雅章

16 新題林 大かたに契るもしらぬ恋衣ひとへごゝろに何たのむらん

10 後柏原院御集拾遺。三玉集類題・春。

11 三玉集類題・恋。

12 肖柏千首・恋二百首・七六五。

13 新題林集・冬上・四九九五。

14 元禄千首（大神宮法楽千首）・元禄十四年九月二十一日・四三〇、三句「いかゞうつさまし」、結句「月のながめを」。

【六】源氏、幼心に藤壺を一筋に恋慕する。新全集一―四九。大成二七。

15 雪玉集・巻十七・七五三七題「幻恋」。

16 新明題集・恋・三六五四。

【七・巻名】

桐つぼ　　実隆

17 なが〻らぬ契りながらに玉の緒の此世の光りとゞめ置ける

○ 箒　木

【八】

かろびたる名をや流さんと、忍び給ひけるかくろへごとをさへ、かたりつたへけむ

歎名恋　　幸仁

18 しのびえぬ身のをこたりに人しれぬかくろへごとも世にもれし名は

【九】

つれ〴〵とふりくらしてしめやかなる宵の雨に、殿上にもをさ〳〵人ずくなにて、

【七】

17 雪玉集・巻十三・詠源氏物語巻巻和歌・五五〇二。

【八】源氏の色恋沙汰について、語り手の前置き。新全集一―五三。大成三五。

18 新題林集・恋上・六一六一、二句「身のおこたりよ」。

【九】源氏、梅雨の所在無さに、頭中将と文を見る。新全集一―五五。大成三六。

恋　内大臣

19 千五百番歌合 忍ぶとも軒の玉水つぶ〳〵とありし雨夜の物語りせよ

炉辺閑談　実業

20 新題林 身の上もかたり出つゝ品分し雨夜おぼゆる埋火のもと

【一〇】

「親など立そひ、もてあがめて、生さきこもれる窓の中なる程は、只かたかどを聞伝へて心をうごかす事もあり。かたちおかしく、うちおほどきわかやかにて、まぎるゝことなきほど、はかなきすさびごとをも人まねに心いるゝ事もあるに、をのづからひとつゆへづけて、しいづる事もあり。見る人、をくれたるかたをばいひかくし、さてありぬべきかたをばつくろひて、まねび出すに、それしかあらじと、空にいかゞをしはかり思ひくたさん。まことかと見もて行に、見をとりせぬやうはなくなんあるべき」と、うめきたるけしき恥しげなれば

伝聞恋　通茂

21 新題 さばかりと思ひやらるゝ窓の中は只かたかども聞に嬉しき

19 千五百番歌合・恋三・千三百十番右・二六一九。
＊「内大臣」は源通親。

20 新題林集・冬下・五四四〇。

【一〇】頭中将、女性について現実的な感想を述べる。新全集一―五七。大成三七。

21 新題林集・恋上・五七三三、結句「聞にゆかしき」。

聞恋ィ伝聞

後柏原院

22 御集 忍ぶなよさこそは深き窓のうちもいひ顕はさん便りだになき

雅喬

23 新題 あやにくに心まどひをしらせばや只かたかどを聞しばかりに

後水尾院

24 新明題 いつはらぬ事ばとしるも聞あかずをくれしかたもさすが語るに

伝聞恋

弘資

25 同 をくれたるかたとはいひも尽さずや聞人伝もたゞならずして

後水尾院

26 新題 いひよれば見をとりせぬはなきものを語るにつけて何したふらん

聞恋

同

27 同 聞しよりみをとりせぬはかたき世に心あさくも身はまかすらん

光広

28 ひたすらに見まくほしさにことゝへば語るにつけてみをとりはせじ

22 柏玉集・恋上・一二六六、題「伝聞恋」、結句「たぐひやはなき」。

23 新題林集・恋上・五七二三、初句「あやにくの」。

24 新明題集・恋・三三一七。

25 新明題集・恋・三三二〇、二三句「かたをばいひもつくすやと」。

26 新題林集・恋上・五七三一。＊「後水尾院」とあるが、弘資の作。

27 新題林集・恋上・五七一五。

28 黄葉集・巻一・院御着到百首・八八、初句「ひたすらの」。

【一一】

「扨世《夕貌にかたる》にありと人にしられず、淋しくあばれたらむ葎の門に、思ひの外にらうたげならん人の、とぢられたらんこそ、かぎりなくめづらしくはおぼえめ。か丶りけん、と思ふよりたがへる事なん、あやしく心とまるわざなる。」

花　　後柏原院

29 御集 色もかも思ひの外の花をこそ蓬むぐらのかげにても見む《イめ》

聞恋《イ伝聞》　　実隆

30 雪玉 聞からに心ぞこもる八重葎おもひの外のかげもあるやと

不見恋

31 御集 見ずはとや心にか丶る八重むぐら思ひのほかの露の光りを

【一二】

「今はたゞ品にもよらじ《源氏一部の肝心こ丶にありと也》、かたちをばさらにもいはじ、いとくちをしく、ねぢけがましきおぼえだになくは、只ひとへに物まめやかに、しづ

【一一】左馬頭、世に知られぬ中流階級の女について語る。新全集一―六〇。大成四〇。

29 柏玉集・春下・二八三。柏玉集・五百首下・二一一七。

30 三玉集類題・恋、題「伝聞恋」、結句「かげもありやと」。＊「実隆」とあるが、後柏原院の作。

31 三玉集類題・恋。

【一二】左馬頭、伴侶とする女性について、究極の条件を語る。新全集一―六五。大成四三。

かなる心のをもむきならむよるべをぞ、終のたのみ所には思ひをくべかりける。」

厭賤恋　　　　　　　　　　実隆

32 雪 よしやその品にもよらじとばかりを情しる方にゆるすともがな《イ世も哉》

恋不依人　　　　　　　　後柏原院

33 御集 見ずや人品にもよらじとばかりに身は一きはの思ひある世に

【一三】

「又絵所の上手おほかれど、墨書にゑらばれて、つぎ〳〵にさらにをとりまさるけぢめ、ふとしも見えわかれず。かゝれど人の見及ばぬ蓬莱の山、あら海のいかれるいをのすがた、唐国のはげしき獣のかたち、目に見えぬ鬼のかほなどのおどろ〳〵しく作り出たるものは心に任せて、一きは人の目を驚かして、じちには似ざらめど、さてありぬべし。世のつねの山のたゝずまひ、水のながめにちかき人の家居のありさまげにと見え、なつかしくやはらひだるかたなどをしづかに書まぜて、すくよかな

32　雪玉集・巻五・恋・一九七一、結句「ゆるす世もがな」。

33　三玉集類題・恋。

【一三】左馬頭、人の心を、絵師の実力に例える。新全集一―六九。大成四七。

らぬ山のけしき、木ぶかく世はなれて、たゝみなし、けぢかきまがきのうちには、そのこゝろしらひ《え》をきてなどをなん、上手はいといきほひことに、わるものは及ぬところおほかめる。

寄絵恋　雅親

34 続撰吟《》君がかく手すさびならば荒海のいかれるいをも哀とやみん

霞　冬基

35 新明《》墨絵にも及ばじ山を遠近にたゝみて幾重けさ霞むらん

遠山霞　後西院

36 同《》墨書の絵もいひしらずたゝみなす遠山うすく霞む曙

【一四】

馬頭《》手を折て逢見し事をかぞふればこれひとつやは君がうきふし

恨恋　実隆

37 うきふしの是ひとつやはとばかりを思ひとりしもあぢきなの世や《身や》

---

34 続撰吟抄・巻八・三一四一、二句「手ずさみならば」。亜槐集・恋上・八五七。

35 新明題集・春・一一六。

36 新明題集・春・一四九。

【一四】左馬頭の経験談、指に噛み付いた女への皮肉の歌。新全集一―七四。大成五〇。

37 雪玉集・巻十八・七九九七、結句「あぢきなのみや」。

【一五】

「立田姫といはんもつきなからず、たなばたの手にもをとるまじく、そのかたもぐしてうるさくなむ侍し」とていと哀に思ひ出たり。

紅葉　　後柏原院

38 御集 立田姫といはんも更にぬしなくてさらせる布の《イぞ》秋の紅葉は《イ葉》

紅葉似錦　　実隆

39 雪 立田姫いかに染てか七夕の手にもをとらぬ錦なるらむ《イおるらん》

はたをりの鳴けるを聞て　　頓阿

40 新続古今 秋の夜は更にをりはへ七夕の手にもおとらぬむしの声かな

花色　　雅章

41 新題 立田姫の手にもおとらじ春霞たな引花の色のちぐさは

【一六】

神無月の比ほひ、月おもしろかりし夜、内よりまかで侍るに、ある殿上人きあひて、此車にあひのりて侍れば、大納言の家にまかりとまらんと

【一五】左馬頭、指を噛んだ過去の女を切なく思い返す。新全集一―七六。大成五二。

38 三玉集類題・秋、三結句「さらせる布ぞ秋の紅葉々」。

39 雪玉集・巻三・秋・一四六五、結句「錦おるらむ」。

40 新続古今集・雑下・二〇六三、二句「露におりはへ」、四句「手でもおとらぬ」。続草庵集・巻四・誹諧・五五〇、二句「露におりはへ」。

41 新題林集・春下・一三二六。

【一六】左馬頭の経験談、通っていた女の浮気現場を目撃。新全集一―七八。大成五三。

するに、この人のいふやう、「今宵人待らむ宿なん、あやしく心ぐるしき」とて、この女の家はたよきぬ道なれ《り》ければ、あれたるくづれより池の水かげ見えて、月だにやどる住家を過んもさすがにて、おり侍ぬかし。もとよりさる心をかはすにや有けん、此男いたくすゞろきて、門ちかき廊にすのこだつものにしりかけてとばかり月を見る。菊いと面白うつろひわたりて、風にきほへる紅葉のみだれなど、哀とげに見えたり。ふところなりける笛をとり出てふきならし、「影もよし」などつゞしりうたふ程に、能なる和琴をしらべとゝのへたりけるを、うるはしくかきあはせたりし程、けしうはあらずかし。律のしらべは、女のものやはらかにかきならして、すのうちよりきこえたるも、今めきたるもの丶声なれば、きよくすめる月におりつきなからず。男、いたくめでゝ、すのもとにあゆみきて、「庭の紅葉こそふみ分たる跡もなけれ」などねたます。菊を折て、

殿上人
＼琴のねも月もえならぬ宿ながらつれなき人を引やとめける

「わろかなり」などいひて、「今一声。聞はやす人の有ときに、手なのこひ給ひそ」など、いたくあざれかゝれば、女いと声つくろひて、

木がらし女
＼木がらしにふきあはすめる笛のねに《を》引とゞむべき言のはぞなき

となまめきかはすに、ゝく、なるもしらで、またさうのことをばんしきでうにしらべて、いまめかしくかひ引たる爪音、かどなきにはあらねど、まばゆきこゝちなむし侍りし。

御製

42 よそ《続撰吟》に見る水かげすみて山風に朝川わたり行時雨哉

古郷月　後柏原院

43 と《御製》はれずは月だにやどる古郷の池のこゝろも人［や］恨みむ

寄池恋　同

44 影《同》とめず《イて》深き情も尋ね見む月だにやどる池の心を

途中契恋　実隆

45 小《雪》車のわりなき道や飛鳥井《本ノマヽ》の宿り尋ねし夕ぐれの宿《空》

松有歓声　後柏原院

46 風吹ば空にしられぬ白雪のりちにしらぶる松の声哉

閑庭菊　実隆

47 紅《雪》葉をもわくる跡なき淋しさをねたまし貌の庭の白菊

寄菊恨　後水尾院

42 続撰吟抄・巻四・一八三八。＊「御製」は後柏原院。

43 柏玉集・秋下・八七六。

44 後柏原院御百首部類・初二句「影とめてふかきなさけも」、結句「池のこころに」。三玉集類題・恋、初句「かげとめて」。

45 雪玉集・巻十・明応夏独吟百首・三九二七、結句「夕ぐれの空」。

46 後水尾院御集・雑・八八九。新明題集・雑・四六八四、二句「空にはしらぬ」。＊「後柏原院」とあるが後水尾院の作。

47 雪玉集・巻三・秋・一四一六、初句「紅葉葉も」。雪玉集・巻十五・六二二六、初句「紅葉葉も」。

48 新明 木がらしの宿過がてに手折しも菊は根の浅からめやも　実隆

寄笛恋

49 雪 分きつる哀《アハレ》はかけよ笛竹のねたまし貌の宿の帰るさ《露けさ》　通茂

50 新題 笛竹のねたしや心かはし置て月に吹よる木がらしの庭　後柏原院

寄月疑恋

51 御集 我ならで分こし跡もこがらしの宿にくまなき月や恨む　俊成

52 千五百番歌合 影きよき花のところは有明の月もえならず澄る空哉　実隆

寄琴恋

53 雪 えならずよ《と》思ふ物から琴のねのあだなるかたにすゝめるは《も》うし

【一七】

おらば落ぬべき萩の露、ひろはゞ消なんとする玉ざゝの霰などの、えんにあへかなるすき〴〵しさのみおかしくおぼさるらめ。

折草花　為広

48 新明題集・秋・二五七四、結句「あさからめやは」。

49 雪玉集・巻五・恋・二一二七、結句「やどの露けさ」。

50 新題林集・恋下・七四八六。

51 柏玉集・恋下・一四八四、四句「やどとくまなき」。

52 千五百番歌合・春三・二百十八番右・四三六。
＊「俊成」とあるが俊成卿女の作。

53 雪玉集・巻十七・七五五七、初句「えならずと」、結句「すすめるもうし」。

【一七】左馬頭、身をもって、情趣になびく若者に一言。新全集一―八〇。大成五五。

54　文明九年七月七日七首歌合・十八番右。＊桃本作者「為尹」。

55　文明九年七月七日七首歌合・十一番右、二句「とらばけぬとも」。＊三条実量女の作。

56　続古今集・冬・六四一。

57　柏玉集・秋下・九七九、四句「をらばをるべき」。

58　黄葉集・巻四・秋・七六七。

59　黄葉集・巻四・秋・七五六、結句「萩の上露」。

60　衆妙集・秋・三四二。

61　新明題集・秋・一九九〇。

62　新題林集・秋上・三二八六、結句「誰かみすてむ」。

54 文明歌合　折からに消なんとする玉ざゝのあられもしるし萩の上の露

入道左大臣女

前内大臣基家歌合に　　土御門院小宰相

55 同　おらば落とらばけぬべき萩がえの露外に見ん花の色かは

菊花映霜　　後柏原院

56 続古今　はかなくもひろへば消る玉ざゝの上にみだれてふるあられ哉

行路萩　　光広

57 御集　萩の露にをきまどはせる色と見て折ば落ぬべき霜の白菊

萩　　同

58 家　道のべやおらば落ぬべき萩の露往来の人の心みるまで

萩露　　玄旨

59 同　見るまゝの枝をみせばや月影もおらば落ぬべき萩の上の露

後水尾院

60 同　幾たびか袖ぬらしけん萩が花おらば落ぬべき露と見ながら

草露　　後西院

61 新明　袖かけておらば落ぬべく色にしも化の大野の萩の上の露

62　袖かけておらば落ぬべく秋萩の色なる露を誰か見すらん

野萩露　　雅章

63 萩が花おらば落ぬともみやぎのゝ風待露は袖にうつさん

篠雪　　実種

64 新題 おらば落ひろはゞ消むたぐひかは手にとりて見ん雪の玉ざゝ

【一八】

「いと忍びて見そめたりし人の、さてもみつべかりしけはひなりしかば、ながらふべき物としも思給へざりしかど、なれ行くまゝに哀と覚えしかば、絶々わすれぬものに思ふ給へしを、さばかりになれば、うち頼める気色見えき。頼むにつけては恨めしと思ふ事もあらんと、心ながらおぼゆる折〳〵も侍りしを、見しらぬやうにて、久しきとだえを、かくたまさかなる人とも思ひたらず、只朝夕にもてつけたらんありさまに見えて、心ぐるしかりしかば、頼めわたる事もありきかし。親もなく、いと心ぼそげにて、さらば此人こそは、とことにふれておもへるさまもらうたげなりき。かくのどけさにをだしくて、久しくまからざりし比、このたのみ給ふるわたりより、情なくうたてある事をなん、さるたよりありてか

63 新題林集・秋上・三一八四、二句「をらばおつとも」。

64 新題林集・冬下・五三〇四。

【一八】頭中将の経験談、行方不明になった夕顔について語る。新全集一―八一。大成五五。

すめいはせたりける、後にこそ聞侍りしか。さるうき事やあらんともしらず、心には忘れずながら、せうそこなどもせで久しく侍しに、むげに思ひしほれて、心ぼそかりければ、おさなきものなどもありしに、思ひわづらひて撫子の花を折ておこせたりし」とて涙ぐみたり。「さても其文詞」とゝひ給へば、「いさや、ことなる事もなかりきや、

夕がほ
／山賤の垣ほありとも折／＼は哀はかけよなでしこの露

おもひ出しまゝにまかりたりしかば、例のうらもなきものから、いと物思ひがほにて、荒はてし家の露しげきをながめて、虫のねにきほへるけしき、昔物語めきて覚え侍し。

頭中
／咲まじる花はいづれとわかねども猶床夏にしく物ぞなき

やまと撫子をさしをきて、先ちりを［だに］など、親の心をとる。

夕顔
／打払ふ袖も露けき床なつに嵐吹そふ秋はきにけり

とはかなげにいひなして、まめ／＼しく恨たるさまも見えず、涙をもらし落しても、いとはづかしく、つゝましげにまぎらはしかくして、つらきをも思ひしりけんと見えむは、わりなくくるしき物と思ひたりしかば、心やすくて、またとだえ侍し程に、跡もなくこそかきけちてうせにしか。まだ世にあらば、はかなき世にぞさすらふらん。哀とおもひしほどにわ

づらはしげに思ひまつはすけしき見えしかば、かくもあこがらざらまし。こよなくとだえをかず、さる物にしなしてながく見るやうも侍りなまし。かの撫子のらうたく侍りしかば、いかで尋ねんと思ひ給ふを、今にえこそ聞つけ侍らね。是こその給ひつるかたきためしなめれ。つれなくて、つらしと思ひけるもしらで、哀絶ざりしもやくなきかた思ひなりけり。今、やう〳〵わすれゆくきはに、かれはた、えしも思ひはなれず、おり〳〵人やりならぬむねこがるゝ夕もあらんとおぼえ侍る。」

夏垣　実隆

65 雪 山賤の垣ほなりともなでしこの此夕かげは《を》哀とは見む

閑庭瞿麦　弘資

66 新題 住や誰哀はかけよとばかりも荒し垣ねに咲る撫子

野　実隆

67 雪 花さかぬ秋の末葉にしづむとも哀はかけよ春日のゝ露

夏花　同

68 同 嵐ふく秋いかならむ露けさの今だにたへぬ撫子の花

秋　俊成卿女

65 雪玉集・巻二・夏・八八七、四句「此ゆふかげを」。

66 新題林集・夏下・二四三三。

67 壬二集・上・初心百首・八八。壬二集・上・二百首・一一二四。＊「実隆」とあるが、藤原家隆の作。

68 雪玉集・巻七・内裏着到・二九七七、題「荒砌瞿麦」、結句「とこなつの花」。

69　新古今集・秋下・五一五。千五百番歌合・七百五十二番右・一五〇三。

70　新続古今集・秋下・五七六。明日香井集・正治後度百首・一二九。

71　新明題集・恋・三二三二。後水尾院御集・恋・六九六。

72　雪玉集・巻五・恋・一九七五。

73　後水尾院御集・雑・一二六四、結句「袖やひがたき」。

74　新明題集・恋・三六二六。＊「弘資」ではなく、中院通茂の作。

75　雪玉集・巻十・明応夏独吟百首・三九三三。藤川五百首・三九五。

76　新題林集・恋下・七一六四。＊「後水尾院」とあるが、道晃の作。

77　続拾遺集・羈旅・六七九、結句「秋のたびねに」。

69　新古今　とふ人も嵐吹そふ秋はきて木のはに埋む宿の道芝

雅経

70　新続古今　そむるより心やつくす立田姫嵐吹そふ秋の木ずゑに

尋恋　　後水尾院

71　新明　嵐ふく秋より後は床夏の露のよすがも尋わびつゝ

隠恋　　実隆

72　雪　はかなしや嵐吹そふ床夏に置どころなき露の行衛は

後水尾院

73　御集　床夏のはかなき露に嵐ふく秋を恨みの袖のひがたさ

恨心中恋　　弘資

74　新明　身にぞ今思ふも悲し床夏に嵐吹そふ秋のこゝろを

絶不知恋　　実隆

75　雪　嵐吹秋をもしらで床夏に頼めか置し露のことのは

寄草恋　　後水尾院

76　人心嵐ふきそふ秋のきて我床夏のかれなんもうし

旅宿嵐　　俊成卿女

77　続拾　露けさを契りや置し草枕嵐吹そふ秋の旅ねを

隠在所恋　道寛

78（新明）世にあらばはかなき世にぞさすらへむ人のありかを聞えぬもうし

隠恋　資慶

79（同）何かたに身をかくす覧夕貌の露のかごとはよそにかはして

【一九】

藤式部／さゝがにのふるまひしるき夕ぐれにひるますぐせといふがあやなき

女かへし／逢事の夜をしへだてぬ中ならばひるまも何かまばゆからまし

秋　通具朝臣

80（千五百番歌合）ひるまなき袖をば露のやどりにて心の秋よいつかはるべき

夕蛍　帥中納言

81（新）己が思ひひるまはいかに過しけん夕になればほたる飛かふ

昼恋　後水尾院

82（御集）わりなしやひるねの床に見し夢のまばゆきかたにむかふ日影は

寄昼恋　同

83（同）なきぬらす袖の涙も我のみぞひるますぐさぬ思ひなるらん

78 新題林集・恋中・六三三九、結句「聞てぬもうし」。

79 新題林集・恋中・六三三六。

【一九】式部丞の経験談、賢女の悪臭から去る際の和歌の贈答。新全集一―八八。大成六一。

80 千五百番歌合・七百九十八番右・一五九五、結句「いつかつくべき」。

81 未詳。＊桃本集付「類」。

82 柏玉集・恋下・一五〇九。＊「後水尾院」ではなく、後柏原院の作。桃本「後柏原院」。

83 後柏原院御拾遺。三玉集類題・恋。＊後柏原院の作。

光廣

84 新題 書置し契りもつらし朝露のひるますごさむ哀しらねば

【二〇】

「中川のわたりなる宿なむ、此ごろ水せき入て涼しきかげに侍る」と聞ゆ。「いとよかなり。なやましきに牛ながら引いれつべからん所を」との給ふ。しのび〱の御方違どころはあまたありぬべけれど、久しく程へてわたり給へるに、かたふたげて、引たがへ、ほかざまへとおぼさむはいとおしきなるべし。紀守に仰ごと給へば、承りながらしぞきて、「伊与守の朝臣の家につゝしむ事侍て、女房なんまかりうつれる比にて、せばき所に侍れば、なめげなる事や侍らむ」と下に歎くを聞給ひて、「その人ちかゝらんなん嬉しかるべき。女とをき旅ねは物おそろしき心地すべきを、只その木丁のうしろに」との給へば、「げに、よろしきおまし処にも」とて人はしらせやる。いと忍びて、ことさらにこと〲しからぬ所をとて、いそぎ出給へば、大臣にも聞え給はず、御供にもむつましきかぎりしておはしましぬ。守「俄に」と侘れど、人も聞いれず。

84 新題林集・恋下・七四六五、四結句「ひるますぐさぬ命ならねば」。

【二〇】源氏、左大臣邸から、方違えに紀伊守の家に立ち寄る。新全集一—九二。大成六四。

寝殿のひんがし表はらひあけさせて、かりそめのしつらひしたり。水の心ばへなど、さるかたにおかしくしなしたり。ゐ中家だつ柴垣して、前栽など心とゞめて植たり。風涼しくて、そこはかとなき虫の声〳〵聞え、蛍しげく飛まがひておかしき程なり。人々、わた殿より出たるいづみにのぞきゐて酒のむ。あるじもさかなもとむとこゆるぎのいそぎありくほ 風俗歌　玉だれのこがめを中にすへてあるじはさかなもとめにこゆるぎの磯にわかめかりあげに ど、君［は］のどやかにながめゐ給て、かの中のしなにとりいでゝいひ 古今　此歌によりて、敏行、玉だれのこがめやいづらこよろぎの磯の浪わけおきに出にけり し、このなみならむかしと覚しいづ。思ひあがれるけしきに聞置給へる娘なれば、ゆかしくて耳とゞめ給へるに、この表に人のけはひする。きぬのをとなひはら〳〵として、わかき声共にくからず。さすがにしのびて笑ひなどする、ことさらびたり。かうしをあげたりけれど、守、「心なし」とむつかりておろしつれば、火ともしたる透かげ、さうじ［の］紙よりもりたるに、やをらより給ひてみゆやとおぼせど、ひましなければ、しばし聞給ふに、此ちかきもやにつどひゐたるなるべし。うちさゝめきいふ事共を聞給へば、我御うへなるべし。「いといたうまめだちて、まだきにやんごとなきよすがさだまり給へるこそ、さう〴〵しかめれ」、「されどさるべきくまに［は］かく《よく》《ここ》こそ［かくれ］ありき給なれ」などいふにも、おぼすことのみ心にかゝり給へれば、先胸つぶれて、かやうのつゐでにも、人のいひもらさんを聞つけたらむとき、など覚え給ふ。
ことなること《事》なければ、き丶さし給ひつ。

百首の歌の中に、夏歌　藤原光俊朝臣

85 続古今 此頃はながるゝ水をせき入て木陰涼しき中川のやど

河蛍　実隆

86 雪 行水も涼しきかげをとめきてや蛍とびかふ中川の宿

水辺納涼　政為

87 文亀歌合 夏虫も思ひけたれて夜な〳〵の涼しきかげや庭のやり水

准后

88 同 夕涼みいづくに夏をやり水のあたりの《は歟》秋の心なるらむ

俊量

89 同 水結ぶ契りもあれや爰にきて涼しさあかぬ中川のやど

夏歌　後鳥羽院

90 玉葉 秋ちかき賤が垣ねの草むらに何ともしらぬ虫の声〴〵

題しらず　寂蓮

91 風雅夏 浅茅生に秋まつ程や忍ぶらむ聞もわかれぬ虫の声〴〵

85 続古今集・夏・二七六。

86 雪玉集・巻十八・七七六七。

87 文亀三年六月十四日内裏歌合・二十一番右・四二。

88 文亀三年六月十四日内裏歌合・十四番左・二七、四句「あたりは秋の」。＊「准后」は近衛政家または近衛政基。

89 文亀三年六月十四日内裏歌合・二十二番左・四三。＊桃本作者「俊重」。

90 玉葉集・夏・四四四。後鳥羽院御集・老若五十首歌合・一一一七、結句「虫の声かな」。

91 風雅集・夏・四三八。寂蓮法師集・二二。

夏虫　通村

92 新題 秋ちかきふもとの野べの夕ぐれに何ともしらぬ虫の声〳〵

近恋　玄旨

93 家 忍びつゝ立よるねやに我うへを語ると聞ぞかつは嬉しき

【二一】

人がらのたをやぎたるに、つよきかたをしゐてくはへたれば、なよ竹の心地して、さすがにおるべくもあらず。まことに心やましくて、あながちなる御心ばへを、いふかたなしと思ひてなくさまなどいと哀也。

霰　実隆

94 雪 降みだれ打音たかし《はげし》なよ竹のおるべくもあらぬ霰ながらに

積雪　好仁

95 新題 なよ竹の埋もれはてゝ中〳〵におるべくもあらぬけふの雪哉

寄竹恋　氏孝

96 同 いひよればさすがなびきてなよ竹のおるべくもあらぬ心とぞ見る

92 新題林集・夏下・二八八四、結句「虫の声哉」。

93 衆妙集・恋・四九四。

【二一】空蝉、源氏との逢瀬をつれなく振舞おうとする。新全集一―一〇一。大成七〇。

94 雪玉集・巻四・冬・一六六九、二句「うつ音はげし」。

95 新題林集・冬下・五一五〇、初句「なよ竹は」、結句「けさの雪哉」。

96 新題林集・恋下・七二二二、二句「さすがなびかで」。

【二二】源氏、つれない空蝉に思いを訴えて、辞去する。新全集一―一〇三。大成七二。

【二二】

「世にしらぬ［御］心のつらさも、哀もしら《浅から》ぬ世の思ひ出は、さま〴〵めづらかなるべき例しかな」とてうちなき給ふ御けしき、いとなまめきたり。鳥もしば〳〵なくに、心あはたゝしくて

源／つれなきを恨みもはてぬしのゝめにとりあへぬまでおどろかすらん

女も身のありさまを思ふに、いとつきなくまばゆき心ちして、めでたき御もてなしも何ともおぼえず、常はいとすく〳〵しく心づきなし、と思ひあなづる伊与守のかたのみ思ひやられて、夢にやみゆらむと空おそろしく、つゝまし。

空せみ／身のうさを歎くにあかで明る夜はとりかさねてぞ音は《も》なかれける

こと〴〵あかくなれば、さうじ口までをくり給ふ。うちもとも人さはがしければ、引たてゝ別給ふ程、心ぼそくへだつる関と見えたり。御なをしなどき給て、南のかうらんにしばしうちながめ給ふ。にしおもてのかうしそゝきあげて、人々のぞくべかめり。すのこの中の程にたてたるこさうじの、かみよりほのかに見［え］給へる御有様を、身にしむ斗思へるすき心どもあめり。月はあり明にて、光りおさまれるものから、影さ

やかに見えて、中〳〵おかしき明ぼのなり。何ごゝろなき空のけしきも、唯みる人から、えんにもすごくも見ゆる也けり。人しれぬ御心には、いと胸いたくも《こと》《と》つてやらんよすがだになきをと、かへり見がちにて出給ひぬ。

別恋　実種

97 新明 おどろかす音にも言葉は尽やらず猶とりあへぬ衣〳〵の空

忽別恋　道晃

98 新題 後瀬さへ頼めもをかでとりあへぬ此夜深さのねをやかこたん

寄関恋　実隆

99 雪 引たてゝ別れしけさの槙の戸をへだつる関と見るもわりなし

七夕別　後柏原院

100 続撰吟 天のとやへだつる関としらむらん二つの星の中川の浪

在明月　具起

101 御集 夜の雲《空イ》名残しもなき在明に光おさまるかぎりをやしる《見む》

月　実隆

102 新題 空たかく残る光りはおさまりて山端しらむ有明の月

97 新明題集・恋・三四六四、三句「つきやらで」。

98 新題林集・恋上・六〇九四。

99 雪玉集・巻八・一夜百首・三四二六。

100 続撰吟抄・巻四・一五四六。＊持為の作。

101 柏玉集・秋下・八五七、初句「よるの雲」、結句「限りをやみん」。

102 新題林集・秋中・三六七四。

103 雪 月は早ひかりおさまる山端にたゞよふ霧の明やらぬ空　政為

暁随残月行

104 碧玉 さそはれて行〳〵空の見るが内に光おさまる有明の空《月》《山》　道晃

曙郭公

105 新題 ほとゝぎす声もさやかに有明の光りおさまる月に鳴也　後水尾院

朝霜

106 御集 霜なれや光りおさまる有明のことはり過てさやかなる影　後柏原院

寄月変恋

107 同 我にうき人の心のくまよりや月は有明の影を見すらん　実隆

春月暁静

108 雪 夜を深く起出し花の木のもとに月は有明のおくれぬるかな《かげ歟》　後柏原院

在明月

109 御集 残る夜の月は在明の秋の空いつはありともかくてこそみれ《めイ》　政為

月

110 碧 秋の夜の月は有明の影にこそつれなくしたふ心をもしれ

111 同 起出る身もあたら夜の名残思ふ月は有明の朝がほの花

103 雪玉集・巻十六・内侍所御法楽八百首和歌之内御当座・六七二〇。

104 雪玉集・巻三・秋・一三七九、結句「あり明のやま」。＊「政為」とあるが、実隆の作。

105 新題林集・夏上・二〇三八。

106 後水尾院御集・雑・一一二六。

107 柏玉集・恋下・一四七二。

108 雪玉集・巻一・春・二九七、二三句「独おき出でし花の下に」、結句「おくれけるかな」。

109 三玉集類題・秋、結句「かくてこそみれ」。

110 碧玉集・秋・五四六。

111 碧玉集・秋・四九二、二句「身もあだし世の」、四句「月は有明」。

雪　　　　通茂

112 新題 明るまで月は有明の影のうちにいつ降そめしけさの白雪

暁雲　　　同

113 新明 影高く月はあり明の山端にわかる、雲の夜をも残さぬ

鳥　　　　慈鎮

114 家 哀にも鴈の涙ぞ袖に落る月は有明の小夜の枕に

暮秋暁月　　　実隆

115 ながめきて身の行末もくれの秋月は有明の袖ぞしら《ぐ》る、

【一二三】

源 ／見し夢を逢夜ありやと歎くまにめさへあはでぞ比もへにける

恋　　　　内大臣

116 千五百番歌合 見し夢を忍ぶる雨のもらさばや現ともなき袖の雫を

112 新題林集・冬下・五一三四。

113 新明題集・雑・三九三一。

114 拾玉集・巻二・詠百首倭歌・二二二三。

115 雪玉集・巻三・秋・一四七四、結句「袖ぞしぐるる」。

【一二三】源氏が小君に託した空蝉への文の中の和歌。新全集一―一〇七。大成七四。

116 千五百番歌合・千二百十二番右・二四二三。＊「内大臣」は源通親。

【二四】

源／はゝ木ゝの心をしらでそのはらの道にあやなくまどひぬる哉
／数ならぬふせやにおふる名のうさにあるにもあらずきゆるはゝきゞ

不尋得恋　　家隆

117 そのはらや行てはまよふはゝ木ゝのよそめばかりのしるべだになし

難逢恋　　実隆

118 雪 ありと見て頼む心はいか《誰》ならむ身をぞ歎きのはゝ木ゝのかげ

不逢恋　　後柏原院

119 柏 はゝ木ゝのよそめばかりは道絶て一夜ふせやの陰もしられず

逢不逢恋　　玄旨

120 家 はかなしや一夜ふせやの中絶てまたはゝ木ゝのよそめ斗は

隠恋　　実隆

121 雪 たどりきて頼むふせやもかひなきに我は《ぞ》かへりてきゆるはゝきゞ

乍見隠恋　　同

122 新題 はかなくも何したふらむはゝ木ゝのありとも見えず消し行衛を

【二四】逢う事を拒まれた源氏と、空蝉のやり取り。新全集一―一一二。大成七八。

117 壬二集・下・二八四九。

118 柏玉集・恋上・一三二八、三句「たがならぬ」。

119 柏玉集・五百首下・二一七一。

120 衆妙集・恋・四八九。

121 雪玉集・巻七・家着到・二九一七、四句「我ぞかへりて」。

122 新明題集・恋・三五四四。＊「同」とあるが、誠光の作。

123 新明題集・恋・三五四五。＊通茂の作。

124 新題林集・恋下・七二三六。＊通茂の作。

125 芳雲集・恋・四〇一二、二三句「ありともみえぬ帚木や」。

126 雪玉集・巻五・恋・二一七五、二句「かげしきえずは」。

127 柏玉集・恋上・一三六六、結句「中がはの水」。

128 文亀三年六月十四日内裏歌合・七番左・一三、結句「みじか夜の月」。＊桃本集付「元亀三歌合」。

【二五】

129 雪玉集・巻十三・詠源氏物語巻巻和歌・五五〇三。

寄木恋

123 新明 しらず今いづくに消てはゝきゞのありとばかりはよそに見えけん

実陰

124 新題 きえぬまは身にや頼まんはゝきゞのあるにもあらぬ契りなりとも

寄屋恋

実隆

125 同 思ふかひありとは見えぬはゝ木ゝのよそのふせやにおひかはるらむ

尋恋

後柏原院

126 有と見しかげし見えねばはゝ木ゝのともにふせやの道を尋む

樹陰夏月

為広

127 柏玉 またきても逢瀬はなしや俤もなをみがくれの中川のやど

128 文帰三歌合（ママ） はゝ木ゝの陰いかならんさらでだにあるにもあらぬ夏の夜の月

【二五・巻名】

はゝきゞ

129 雪 たれかそのまことはしるや世中はたゞはゝ木ゝの有やなしやを

○ 空　蝉

【二六】

みな人々しづまりねにけり。「此さうじ口にまろはねたらん、風吹とをせ」とて、たゝみひろげてふす。

夏月　　道晃

130 新題 あけ置て風吹とをすねやの戸にさし入月の影の涼しさ

夏夜待風　　隆慶

131 同 小夜風に吹《も歟》とをせとて槙の戸をさゝぬは月をまつばかりかは

向埋火《炉イ》　　永福

132 同 吹とをす板間の風もわすられてねぶりもよふ《ほ》す埋火のもと

【二七】

ありつるこうちきを、さすがに御ぞの下に引いれておほとのごもれり。小君を御前にふせて、よろづに恨み、かつはかたらひ給。「あこはらう

【二六】空蝉の寝所へ源氏を導こうと奮闘する小君。新全集一—一二三。大成八九。

130 新題林集・夏下・二三八三。

131 新題林集・夏下・二八六五、初句「さ夜風に」。

132 新題林集・冬下・五四三二、題「向炉火」。

【二七】源氏、軒端荻と契って帰宅、空蝉に文を送る。新全集一—一二九。大成九三。

たけれど、つらきゆかりにこそえ思ひはつまじけれ」と、まめやかにの給ふを、いとわびしと思ひたり。しばしうちやすみ給へど、ねられ給はず。御硯いそぎめして、さしはへたる御文にはあらで、只手習のやうにかきすさび給ふ。

源 ／うつせみの身をかへてける木のもとに猶人がらのなつかしきかな

と書給ふ《へる》を、ふところに引いれてもたり。

寄川恋　為尹

133 千首　いとけなきそのかたらひになぐさみぬつらき行衛の中川の水

通書恋　権大納言実教

134 新千　水ぐきの跡は絶せぬ中川にいつまでよどむあふせ成らむ

仙洞

135 新題　流れてとたのめだにせぬ中川にいつまでよどむ逢せ成らむ《あはれかずかく水くきのあと》

寄虫恋　前左大臣

136 続古今　身をかへて何しか思ふ空せみの世はたのまれぬ人のこゝろを

恋の歌に　源親長朝臣

137 新後撰　つらくとも猶うつ蝉の身をかへて後の世までや人をこひ《はイ》まし

133 為尹千首・恋二百首・六三七、結句「中河の宿」。

134 新千載集・恋三・一三一八。題林愚抄・恋二・七一九一。＊「実教」とあるが、実夏の作。

135 新題林集・恋上・五七八九、四結句「あはれ数かく水くきのあと」。＊「仙洞」は霊元院。

136 続古今集・恋四・一二八四。＊「前左大臣」は藤原実雄。

137 新後撰集・恋二・九四四、結句「人をこひまし」。

乍見隠恋　　　政為

138 類 かひまみをせしともしらで今更に世を空せみの身をやかへけむ

【二八】

かのうすぎぬは、こうちきのいとなつかしき人香にしめるを、身に《こ》ちかくならしつゝ見ゐ給へり。

留形見恋　　　通茂

139 新題 身にちかくならすもはかなつれもなき人かにしめる蝉の羽衣

寄衣恋

140 新明 かたみぞと見るもはかなしなつかしき人かにしめる夜の衣を

移香増恋　　　道夏

141 新題 身に近くならすもつらき形見哉人香にしめる夜の衣は

恋衣　　　雅喬

142 新明 空蝉のよはの契をうすごろもつらき形見は身にならしても

寄衣恋　　　惟庸

143 新題 人はよしつれなしとてもぬぎ捨し夜半の衣を身にそへてねん

138 未詳。

【二八】源氏、空蝉が脱ぎ残した薄衣を身近に置く。新全集一—一三〇。大成九四。

139 新題林集・恋中・六七六七。

140 新明題集・恋・三八八三。芳雲集・恋・四一〇一。＊実陰の作。

141 新題林集・恋上・六一九九。

142 新明題集・恋・三六五七、二句「夜はの契りの」。

143 新題林集・恋下・七四五六。

隔恋

144 同 見るからに契りはかなきうつ蝉のもぬけの衣恨みやはなき

【二九】

うつ蝉《うつせみ》の羽にをく露の木がくれて忍び〳〵にぬるゝ袖かな

題しらず　従三位顕兼

145 新勅撰 をのれなく心からにや空蝉のはにをく露に身をくだく哉

後京極

146 続古今 鳴蝉のはにをく露に秋かけて木かげ涼しき夕ぐれの声

早秋　参儀雅経

147 同 空蝉の羽にをく露もあらはれて薄き袂に秋風ぞふく

蝉　前参儀忠定

148 新後撰 思ふ事むなしきからに空蝉の木がくれはつる身こそつらけれ

夏恋　順徳院

149 新千 人しれぬ身をうつせみの木がくれて忍べば袖にあまる露かな

夏　具親

144 新題林集・恋中・六三八三、四句「もぬけの衣の」。＊基煕の作。桃本作者「基凞」。

【二九】空蝉、源氏の手習いの畳紙に歌を書きつける。新全集一―一三一。大成九五。

145 新勅撰集・恋五・九八五、結句「身をくだくらむ」。

146 続古今集・夏・二六六。秋篠月清集・六百番歌合・三二四。＊作者は藤原良経。

147 続古今集・秋上・二九四。明日香井集・上・九三八。

148 新後撰集・雑上・一二八八。万代集・雑一・二八五二。

149 新千載集・恋四・一五〇五。紫禁集・三六〇、二句「身はうつせみの」。

150 千五百番 空蝉の羽にをく是や袖の露花の名残をしのび〳〵に
松下納涼　後京極

151 家 蝉の羽にをく夕露の木がくれて秋をとをさぬ庭の松風
恋　同

152 同 木がくれの身はうつ蝉のから衣ころもへにけりしのび〳〵に
家隆

153 同 木隠れに身をうつ蝉の思ひ侘あまりぬれ行袖の涙を《か歟》
夏　定家

154 同 荻のはにしのび〳〵に声たてゝまだき露けき蝉のは衣
隠恋　後柏原院

155 御集 我にのみ身はうつ蝉の木隠れて羽にをく露ぞ袖にひがたき《かけぬるイ》
寄虫恋　実陰

156 同 おり〳〵はねにもたてばやうつ蝉の木がくれてのみしぼる涙を
樹陰蝉　後水尾院

157 同 秋風もせみ鳴露の木がくれて忍び〳〵にかよふ涼しさ
康通

158 新題 秋かぜも忍びてやふく鳴蝉の羽にをく頃《露か》の木陰すゞしき

---

150 千五百番歌合・三百十四番左・六二六。

151 秋篠月清集・上・一〇六三、四句「秋をやどせる」。

152 秋篠月清集・千五百番歌合・八八一、初句「こがくれて」。

153 壬二集・下・二八八七、二句「身はうつせみの」、下句「うかるる玉や蛍なるらん」。

154 拾遺愚草・上・正治初度百首・九三三、初句「荻の葉も」。正治初度百首・一三三六、初句「荻の葉も」。

155 三玉集類題・恋、結句「袖にかけぬる」。

156 芳雲集・恋・四〇五四、結句「しをる涙を」。＊桃本集付「新題」。

157 後水尾院御集・夏・二五七。新明題集・夏・一五〇九。＊桃本集付「同」。

158 新題林集・夏下・二七一七、四句「羽にをく露の」。

納涼

159 同 秋風も忍び〳〵にをとづれて暮れば夏も木がくれの宿　通茂

160 新明 空蝉［の］は山すそのゝ夕すゞみしのび〳〵にかよふ秋かぜ　雅章

寄衣恋

161 光明峯寺家歌合 いかにせん忍び〳〵に袖ぬれて木隠れあへぬ蝉の羽ごろも　下野

【三〇・巻名】

空蝉

162 雪 いつまでか世に《は》うつせみの空しとは思ひおもはず明しくらさん　実隆

○夕顔

【三一】

きりかけだつものに、いとあをやかなるかづら［の］、心ちよげにはひかゝれるに、白き花ぞをのれと《ひとり》ゑみのまゆひらけたる。「遠かた人にも〔今 旋頭歌 うちわ〕の申す」と、ひとりごち給ふを、御随身ついゐて、「かの白くさけるを

159 新題林集・夏下・二七五〇。

160 新明題集・夏・一七六七。

161 光明峰寺摂政家歌合・九番右・一八、初句「いかがせん」。

【三〇】

162 雪玉集・巻十三・詠源氏物語巻巻和歌・五五〇四。

【三一】源氏、粗末な造りの家の塀に咲く夕顔に目を留める。新全集一―一三六。大成一〇一。

（たすをちかた人に物申すわれそのそこに白く咲るは何の花ぞも）

なん夕顔と申侍る。花の名は人めきて、かうあやしき垣ねになん咲侍ける」と申。げにいと小家がちにむつかしげなるわたりの、このもかのもあやしうちよろぼひて、むね〳〵しからぬ軒のつまなどにはひまつはれるを、「口おしの花の契りや。一ふさ折て参れ」との給へば、此をしあげたる門に入ておる。

垣夕顔　後西院

163 新明 何とかは眉ひらくらむ夕貌の花のみかゝるしづが垣ねに

隆信朝臣

164 たそかれにまがひて咲る花の色を遠方人やとはゞこたへむ

夏歌　小侍従

165 続古今 咲にけりをち方人のことゝひて名を知そめし夕顔の花

垣夕顔　輝光

166 新明 よりて見む遠かた人にとはずとも垣ねに白く咲る夕貌

実陰

167 ゆふがほの花はひとりの色なれやこのもかのもの宿の垣ねに

夕顔　実教朝臣

163 新明題集・夏・一五七〇、結句「賎が垣ほに」。

164 六百番歌合・十八番右・二七六、題「夕顔」、三句「花のなを」。夫木抄・夏部三・三五〇五、題「夕がほ」、三句「花の名を」。

165 続古今集・夏・二七三、二句「をちかた人に」。

166 新題林集・夏下・二六一三。

167 三玉集類題・夏。＊「実陰」とあるが、実隆の作。

168 亀山殿七百首
咲てこそ人にとはるれゆふがほの花はいやしき垣ねなれども　雅喬

169 新題
それとなき賤が垣ねに口おしの花の契りや咲る夕がほ　同

夕貌露

170 一ふさはおらばや露の玉ゆらもあたら賤やの軒の夕貌　定家

夏

171 家
見わたせば遠かた人の袖かとぞ《も歟》みづ野に白き夕貌の花

【三二】

夕貌の宮女
／心あてにそれかとぞ見る白露のひかりそへたるゆふ貌の花

172 嘉禄二千百首夏（ママ）
夕顔の花の垣ねの白露にひかりをそへて行蛍哉　為家

垣夕顔

173 心あてに雪かとも見ん夕顔の咲る垣ねの花の白露　具親

夏

174 千五百番
心あてに露もひかりやそへつらむ月に色なき夕貌の花

168 亀山殿七百首・夏・二一六。題林愚抄・夏下・二五八九。

169 新題林集・夏下・二六〇七。

170 新明題集・夏・一五七二。

171 拾遺愚草・上・内裏名所百首・一二二九、初句「わたりする」、三句「袖かとや」。

【三二】夕顔の家から受け取った扇に、書き付けられていた和歌。新全集一―一四〇。大成一〇四。

172 夫木抄・夏三・三五一〇、二句「花の垣ほの」、四句「ひかりそへても」。＊詞書に「嘉禄元年百首、夕顔」とあり。桃本集付「嘉禄四年百首夏」。

173 耕雲千首・夏百首・二八六、結句「花の白妙」。＊耕雲の作。

174 千五百番歌合・四百四十九番左・八九六。

175 新後撰集・雑上・一二八九。津守集・五三。

176 新明題集・夏・一五六八。＊「知忠」とあるが、智忠の作。

177 新明題集・夏・一五七一。

178 後柏原院御集拾遺。三玉集類題・夏。

【三三】惟光、夕顔の家の主の素性を源氏に報告する。新全集一―一四〇。大成一〇五。

179 新続古今集・雑中・一九一一。

夕顔

175 新後撰 いとゞ又ひかりや添む白露に月待出る夕貌の花　津守国助

176 新明 涼しくもひかりをそへて夕がほのひもとく花に結ぶ白露　知忠

177 同 置露のひかりをそへて夕顔の垣ね涼しく宿る月影　為教

178 御集 花にをく露のひかりはほのめきて入日涼しき夕がほのやど　後柏原院

【三三】

入て此宿もりなる男をよびてとひきく。「やうめいの助なる人の家になん侍りける。」

源氏物語の揚名助の事を、忠守朝臣に尋侍るとて申送ける　藤原雅朝朝臣

179 新続古今 伝へ置跡にもまよふ夕顔の宿のあるじのしるべともなれ

返し　丹波忠守朝臣

180 新続古今集・雑中・一九一二。

【三四】源氏、夕顔の家の女を見過ごしがたく、返歌する。新全集一—一四一。大成一〇五。

181 雪玉集・巻五・恋・一八三九。三玉集類題・恋。

182 三玉集類題・夏。

183 柏玉集・夏・五四七、四句「なごりもしるし」。三玉集類題・夏。

184 新題林集・夏下・二六〇四。＊「仙洞」は霊元院。

185 新古今集・夏・二七六、結句「夕がほの花」。

180 心あてにそれかとばかり伝へきてぬしさだまらぬ夕貌の花

【三四】

御たたうがみに［いたう］あらぬさまに書かへ［給］て
源 ／よりてこそそれかとも見めたそかれにほの〴〵見つる花の夕貌

通書恋　実隆
181 雪 あらぬ筋に書かへてだに世にちらば誰名かたゝん水くきの跡

夕顔　後柏原院
182 御集 たそかれを契置つゝ夕貌の花にかゝれる露ぞあやしき

183 とふ宿はたそかれ時の花のかほ《香を歟》《顔》名残もしるく匂ふ色哉　仙洞

184 新題 たそかれの露のひかりも見る人はあらじ垣ねに咲る夕顔　後京極

185 新古今 白露の情をきける言の葉やほの〴〵見えし花の夕貌　源道親

夏

186 正治百首 山賤の露の情けをゝくとてや垣ほに見する夕貌の花

【三五】

さすがにたえておもほしわすれなん事も、いといふかひなくうかるべき事に思ひて、さるべき折〳〵の御いらへなど、なつかしくきこえつゝ、なげの筆づかひにつけたる言のは、あやしうらうたげにめとまるべきふしくはへなどして、哀とおぼしぬべき人のけはひなれば、つれなくねたきものから《の》《ここ》、わすれがたきにおぼす。

返書恋

187 新題 めとまるぞ中〳〵つらき折〳〵のいらへはなげの筆づかひにも 後西院

188 同 書たえぬ我ぞはかなき一筆のなげのいらへもさすが待れて 時成

返事増恋

189 同 思ひます心よいかにひと筆の情はなげのつらきいらへに 実業

披書恨恋

190 同 待えてもなげの情の一ふでは見るに中〳〵恨みこそそへ 光栄

186 正治初度百首・上・夏・五三四、三句「おけとてや」。＊「源道親」は源通親。

【三五】源氏、伊予介の訪問に、空蝉のことを忘れがたく思う。新全集一―一四六。大成一〇八。

187 新題林集・恋上・五七八八、題「通書恋」。

188 新題林集・恋上・五七九二。

189 新題林集・恋上・六一九一。

190 新題林集・恋中・六五〇五。

【三六】源氏、六条御息所邸を辞去する朝、中将の君とやり取り。新全集一—一四七。大成一〇九。

【三六】

霧のいとふかき朝、いたくそゝのかされ給ひて、ねぶたげなるけしきにうち歎つゝ出給ふを、中将のおもと、みかうし一まあげて、見奉りおくり給へとおぼしくて、御木帳ひきやりたれば、御ぐしもたげて見いだし給へり。前栽の色〳〵みだれたるを過がてに休らひ給へるさま、げにたぐひなし。らうのかたへおはするに、中将の君、御供にまいる。しをん色のおりにあひたるうすものゝ［も］、あざやかに引ゆひたるこしつき、さはやかになまめきたり。見かへり給ひて、すみのまのかうらんにしばしひきすへ給へり。うちとけたらぬもてなし、かみのさがりば、めざましくもと見給ふ。

源
╲咲花にうつるてふ名はつゝめどもおらで過うきけさの朝貌

いかゞはすべきとて手をとらへ給へれば、いとなれてとく、

中将君
╲朝ぎりのはれまも待ぬけしきにて花に心をとめぬとぞ見る

とおほやけごとにぞ聞えなす。おかしげなるさぶらひわらはのすがた、このましう、ことさらめきたるさしぬきのすそ、露けゞに花の中にまじ

りて、朝顔おりてまいる程など、絵にかゝまほしげなり。

雑恋　　定家

191 家 見て過よ猶朝貌の露のまにしばしもとめぬあかぬ光りを

朝恋　　実隆

192 家 霧のうちに《は》まだ夜深しと立帰り折て《を》も見ばやけさの朝貌

不逢恋　　季経朝臣

193 親長家歌合 なびくてふ習もしらぬ朝貌の花に心をかくるはかなさ

折草花　　入道親王道永

194 文明歌合 手折ても只露のまの色やげにやがてうつろふ朝貌の花

【三七】

女をさして其人とたづね〔いで〕給はねば、我も名のりをし給はで、いとわりなうやつれ給ひつゝ、例ならずおりたちありき給は、おろかに〔は〕おぼさぬ成べしと見れば、我馬をば奉りて、御供にはしりありく。「けそう人の、いと物げなきあしもとを見つけられ〔て〕侍むとき、か

191 拾遺愚草・上・皇后宮大輔百首・二八九、四句「しばしもとめん」。

192 雪玉集・巻十七・七五三二、初二句「きりのうちはまだ夜もふかし」、四句「折りてを見ばや」。三玉集類題・恋、初句「霧の中は」、四句「折てをみばや」。

193 親長卿家歌合・八十七番左。

194 文明九年七月七日七首歌合・十四番左。

【三七】源氏、素性を知らない夕顔の女に夢中になる。新全集一―一五一。大成一一三。

らくも有べきかな」とわぶれど、人にしらせ給はぬすし《まゝ》《ここ》に彼夕貌のしるべせし随身ばかり、さては貌むげにしるまじきわらはひとりばかりぞ、いておはしける。もし思ひよる気色もやとて、隣に中宿りをだにし給はず。女もいとあやしく〔心得ぬ〕心ちのみして、御使に人をそへ暁の道をうかゞはす《せ》《こ》、御有か見せんと尋れどそこはかとなくまどはしつゝ、さすがに哀に見ではえあるまじく、此人のみ心にかゝりたれば、びんなくかよ《る》《こ》〴〵しき事ともおもほしかへしわびつゝ、いとしば〳〵おはします。

隠名切恋　　　　　後柏原院

195 御集 ゆふ貌のたそかれ時の名残とも我やは見えむ暁のみち

【三八】

あやしきまで今朝のほど、ひるまのへだてもおぼつかなくなど思ひわづらはれ給へば、かつはいと物ぐるをしく、さまで心とむべき事のさまにもあらず〔と〕いみじく思ひさまし給ふ

遅日

195　三玉集類題・恋。

【三八】源氏、夕顔に溺れるも、心を静めようとする。新全集一―一五二。大成一一三。

196 けさ《新明》の程ひるまの空をきのふかとたどるに老の春の日永さ　実隆

後朝恋

197 いかにねてならふ心ぞけさの程けふのひるまもたど《堪ん》る物かは

【三九】

八月十五夜、くまなき月影、ひまおほかる板や残りなくもりきて、見習ひ給はぬ住居〔の〕さまもめづらしきに、暁ちかく成にけるなるべし。隣の家〳〵、あやしき賤のおの声〳〵めさまして、「哀いと寒しや。ことしこそなりはひにもたのむ所《トコロ》すく《すく》《ここ》なく、ゐ中のかよひも思ひかけねば、いと心ぼそけれ。北殿こそ、聞給ふや」などいひかはすも聞ゆ。

穐里

198 秋《御集》寒きをのが愁やいひかはす暁ちかき賤が家々　後水尾院

【四〇】

白妙の衣うつきぬたのをとも、かすかにこなたかなた聞わたされ、空飛

196 新明題集・春・六九四。＊通村の作。

197 雪玉集・巻十七・七四三七、四結句「けふのひるまをたへじものとは」。

【三九】中秋の十五夜、源氏が宿る夕顔の家の周囲の様子。新全集一―一五五。大成一一五。

198 後水尾院御集・秋・五八四。

【四〇】源氏と夕顔、夜明け前の庭の情景を眺める。新全集一―一五六。大成一一六。

雁の声、とりあつめて忍びがたき事おほかり。

隣擣衣　後柏原院

199 御集 月は猶あ《打》や〔なか〕衣の色にだにひかりやそへむ夕顔の宿

【四一】

「かれ聞給へ。此世〔と〕のみとは　思はざりけり」と哀がり給ひて、源／うばそくが行ふ道をしるべにてこん世もふかき契りたがふな　長生殿のふるきためしはゆゝしくて、羽をかはさんとは引かへて、みろくの世をぞかね給ふ。

契恋　雅喬

200 新明 いかならん此世〔と〕のみとはとばかりの人の契をうち頼みても

恋　実陰《隆》

201 雪 かひなしや羽をかはさん《ならべん》ふることは其あかつきにいみし契も

199 柏玉集・秋下・九六〇・二句「打つや衣の」。三玉集類題・秋、二句「打や衣の」。

【四一】源氏、来世までの契りを夕顔に約束する。新全集一―一五八。大成一一八。

200 新明題集・恋・三三四〇、二句「此世のみとは」。

201 雪玉集・巻十六・内侍所御法楽八百首和歌之内御当座・六七五六、二句「羽をならべむ」。＊桃本作者「実隆」。

【四二】源氏、夜明けに夕顔を廃院に連れ込む。新全集一―一五九。大成一一九。

202　雪玉集・巻十三・五六二六、結句「道まよふらん」。

203　三玉集類題・春、初句「あけぬまは」、結句「東雲の空」。

204　雪玉集・巻八・一夜百首・三四一七。

【四二】

なにがしの院におはし〔まし〕つきて、あづかりめし出る程、あれたる門の忍草しげりてみあげられたる、たとしへなくこぐらし。霧〔も〕ふかく露けきに、すだれをさへあげ給へれば、御袖もいたうぬれにけり。「まだかやうなる事をならはざりつるを、心づくしなる事にもありけるかな。

源／いにしへもかくやは人のまどひけん我まだしらぬしのゝめの道

ならひ給へりや」との給ふ。女はぢらひて、

夕顔／山のはの心もしらで行月はうはの空にて影や絶なむ

暁更鶯　実隆

202 雪　鶯の我まだしらぬしのゝめや谷の戸出る道まど《よ》ふらん

霞　後柏原院

203 御集　いとはやも《あけぬまはイ》我まだしらぬ春の色に霞にけりな東雲の道

後朝恋　実隆

204 雪　しのゝめは我まだしらぬ道とのみ別るゝたびにかきくらしつゝ

寄雲恋　同

205 雪玉集・巻十四・五八八〇、初句「侘びつつは」。
＊桃本この次に一首あり。追補939参照。

206 新題林集・恋下・六八七六。

207 風雅集・雑下・一九六八。

208 雪玉集・巻十八・八〇三三。

209 宝治百首・一〇六〇、初二句「待つほどにふけなば」。

210 雪玉集・巻一・春・五一九、題「対月惜花」、結句「花もうらめし」。

211 雪玉集・巻十四・報贈細江漁唱三十首・五八八五〇。

205 同 侘つゝぞ我まだしらぬ別路にいつはた峯の横雲の空

道見

206 新題 逢見ねば我まだしらぬ東雲にひとり別るゝ峯の横雲

文永九年二月十七日、後嵯峨院かくれ給ひぬと聞て、いそぎまいる道にて思ひつゞけ侍りける　中務卿宗尊親王

207 風雅 悲しさは我まだしらぬ別にて心もまどふしのゝめの道

伏見里　実隆

208 雪 たれとかは我まだしらぬ里の名の伏見にかこつしのゝめの道

夏月　蓮性

209 宝治百首 待程よ更るはいかに短夜のこゝろもしらぬ山端の月

対花待月〔雪玉　対月惜花〕　実隆

210 一人三臣 行月の心もしらで春風のうはの空なる花は《も》うらめし

惜月　同

211 雪 出てくる程をいそぎし山端のこゝろもしらず月やしたはむ

【四三】源氏、下家司に隠れ処のことを口止めする。新全集一―一六〇。大成一二〇。

212 三玉集類題・恋、下句「如何忘てしらせそむらん」。

【四四】源氏、夕顔に名を明かすよう請うも、はぐらかされる。新全集一―一六二。大成一二一。

213 柏玉集・恋下・一五二八、下句「身にあま人の名のりもぞうし」。

214 後柏原院御集拾遺、二句「なのりもよしや」、結句「宿を定めば」。三玉集類題・恋、二句「名残もつらし」。

【四三】

「さらに心より外にもらすな」と、口かためさせ給ふ。

洩初恋　後柏原院

212 御集 もらすなと口かたむべき身の程をいかにしら《わす》れてしらせそむらん《人にわすらるゝゆへもはかなし》

【四四】

「つきせずへだて給へるつらさに、あらはさじと思つる物を、今だに名のりし給へ。いとむくつけし」との給へど、「あまの子なれば」《夕貌詞》とてさすがにうちとけぬさま、いとあいだれたり。「よし是もわれからなめり」《源詞》と恨み、かつはかたらひくらし給ふ。

隠名切恋　後柏原院

213 御集 袖ぬるゝたぐひのみかは数ならぬ身はあま人の名のりそもうし

不知名恋　同

214 同 あまの子のなのりもつらし今よりは我によるべの宿と定めむ

【四五】

竹の中に、家鳩といふ鳥のふつゝかに鳴を聞給て、彼《カノ》ありし院に此鳥〔の〕鳴しを、いとおそろしと思ひたりしさまの、面かげ〔に〕らうたくおぼひて《もほし出らるれば》。

鳥　　実隆

215 雪 後土御門院第十七回忌の歌の中に
一とをり日影もりくる竹の中に鳩なく里の夕淋しき《も》

家鳩

216 同 西になる日影もりくる竹の中を我家鳩の所えて鳴

217 信太杜 今まけ《で歟》はうとかるべきもうとからず有し其夜の家鳩の声

【四六】

／見し人の煙を雲とながむれば夕の空もなつかしき哉《むつましき哉》

六百番歌合の中に　　家隆

218 新古今 思ひ出よたが、ねごとの末ならんきのふの雲の跡の山風

【四五】源氏、家鳩の声に、亡き夕顔との廃院の夜を思い出す。新全集一―一八七。大成一四〇。

215 雪玉集・巻十・延徳冬独吟百首・三八四五、三句「たかのなかに」、結句「夕さびしも」。

216 雪玉集・巻十三・五五七六。

217 宗良親王千首・七二四、題「寄鳩恋」、初句「今きけば」、四句「有りしかのよの」。＊作者は宗良親王。

【四六】源氏、右近とともに亡き夕顔を恋しく思い出して独詠。新全集一―一八九。大成一四一。

218 新古今集・恋歌四・一二九四、詞書「千五百番歌合に」。千五百番歌合・千二百三十五番右・二四六九。

判曰、同じ物語に「見し人の煙を……」、若此歌の心歟。

【四七】

源 ／ほのかにも軒端の荻をむすばずは露のかごとを何にかけまし

軒ばの荻 ／ほのめかす風につけても下荻のなかば丶霜にむすぼ丶れつ丶

簷荻　　為氏

219 白川七百首 契り置軒ばの荻のたよりにも頼みがたしや露のかごとは

荻　　行輔

220 延文百首 音たつる軒端の荻をかごとにて袖も露なる秋風ぞふく

俄逢恋　　雅親

221 類 風のまに思ひもかけず結びにき軒ばの荻の露のかごとは

恋　　公経

222 荻のはに露のかごとを結ばずはか《本ノマヽ、世歟》をも人をもたれか恨みむ

定家

223 家 ほのめかすの歌をとれり かれぬるはさぞなためしと詠てもなぐさまなくに霜の下草

不慮逢恋　　氏孝

【四七】源氏、軒端荻が男を通わせていると聞き、文のやり取り。新全集一―一九一。大成一四二。

219 白河殿七百首・二一九。

220 延文百首・二九三八。

221 類題集・恋二、「露の契りは」。亜槐集・巻七・九〇三、結句「つゆのちぎりは」。

222 千五百番歌合・千二百三十五番左・二四六八、四句「風をも人も」。

223 拾遺愚草・上・千五百番歌合・一〇八八。千五百番歌合・千三百十八番右・二六三五。

224 契あれや軒ばの荻のそよとだにまだ白露のか丶る枕は

【四八・巻名】

源氏の巻〳〵の名をよみ侍けるうたの中に、ゆふがほ　公雅

225 続後拾遺 神垣は花の白ゆふかほるらし吉野丶宮の春の手向に

夕顔　実隆

226 雪 よりてだに露の光りやいかにともおもひもわかぬ花のゆふがほ

○ 若　紫

【四九】

君も、か丶る旅寝は《も》習ひ給はねば、さすがにおかしくて、「さらば暁に」との給ふ。日もいと永きにつれ〳〵なれば、夕ぐれ〔の〕いたう霞たるにまぎれて、かの小柴垣のもとに立出給ふ。人々はかへし給ひて、惟光ばかり御供にてのぞき給へば、只此西表にしも、持仏すへ奉りて行ふ尼なりけり。簾すこしあげて、花たてまつるめり。中の柱によりゐて、けう

224 新題林集・恋上・六〇四四、「軒ばの萩の」。

【四八】

225 続後拾遺集・物名・五二四・公雄、初句「神がきの」。＊桃本作者「公雄」。

226 雪玉集・巻十三・詠源氏物語巻巻和歌・五五〇五。

【四九】源氏、北山にて僧都の坊を垣間見し、幼い紫上を発見する。新全集一―二〇五。大成一五五。

そくのうへに経をきて、いとなやましげによみゐたり《る》尼君、たゞ人と見えず。四十ばかり《あまり》にて、いとしろくあてにやせたれど、つらつきふくらかに、まみの程かみのうつくしげにそがれたる末も、中〳〵ながきより〔も〕こよなう今めかしきものかな、と哀に見給ふ。きよげなるおとなふたりばかり、さてはわらはべぞ出入遊ぶ。中に、十ばかりにやあらんと見えて、白ききぬの、山ぶきなどのなれたるきて、はしりきたる女ご、あまた見えつる子どもににるべくもあらず、いみじうおひさき見えて、うつくしげなるかたち也。かみは扇をひろげたるやうにゆら〳〵として、貌はいとあかくすりなしてたてり。「何事ぞや。わらはべとはらだち給へるか」とて、尼君の見あげたるにすこしおぼへ《え》たる所あれば、子なめりと見給ふ。「すゞめの子を、いぬきがにがしつる。ふせごのうちにこめたる《りつる》物を」とて、〔いと〕口おしと思へり。このゐたるおとな、「れいの、心なしの、かゝるわざをしてさいなまるゝこそ、いと心づきなけれ。いづかたへかまかりぬる。いとおかしうやう〳〵なりつる物を。からすなどもこそ見つくれ」とて立て行。髪のゆるらかにいとながく、めやすき人なめり。少納言のめのととぞ人いふめる〔は〕、此子のうしろ見なるべし。

見恋　素然

227 新題 此歌奥ニ出 若草のまだはつかなるかいまみに生行末の程もしられし

明り障子といへる事を隠し題にて　為氏

228 いにしへをいぬきがかひし雀の子の立あがりしやうしとみゆらん

【五〇】

尼君 おひたゝむありかもしらぬ若草ををくらす露ぞきえんかた《空》なき

暮秋　実隆

229 雪 さすがそのをくらす露を風の前に思ひ置てや秋も行らん

露底槿花　同

230 同 しほれけりをくらす露を思ひ置て日かげに〔や〕咲や朝がほの花

暮春〔残〕花　同

231 同 山風にひとり残りて咲花ををくらす春やゆかん空なき

入道前太政大臣二七日の追善の歌の中に

232 露のまをゝくらすのみぞまてしばし蓮のなかば残し置けん

227 新題林集・恋歌上・五七四四。通勝集・七四。

228 井蛙抄・巻六・五二六、初句「いにしへの」、三句「すずめの子」、結句「うしとみるらん」。

【五〇】紫上の祖母尼君、紫上の行末を案じての和歌。新全集一―二〇八。大成一五八。

229 雪玉集・巻十三・五二八二。

230 雪玉集・巻十・明応夏独吟百首・三九〇二、四句「日影にやさく」。

231 雪玉集・巻一・春・六〇四。

232 雪玉集・巻十五・六三八六、二句「おくるるのみぞ」、結句「残しおかなむ」。

【五一】

少納言／初草のおひゆく末もしらぬまにいかでか露の消んとす覧

233 新題 若草のまだはつかなる垣間みに生行末の程もしられし　見恋　素然

此歌前に出

【五二】

かやうのすまゐもせまほしく《う》覚え給ふものから、ひるのおもかげ心にかゝりて恋しければ、「こゝにものし給ふはたれにか。たづね聞えまほしき夢を見給しかな。けふなんおもひあはせつる」ときこえ給へば、打笑ひ〔て〕、「うちつけなる御夢語こ《に》そ侍なる。尋させ給ても御心をとりせさせ給ぬべし」

234 碧 ほのかなる俤ながら身にしめて思ひあはする夢をだに見ん　見恋　政為

【五一】女房、紫上に代わって尼君の和歌【四六】に返歌。新全集一―二〇八。大成一六〇。＊桃本和歌作者「中納言」トアリ。

233 新題林集・恋歌上・五七四四。通勝集・七四。

【五二】源氏、北山僧都から紫上の身の上について聞こうとする。新全集一―二一一。大成一六〇。

234 三玉集類題・恋。雪玉集・巻十七・七五一九。＊実隆の作。

【五三】

源 ╲初草の若葉のうへを見つるより旅ねの袖も露ぞかはかぬ

見恋　後柏原院

235 御集 露ならぬ心をぞ置はつ草の若葉のうへをみではやまじな

春見恋　仙洞

236 新題 見そめつる袖のみぬれて初草の若葉の露は手にもたまらず

寄初草恋　雅朝

237 同 手につまん程もはつかの初草に生さく《きか》《こ》しるく頼めをく中

【五四】

〔此段はつ草の歌の前に可入。〕雨すこしうちそゝき、山かぜひやゝかに吹たる〔に〕、滝のよどみもまさりて音たかく聞ゆ。すこしねぶたげなきど《読る》《ここ》経のたえ〴〵すごく聞ゆるなど、すゞろなる人も所がら物哀也。

題しらず　鷹司院帥

238 新拾遺 山風に滝のよどみも音《ヲト》たてゝ村雨そゝく夜ぞすゞしき

【五三】源氏、尼君に紫上を後見したいと申し出る。新全集一―二一六。大成一六三。

235 三玉集類題・恋、結句「みではやまじと」。

236 新題林集・恋中・六六〇七　＊「仙洞」は霊元院。

237 新題林集・恋下・七一八三、四句「生さきしるく」。

【五四】源氏、紫上の後見について尼君の返答を待つ。新全集一―二一五。大成一六二。

238 新拾遺集・雑上・一五七九、結句「夜はぞ涼しき」。

山家夜

239 かつ《千首》氷るたよりはかなし奥山の滝のよどみに結ぶ夜の夢　肖柏

【五五】

暁がたになり〔に〕ければ、法花三昧をおこなふ堂の懺法の声、山おろしにつきて聞えくる、いとたうとく、滝のをとにひゞきあひたり。

源／吹まよふ深山おろしに夢さめて涙もよほす滝のをとかな

同／さしぐみ《イ僧都》に袖ぬらしける山水の《に》すめる心はさはぎやはする

「見え《耳》なれ侍りにけりや」と聞え給ふ。明行そらは〔いと〕いたうかすみて、山の鳥共もそこはかとなくさえづりあひたり。名もしらぬ木草の花ども、色〳〵〔に〕ちりまじり、にしきをしけると見ゆるに、鹿のたゝずみありくもめづらしく見給ふに、なやましさもまぎれはてぬ。

山家

240 滝《韻歌》の音に嵐吹そふ明がたはならはず貌に夢ぞ驚く　定家

雑恋

241 若草の露もまたれぬ袖《ひか》の上に涙落そふ滝のをと哉　家隆

239 肖柏千首・八七八、結句「むすぶまのゆめ」。

【五五】源氏、再び僧都と会い、和歌を贈答する。

新全集一―二一九。大成一六五。

240 拾遺愚草・中・韻歌百二十八首・一七〇〇。

241 壬二集・上・殷富門院大輔百首・二七九、初二句「念草露もまたれぬ」。

暮春獣　後柏原院

242 御集 行春に《よ》木草花ちる山道にたゝずむ鹿の跡はありとも

納涼　同

243 同 さしぐみに思ふもすゞし山水のすめる心はさはぎやはする《に夏やをくらん》

【五六】

くらぶの山にやどりもとらまほしけれど、あやにくなるみじか夜にて、あさましう中〳〵なり。
源／見ても又逢夜まれなる夢のうちにやがてまぎるゝ我身とも哉
とむせかへらせ給ふさまも、さすがにいみじければ、
／世語りに人や伝へむたぐひなく我身《うき》をさめぬ夢になしても
おもほえ《し》みだれたるさまを《も》、いとことはりにかたじけなし。

夜郭公　公雄

244 やどりとる人も聞らむ短夜の空もくらぶの山ほとゝぎす

兼厭暁恋　定家

245 家 こよひだにくらぶの山に宿も哉暁しらぬ夢やさめぬと

242 柏玉集・春下・四二〇、初二句「行く春に木草花ちり」。

243 柏玉集・五百首下・二一三四、下句「すめる心に夏やおくらん」。

【五六】源氏、藤壺と逢い、夜明けに和歌の贈答。新全集一―二三一。大成一七四。

244 続後拾遺集・夏・一八八、二句「人や聞くらむ」。

245 拾遺愚草・上・藤川百首・一五六六、二句「くらぶの山の」。

恋三首の和歌の中に　同

246 やどりせぬくらぶの山を恨みつゝはかなの春の夢の枕や

寄花逢恋　後柏原院

247 御集 程もなき夢にまぎるれ春の夜のくらぶの山の花の宿りは

逢夢恋　同

248 柏 一人三臣 又も見む俤のこせ深き夜のくらぶの山の夢の宿りに

寄山恋　邦高

249 続撰吟 明ぬ夜の思ひを何にくらぶ山やどりとるべき道はありとも

恋地儀　智仁親王

250 同 わりなしや憂身に思ひくらぶ山やどりとらんの心まどひは

春夜恋　実隆

251 雪 世語はいかにつゝまん春がすみくらぶの山もみじか夜の夢

夏恋　同

252 同 いかならむくらぶの山に宿るともはかなの夢のみじか夜の空

寄名所恋　同

253 同 明ぬ夜の心にまよふ契哉やどるくらぶの山はなけれど

忍逢恋　後水尾院

246 拾遺愚草・下・二五六三。

247 三玉集類題・恋、二句「夢に紛るな」。雪玉集・巻十三・花三十首・五七三六、二句「夢にまぎるな」。＊後柏原院の作。

248 柏玉集・恋上・一四二四。

249 続撰吟抄・巻三・一一三三、結句「道は有とも」。邦高親王集・六一、結句「道は有れども」。

250 続撰吟抄・巻一・一〇二、結句「心まよひは」。＊宗清の作。

251 雪玉集・巻十六・六八四七。

252 雪玉集・巻十・春日社檀詠百首・四二四三、四句「はかなの夢や」。

253 雪玉集・巻十・四〇一七。

254 御集 あやにくにくらぶの山も明る夜をまれなる夢にかこちそへつゝ

照射　実陰

255 新題 ともしさす火かげぞやがてしらみ行くらぶの山も明やすき夜は

名所七夕　資慶

256 新明 星合の空にかさばや今宵だにくらぶの山の明ぬ宿りを

【五七】

いと哀とおぼす。秋の夕は、まして、心のいとまなくのみおぼしみだるゝ人の御あたり〔に〕心をかけて、あながちなるゆかりも尋ねまほしき心もまさり給ふ成べし。「消ん空なき」と有し夕おぼし出られて、恋しくも、また、みをとりやせん、とさすがにあやうし。

／源 手につみていつしかも見む紫のねにかよひける野べの若草

初尋縁恋　法皇御製

257 続千載 思ひそむる心の色をむらさきの草のゆかりに尋ねつる哉

松藤　通村

258 新明 ねにかよふものかとぞ見る紫の色に匂へる松の藤浪

254 後水尾院御集・恋・七一三、題「稀逢恋」、四句「まれなる中に」。

255 新題林集・夏下・二四九六。芳雲集・夏部・一四四〇。

256 新明題集・秋・一八七七。

【五七】源氏、藤壺を思うにつけて、何とか紫上を得ようとする。新全集一―二三九。大成一七九。

257 続千載集・恋一・一〇三五。＊「法皇」は後宇多法皇。

258 新明題集・春・一〇九二。

【五八・巻名】

若紫　　　　　　　　　　実隆

259 雪 尋ねこし行衛も嬉し紫のゆかりことにも深き契りは

○末摘花

【五九】

> 思へども猶あかざりし夕貌の露にをくれしほどの心ちを年月ふれどおぼしわすれず、こゝもかしこも打とけぬ限りのけしきは、御心ふかき方〔の〕御いどましさに、〔けぢ〕かくなつかしかりし、哀に似るものなう恋しく覚え給ふ。

難忘恋　　　　　　　　　後柏原院

260 御集 いかに見て猶あかざりし夕貌の露の行衛をわすれかねけん

　　　　　　　　　　　　資慶

261 新題 おもへども猶あかざりし面影はせめて身にそふかたみなれとや

　　　　　　　　　　　　素然

【五八】

259 雪玉集・巻十三・詠源氏物語巻巻和歌・五五〇六。

【五九】源氏、亡き夕顔を忘れられず、恋しく思い続ける。新全集一―二六五。大成二〇一。

260 柏玉集・恋下・一五四四、結句「思ひおきけん」。

261 新題林集・恋中・六四四九。

262 同
ゐにしあれやはかなく消し名残だに猶袖ぬらす夕貌の露

牡丹　後水尾院
263 思へども猶あかざりし花をさへわするばかりのふかみ草かな

等思両人恋　道晃
264 わりなしやこゝもかしこも打とけてぬべき夜はをおもふ心は

【六〇】

源 いくそたび君がしゞまにまけぬらん物ないひそといはぬたのみに
小侍従 鐘つきてとぢめんことはさすがにてこたへまうきぞかつはあやなき

鐘声送秋　後柏原院
265 柏玉 行秋は今だに出し《かなし》鐘つきてけふにとぢむる夕ならねば《ど》

暮秋　基凞
266 聞侘ぬけふにとぢむる秋の色の名残つきぬる入相の声

思不言〔思〕恋　実隆
267 雪 いはばこそこたへも聞ぬ《め》心もてしゞまに習ふ我ぞあやなき
資慶

262 新題林集・恋中・六四四六。通勝集・一八四。

263 後水尾院御集・夏・二三二、三句「桜だに」。新明題集・夏・一一八〇。

264 新題林集・恋中二・六七二九。

【六〇】源氏、末摘花と逢い、歌の贈答。代わりに女房が返歌。新全集一―二八三。大成二一三。

265 三玉集類題・秋、二句「今だにかなし」、結句「夕ならねど」。

266 新題林集・秋下・四三八八。

267 雪玉集・巻五・恋・一八二八、題「不言思恋」、二句「こたへもきかめ」。

268 新明 思ひしる身のうき嶋に鐘つきてとぢめん事もさすが悲しき

待空恋　　通村

269 新題 さりともと待宵過る鐘の音に思ひとぢむる程もはかなし

恋鐘　　実隆

270 雪 さしもその頼めて出し暁のかねをとぢめとおもひかけきや

寄鐘恋　　道晃

271 新題 我おもひ聞えまうきやかねつきてとぢめんとにはあらぬ契も

【六一】

色は雪はづかしう《く》白《こ》うて、さをに

白鷺立江　　通茂

272 新題 もえ出る芦もみどりの江の水に雪はづかしくみゆる白鷺

【六二】

源 朝日さす軒のたるひはとけながらなどかつらゝの結ぼゝるらん

268 新明題集・恋・三一九三、「思不言恋」。

269 新題林集・恋上・六〇〇八、結句「程もかなしき」。後十輪院内府集・一〇八八、結句「程もかなしき」。

270 雪玉集・巻十七・七六三九。

271 新題林集・恋下・七五五六。

【六一】源氏、夜が明けて初めて末摘花の顔の様子を知る。新全集一―二九二。大成二二〇。

272 新題林集・雑中・八六六〇。

【六二】源氏、末摘花の家を急いで出ようとし、歌を贈る。新全集一―二九四。大成二二二。

庭雪　後柏原院

273 御集 けさみれば軒のたるひの雫まで氷てたまる庭の雪哉

閑居庭雪　同

274 同 雪ふりし《て》軒のたるひの雫まで朝ゐにさむる《ゆイ》蓬生の宿

【六三】

御車よせたる中門の、いといたうゆがみよろぼひて、夜目にこそ、しるきながらも、よろづかくろへたる事おほかりけれ、いと哀に淋しうあれまどへるに、松の雪のみあたゝかげにふりつめる、山里の心ちして物あはれなるを、かの人〳〵のいひしむぐらの門とは、かやうなる所なりけんかし。

歳中立春　重治

275 永正百首 松の雪ふるとしながら朝日影あたゝかげなる春はきにけり

雪埋松　玄旨

276 家 夕日影遠の山もと降はれてあたゝかげなる雪の松原

寄雪花　光広

273 柏玉集・冬・一一八九。柏玉集・五百首下・二二七一、三句「雫にて」。

274 三玉集類題・冬、題「閑居雪」、初句「雪降て」、四句「あさゐにさむる」。

【六三】源氏、帰宅時に末摘花の家のさびれた様子に同情。新全集一―二九五。大成二二二。

275 後柏原院御着到百首・九月九日、初句「松の雪の」。

276 衆妙集・四五二。

277 同 花なれや春日うつろふ山端にあたゝかげなる雪のひと村

雪朝　　後西院

278 新題 千世の色深くつもりて朝日影あたゝかげなる松の白雪

炭竈　　後水尾院

279 をのづからすみやく峯の松の雪あたゝかげなる色にみゆらん

炭竈烟　　同

280 嶺の雪あたゝかげにて炭竈の煙にかすむ松の一しほ

【六四】

たち花の木の埋れたる、御随身めしてはらはせ給ふ。うらやみ顔に、まつの木の己おきかへりて、さとこぼるゝ雪〔も〕、なにたつ末のとみゆるなどを、いとふかゝらずとも、なだらかなる程に、あひしらはん人もがなと見給ふ。

雪　　一条局

281 埋もれて風もはらはぬ松がえにをのれこぼるゝけさの白雪

雪埋松　　雅永

277 黄葉集・巻二・四六七、二句「朝日うつろふ」。

278 新題林集・冬下・五一六九。

279 未詳。

280 柏玉集・五百首上・二〇七三。＊後柏原院の作。

【六四】源氏、末摘花の庭の橘に積もる雪を随身に払わせる。新全集一―二九六。大成二二二。

281 嘉元百首・二五五六。

282 続撰吟 打はらふあたりの木々の雪みてやうらやみ貌になびく松がえ

積雪 宗量

283 新明 立花の枝には幾重おきかへり松はこぼるゝ庭の白雪

【六五・巻名】

末つむ花 実隆

284 雪 袖ぬれてすゑつみはやす名におへる花の《や》あやなき色にみえけむ

○紅葉賀

【六六】

朱雀院の行幸は神無月の十日あまりなり。よのつねならず、面白かるべきたびの事なりければ、御方〳〵、物見給はぬ〔事〕を口おしがり給ふ。うへも、藤つぼの見給はざらんを、あかずおぼさるれば、試楽を御前にてせさせ給ふ。源氏の中将は、青海波をぞ舞給ける。かた手には大とのゝ、頭中将、かたち、ようい、人にことなるを、立ならびては、花のかたはらのみ山木也。入かたの日影さやかにさしたるに、楽の声まさり、

282 続撰吟抄・巻四・一五五八。

283 新明題集・冬・二九八八。

【六五】

284 雪玉集・巻十三・詠源氏物語巻巻和歌・五五〇七、初句「袖ふれて」、四句「花やあやなき」。

【六六】 源氏、朱雀院の行幸の試楽に、頭中将と青海波を舞う。新全集一―三一一。大成二三七。

もの、おもしろきほどに、同じ舞の足ぶみ、おも、ち、世に見えぬさまなり。

山家春　　後柏原院

285 御集 所がら咲らん花も花ならじ我深山木のかたはらにして

花　　同

286 柏 見る人に《一人三臣よ》花に立ならぶ太山木もあればありとや袖かはすらん

桜柳交枝　　同

287 むつれ《御集みだれ》あふ緑も花のかたはらの《に》み山木ならめ《ぬ》青柳の糸

交花　　御製

288 続撰吟 華の陰立ははなれぬ太山木にまがふ姿と我はみるとも

華満山　　実隆

289 雪 山は今みながら花のかたはらに立ならぶべきときは木もなし

春月　　同

290 同 太山木のあらしや花のかたはらに月をなさじと雲はらふらん

山皆紅葉　　同

291 同 もみぢばに立かくされて見し花のかたはらなりし太山木もなし

285 柏玉集・春下・三三七、初句「春にあひて」、四句「我がみいはきの」。

286 柏玉集・春下・二七九、初句「みる人よ」、結句「袖をかすらん」。

287 柏玉集・春下・三一七、初句「みだれあふ」、三四句「かたはらの太山木ならぬ」。

288 続撰吟抄・巻三・一二二一・初句「花のかげを」、結句「我はみゆとも」。＊「御製」は後土御門院の作。＊桃本この次に一首あり。追補940参照。

289 雪玉集・巻一・春・四四七。雪玉集・巻十三・聖廟奉納詠三十首・五六五八。

290 雪玉集・巻十七・七三八五。

291 雪玉集・巻三・秋・一四五四。

292　黄葉集・巻一・一二九。
293　衆妙集・二六六。
294　雪玉集・巻八・夏日詠百首和歌・三〇六六、二句「雪とちり行く」。
295　新題林集・春上・六七二。
296　新題林集・夏上・一八三〇。
297　新題林集・春中・七一九。
298　新題林集・冬下・五三一七。
299　仙洞三十六番歌合・三十番左。新題林集・冬下・五五六九。

盛花　光広
292 家　外にまためもうつさねば華盛立ならびたるみ山木もなし

深山花　玄旨
293 同　み山木の色こそなけれ花桜咲かたはらにたちならびては

故　故《源歟》山花正落　実隆
294 雪　雲と消雪と散し《行》も花のあと〔の〕かたはら淋し太山木のかげ

紅梅　通茂
295 新題　ならべては秋のちしほもかたはらの太山木ならし梅のくれなゐ

余華　道晃
296 同　たぐひなや夏は若ばのかたはらにのこる一木のみ山桜は

柳先花緑　弘資
297 同　花の比立ならびてはとばかりに柳にいそぐ春の色かも

常盤木雪　道晃
298 同　花にこそかたはらに見しみ山木も松に立ならぶ雪ぞめかれぬ

冬植物　通純
299 仙洞歌合　見し花の梢を冬はみ山木のかたはらにまたなす緑かな　経広

300 同 春秋の花も紅葉もかたはらにみぎりの雪の松の一しほ

寄木恋　　　　後水尾院

301 新明 人心花にうつろふならひこそ我かたはらのつらきみ山木

【六七】

「こゝろ見の日かくつくしつれば、紅葉のかげやさう〴〵しと思へど、見せ奉らんの心にて、よういせさせつる」など聞え給ふ。つとめて中将の君、「いかに御覧じけん。世にしらぬみだり心ちながら〔こそ〕。

源 ／物思ふにたちまふべくもあらぬ身の袖うちふりし心しりきや

あなかしこ」とある御返、めもあやなりし御さまかたちに、見給ひ忍ば〔れ〕ずやありけん、

藤つぼ ／から人の袖ふることは遠けれど立ゐにつけてあはれとは見き

安元御賀に地久を舞侍ける中にも、心にかゝる事のみ侍ければ

前大納言隆房

302 玉葉 ふる袖は涙にぬれて朽にしをいかに立まふ我身なるらん

忍逢恋　　　　親長

300 仙洞三十六番歌合・三十番右。

301 新明題集・恋・三八〇九。後水尾院御集・恋・七九八。

【六七】朱雀院の藤壺への言葉。試楽の翌日、源氏と藤壺の歌の贈答。新全集一―三一三。大成二三八。

302 玉葉集・恋三・一五三〇。隆房集・七三、三句「くちぬるを」。

303　文明十三年三十番歌合・二十七番左。

【六八】源氏、朱雀院の行幸当日にも、青海波を舞う。新全集一―三一四。大成二三九。

303　文亀三歌合　わりなくも思ひやかはすから人の袖ふる事をかけし契は

【六八】

宰相ふたり、左衛門督、右衛門督、ひだり右の楽の事を行ふ。舞の師どもなど、世になべてならぬをとりつゝ、おの〳〵こもりゐてなん習ける。木高き紅葉のかげに、四十人のかいしろ、いひしらず吹たてたる物のねどもにあひたる松風、まことのみやまをろしと聞えて吹まよひ、いろ〳〵に散かふ木のはのなかより、青海波のかゞやき出たるさま、いとおそろしきまでみゆ。かざしのもみぢいたう散過て、かほの匂ひにけをされたる心ちすれば、おまへなる菊をおりて、左大将さしかへ給ふ。日くれかゝるほどに、気色ばかりうちしぐれて、空の気色さへみしりがほなるに、さるいみじきすがたに、きくの色〳〵うつろひ、えならぬをかざして、けふは又なきてをつくしたる、入あやの程、そゞろさむく、此世のことゝも覚えず。物見しるまじきしも人などの、このもと、岩がくれ、山の木の葉にうづもれたるさへ、すこし物の心しるは涙おとしけり。

304 郭公ふた村山をたづねみむ入あやの声やけふはまさると　俊頼

（▼コノ一首行間ニ補入）

寄挿頭恋

305 千首 さしかへしもみぢも菊も折からの只えならずや心とゞめん　為尹

庭残菊

306 新玉〔津か〕嶋歌合 ちり過し紅葉の陰の庭ふりておらぬかざしに残る白菊　沙弥浄空

笛

307 夫木 吹まよふ紅葉の風の笛のねに立まふ人の袖かへるみゆ　為家

【六九】

源 よそへつゝ見るに心はなぐさまで露けさまさる撫子の花

308 千五百番 よそへ見む昔の人をみるににて露にぬれたるなでしこの花　小侍従

304 散木奇歌集・巻二・三〇四。＊桃本この歌ナシ。

305 為尹千首・恋二百首・七七七、結句「心とめけん」。

306 康正元年十二月十七日内裏歌合・四番右。

307 夫木抄・雑部十四・一五二一四。

【六九】源氏、若宮への思いを、藤壺への和歌に託す。新全集一―三三〇。大成二五〇。

308 千五百番歌合・三百八十四番左・七六六、初句「よそへけむ」。

【七〇】藤壺、【六九】に対し、若宮への思いを源氏への和歌に託す。新全集一―三三〇。大成二五〇。

309 為家集・下・一八二六。

310 続後撰集・春下・一二二、三句「おもふにも」。俊成卿女集・八八、三句「おもふにも」。

311 新古今集・夏・二一六。千五百番歌合・三百六十五番左・七二八。

312 続拾遺集・恋三・九五七。

313 拾遺愚草・上・早率露胆百首・四一八。

314 拾遺愚草・上・花月百首・六四五。

【七〇】

藤つぼ
／袖ぬるゝ露のゆかりと思ふにも猶うとまれぬやまと撫子

庭瞿麦　為家

309 思ひ置露のゆかりも頼まれず身は故郷の撫子の花

春歌　俊成卿女

310 続後撰 さけばちる花のうき世と思へども猶うとまれぬ山桜哉

夏　公経

311 新古今 ほとゝぎす猶うとまれぬ心哉ながなく里のよその夕ぐれ

此歌は伊物の本歌成べし、可勘。

月前恋　按察使高定

312 続拾遺 つらかりしかげにかたみや残るらん猶うとまれぬ有明の月

藤　定家

313 家 思ふから猶うとまれぬ藤の花咲より春のくるゝ習ひに

花　同

314 同 桜花おもふ物からうとまれぬなぐさめはてぬ春の契に

宝治百首歌に　隆信朝臣

315 新続古今 ながむれば悲しきものとしりながら猶うとまれぬ秋の夕ぐれ

恋　　定家

316 此世よりこがる、恋にかつもえて猶うとまれぬ心也けり

聞荻歌《欹〈ソバダツ〉》枕　　泰仲

317 寛正四 さびしとは思ふ枕もそばだて、猶うとまれぬ荻の上かぜ

【七一】

御琴とりよせてひかせ奉り給ふ。「さうの琴は、中のほそおのたへがたきこそ所せけれ」とて、平調におしくだしてしらべ給ふ。

寄琴恋　　政為

318 碧 うきことのねにたつばかり中のおの中〳〵絶ぬ程もはかなし

箏　　実隆

319 雪 声を聞人ぞかへりて堪がたきことぢにせまる中の細緒は

夏箏　　同

320 同 堪がたき秋風もこの中のおに吹よりけりな声の涼しさ

315 新続古今集・秋上・四二三。

316 拾遺愚草・上・二見浦百首・一六三。

317 公宴続歌・寛正四年六月二十五日・二六三〇、題「聞荻欹枕」。

【七一】源氏、心を慰めようと訪れた紫上のもとで琴を奏でる。新全集一―三三一。大成二五一。

318 三玉集類題・恋。

319 雪玉集・巻十一・春日社法楽詠百首・四三五一。

320 雪玉集・巻二・夏・八九二。

【七二】源氏、源典侍と恋人めいた戯れをする。新全集一—三三七。大成二五五。

321 柏玉集・夏・五四三、結句「見るもすずしき」。
*後柏原院の作。

322 三玉集類題・夏。

323 三玉集類題・夏、三句「方よりぞ」。

【七二】

にっかはしからぬ扇のさまかな、と見給ひて、我もたまへるに、さしかへて見給へば、赤きかみの、うつるばかり色ふかきに、木だ《ぶ》《こ》かき森のかたをぬりかくしたり。かたつかたには、手はいとさだすぎたれど、よしなからず、「もりの下草おひぬれば《おほあらきの森の下草おひぬれは駒《こ》もすさめずかる人もなし》」など書すさびたるを、ことしもこそあれ、うたての心ばへや、とゑまれながら、「森こそ夏の、と見ゆめる《ひまもなくしげりにけりなおほあらきのもりこそ夏のかげはしるけれ》」

扇　後西院

321 御集　をのづから木だかき森の下草は扇の風に見ても涼しき

夏扇　同

322 同　涼しさは扇のうちもをのづから木だかき森の風をこめつゝ

あふぎの風　同

323 同　えにしあれや《たより有とイ》木高き森のかたよりも扇の風の袖にかよへる

【七三】源氏、源典侍のもとを訪れ、和歌の贈答。
新全集一—三四〇。大成二五七。

【七三】

君、あづまやを忍びやかにうたひて、よりゐ給へるに、「をしひらひ《い》てきませ」とうちそへたるも、例にたがひたる心地〔ぞ〕するや。

源内侍 ／立ぬるゝ人しもあらじ東屋にうたてもかゝる雨そゝき哉

とうち嘆くを、我ひとりしも〔きゝ〕おふまじけれど、うとましや、何事も《を》かくまでは、とおぼゆ。

源 ／人《こ》づまはあなわづらはし東屋のまやのあまりも馴じとぞ思ふ

寄屋恋　後柏原院

324 御集 涙より雨そゝきして東屋の外なきものゝ《と》袖はぬれけり

素然

325 新題 人づまといつなりはてゝ東屋のまやのあまりのつらさみすらん

寄雨恋　為尹

326 千首 いざとはんまやの余りの雨そゝき立ぬれてこそ情見えにし

324 柏玉集・恋下・一五一二、四句「ほかなき物と」。

325 新題林集・恋下・七一四一、四句「まやのあまりに」。通勝集・一二四六、四句「あまりにつらき」。

326 為尹千首・恋二百首・六一一、二句「まやのあたりの」。結句「なさけ見えまし」。

【七四】

頭中将／君にかくひきとられぬる帯なればかくて絶ぬる中とかこたん

寄帯恋　　実隆

327 雪 人にさて引とられなば下〔の〕帯の絶ぬる中に恋やわたらん

【七五・巻名】

紅葉賀

328 同 君見ずは紅葉の陰の秋の色もおもふに露のはへなからまし

○花宴

【七六】

夜いとふ《たう》更てなん、ことはてける《花のゑんはて丶也》。上達部をの〲あか《退出》れ、后、春宮かへらせ《ここ》給ひぬれば、のどやかになりぬるに、月いとあかうさし出ておかしきを、源氏の君ゑひ心地に、見すぐしがたくおぼえ〔給〕ければ、うへの人〲もうちやすみて、かやうにおもひがけぬほどに、もしさりぬ

【七四】源氏、源典侍について、頭中将と和歌の贈答。新全集一—三四五。大成二六〇。

327 雪玉集・巻五・恋・二一二四。

【七五】

328 雪玉集・巻十三・詠源氏物語巻巻和歌・五五〇八。

【七六】源氏、花の宴の後、弘徽殿の細殿で朧月夜と出会う。新全集一—三五五。大成二七〇。

べきひまもやあると、藤つぼわたりをわりなう忍びてうかゞひありけど、かたらふべき戸口もさしてければ、打なげきて、猶あらじに、弘徽殿のほそどのに立より給へれば、三のくちあきたり。女御は、うへの御局に、やがてまうのぼり給ひにければ、人ずくな、るけはひ也。おくのくる、戸もあきて、人をともせず。かやうにて世中のあやまちはするぞかしと思ひて、やをらのぼりてのぞき給。人はみなねたるべし。いとわかうおかしげなる声の、なべての人とは聞えぬ、「おぼろ月夜にゝる物ぞなき」とうちずじて、こなたざまにくるものか。いとうれしくて、ふと袖をとらへ給ふ。女、おそろしと思へるけしきにて、「あなむくつけ。こはたそ」との給へど、「なにかうとましき」とて、

ふかき夜の哀をしるも入月のおぼろけならぬ契とぞ思ふ

とて、やをらいだきおろして、戸はおしたてつ。あさましきにあきれたるさま、いとなつかしうおかしげなり。わなゝく〳〵、「こゝに、人の」との給へど、「まろは、みな人にゆるされたれば、めしよせたりとも、なでうことかあらん。たゞ忍びてこそ」との給ふ声に、この君也けり、と聞さだめて、いさゝかなぐさめけり。わびしと思へる物から、情なくこは〴〵しうはみえじ、と思へり。ゑひごゝちや例ならざりけん、ゆるさんこと

は口おしきに、女もわかうたをやぎて、つよき心もしらぬなるべし。らうたしとみ給ふに、程なく明ゆけば、心あはたゝし。女はまして、様々に思ひみだれたるけしきなり。「なを名のりし給へ。いかでか聞ゆべき。かうてやみなんとは、さりともおぼされじ」などの給へば、

朧月
／うき身世にやがて消なばたづねても草の原をばとはじとや思ふ

といふさま、えんになまめきたり。「ことはりや。聞えたがへたるもじかな」とて、

源氏
／「いづれぞと露のやどりをわかむまにこざゝがはらに風もこそふけ

わづらはしうおぼすことならずは、何かつゝまん。もし、すかひ給ふか」ともえいひあへず、人々おきさはぎ、うへの御つぼねにまいりちがふけしきどもしげくまよへば、いとわりなくて、あふぎばかりをしるしにとりかへて、出給ぬ。きりつぼには、人々おほくさぶらひて、おどろきたるもあれば、かゝるを、「さもたゆみなき御しのびありきかな」とつきしろひつゝ、そらねをぞしあへる。いり給てふし給へれど、ねいられず。おかし。

＊桃本、底本ノ抹消部分ヲ欠ク。

春恋

329 新題 明る夜の名残やいかにあかざりし影もおぼろの月のほそ殿

初逢恋　前大納言隆房

330 続後撰 たまさかに我待えたる月なればおぼろけならぬ有明の影

俄逢恋　光広

331 おもほえずひかふる袖も朧夜の月やわすれぬ有明の空

春　女房

332 千五百番 深き夜のあはれはしるや春の月しくものぞなき有明の空

顕恋　権大納言教秀卿

333 紀長家歌合 名もしるき朧月夜の契こそ世にもれ出るためし也けれ

春月　実陰〔隆〕

334 雪 折にあへばよしやかすめる月にこそおぼろけならぬ哀そひけれ

335 同 月よいかに心をかはすおぼろけの人にはあらぬ春のこゝろを

下野

336 ■宝治百首 ふかき夜の哀も空にしられけり朧にかすむ春の月影

深夜春月　後水尾院

337 かたぶけばこすのまちかく入月の朧けならぬ哀をぞしる

眺望　実陰〔隆〕

329 新題林集・恋歌中・六五八九。＊通茂の作。

330 続後撰集・恋歌三・八一七。隆房集・五三。

331 黄葉集・巻六・一一一四。

332 千五百番歌合・百六番左・二一一、四句「しくものもなき」。後鳥羽院御集・千五百番歌合・四〇八、四句「しく物もなき」。＊後鳥羽院の作。

333 親長卿家歌合・九十四番左。

334 雪玉集・巻一・春・二八九。＊実隆の作。桃本作者「実隆」。

335 雪玉集・巻十一・文亀三年自桃花節禁裏御着到和歌・四四六九、下句「人にはあかぬはるのあはれを」。

336 宝治百首・四四〇。

337 新明題集・春・六三七。後水尾院御集・春・一〇八。

338 雪 詠きてあはれことしもくれの春おぼろけならぬ山のはの月
後久家前太政大臣家十五首歌に　土御門院小宰相

339 続古今 春は猶かすむにつけて深き夜の哀をみする月の影かな
枯野　女房

340 六百番 見し秋も《を》《と》何にのこさん草の原ひとつにかはる野べのけしきに
右申云、「草の原」聞つかず。左申云、右歌古めかし。判に曰、左「何に残さん草の原」といへる、艶にこそ侍めれ。右方の人、「草の原」難申〔之〕条、頗うたゝ有にや。紫式部歌よみの程よりも、物〔ふ〕かく、筆は殊勝の上、花の宴の巻は殊にえんある物也。源氏みざる歌よみは、遺恨の事也。右、心詞あしく〔は〕見えざるにや、但、常の体なるべし。左歌已宜。尤可勝。
公事　長明

341 正治後度百首 たれこゝに草の原までかこひけん花みしくれの朧月夜に
叢端虫怨　伏見院

342 続後拾 草の原露のよすがに鳴虫の恨みやなぞとたれにとはまし
冬歌　後醍醐院女蔵人万代

343 新拾 ふみ分てたれかはとはむ草の原そこともしらずつもる白雪

338 雪玉集・巻六・雑・二四二一。＊実隆の作。

339 続古今集・春歌上・七七。

340 六百番歌合・十三番左・五〇五、初句「見しあきを」、四句「ひとへにかはる」。秋篠月清集・六百番歌合・三四二、初句「みし秋を」。

341 正治後度百首・六八二。

342 続後拾遺集・秋歌下・三六〇。

343 新拾遺集・雑歌上・一七一三。

秋歌

344 千五百番 霜の下にかきこもりなば草の原秋の夕もとはじとやさは　公経卿

恋歌

345 同 草の原とへば白玉とればけぬはかなの人の露のかごとや　通具朝臣

月前草花

346 家 草の原月の行衛に置露をやがて消ねと吹あらし哉　定家卿

347 草の原露をぞ袖に宿したるあけて影見ぬ月の行衛に　但馬

此歌、「世にしらぬ心地こそすれ……」と両首をとれり。

寄原恋

348 宝治百首 よしさらば消なばきえねうき身世にとはれんものか草の原まで　後柏原院

349 御集 むすびをく露の契も草のはら化なるものと秋風の吹

350 雪 とはじとは思はぬものを草の原しのぶの露に道や絶なん　実陰《隆》

351 同 露の身のやがて消なば草の原あらはれてうき契な《ら》りじを　玄旨

352 家 恋しなん身の思ひ出に草の原とはんと契る一こともがな

344 千五百番歌合・八百番左・一五九八。

345 千五百番歌合・千二百七十六番右・二五五一、二句「とへどしらたま」。

346 拾遺愚草・中・院句題五十首・一八六六。

347 拾遺愚草・中・一九七五、三句「やどしつる」。

348 宝治百首・二七一六。

349 三玉集類題・恋、結句「秋風ぞ吹」。

350 雪玉集・巻五・恋・二〇四八。＊実隆の作。＊桃本作者「実隆」。

351 雪玉集・巻七・将軍家着到春二十首・二八一八、結句「契りならじを」。

352 衆妙集・七九。

春歌　実隆

353 雪 けふも猶朝霜まよふ草の原とはゞや春のいつとこたへむ

若菜　頓阿

354 弘安御百首 春きてもまだ霜がれの草のはらたれにとひてか若なつまゝし

叢中蛍　実陰《隆》

355 雪 飛ほたる消ずはとはん草の原秋風寒き露の下道

叢蛍　同

356 同 こがるゝ《はかなく》もゆる蛍も《の》くさのはら秋風ふかばやがて消なむ

寒草霜　後柏原院

357 御集 立かへりわすれずとはむ草の原霜がれ深き色もこそあれ

寒草所々　実隆

358 雪 枯やらぬかた枝もあれや草の原とふべきたれをしゐて待らん

政為

359 碧 あらす《はか》なる草の原哉それかともとふべき色はまれに残りて

原寒草　同

360 同 俤の秋はとゝへばくさのはらかれしを忍ぶ露まよふ也

枯野曙　道晃

353 雪玉集・巻十・延徳冬独吟百首・三七六〇。

354 草庵集・巻一・二八。

355 雪玉集・巻九・永正独吟百首・三五八一、結句「露の下まで」。＊実隆の作。＊桃本作者「実隆」。

356 雪玉集・巻二・夏・七九九・初二句「はかなくももゆる蛍か」。

357 三玉集類題・冬。

358 雪玉集・巻九・内裏着到百首・三五一一。

359 続撰吟抄・巻五・一九六七。

360 碧玉集・冬・六九六、二句「秋とはと《はと》へば」。

361 新明 冬も猶かれずやとはむ草の原見し秋のこす霜の花のは

冬月

362 同 影更て霜のみ白き草の原月にも今は誰かとひこん

難忘恋　実隆

363 雪 思へ猶わすれずとても草の原尋ねてもみん身の行衛かは

旅宿逢恋　同

364 同 枕とてかはすも化の草のはらとふべき末の露もしられず

不知在所恋　師兼

365 類 枯はてし跡とも見えぬ草のはら露のやどりよいづこ成らむ

隠名恋　光広

366 新題 うきに身の絶ずはつらし草の原浅きになして名のりとはゞや

寄夕恋

367 新明 思へ人あすはとふとも草の原此夕露の消はのこらじ

待恋　道晃

368 新題 おもへ人今宵すぎなば草の原をく露の身はよし消ぬとも

寄草恋　実隆

369 雪 とはゞその露のまもがな頼めても草のはらをばいふかひもなし

361 新題林集・冬上・四七〇六。

362 新題林集・冬上・四八八六。＊通躬の作。

363 雪玉集・巻十八・七九九一、結句「みのゆくへかな」。

364 雪玉集・巻五・恋・一八九六。

365 類題集・恋部二。師兼千首・六七八、結句「いづくなるらん」。

366 新題林集・恋中・六三四二。黄葉集・巻六・一一三二。

367 新明題集・恋・三七六六。後水尾院御集・恋・七八六、結句「消えものこらじ」。＊後水尾院の作。

368 新題林集・恋上・五九六三、作者「道寛」。新明題集・恋・三三七六、二句「ひよひ過なば」、結句「よしたづぬとも」。

369 雪玉集・巻十三・春日社若宮奉納五十首・五三四二、初句「とはば今の」。雪玉集・巻十六・春日若宮法楽百首・六五五三、初句「とはば今の」。

穐　閑居百首　両首をとれり　　定家

370 草の原をざゝが末も露ふかしおのがさま〴〵秋立ぬとて

野月露涼　歌と詞とをとれり　　内大臣

371 建仁元撰歌合 白露にあふぎをゝきつ草のはら朧月夜も秋くまなさに

別恋　　実業〔イ〕

372 新明 取かはすあふぎばかりを身にそへて行衛もしらずわかれんもうし

恋扇　　通村

373 尋ぬべき月の行衛のかひもなしとりもかはさぬねやの扇は

寄扇恋　　肖柏

374 千首 秋のよの恨やせまし取かはすねやの扇のしるし計に

後九条内大臣女

375 夫木 深きよの哀しりけんいにしへの春の扇の月はかはらじ

【七七】

かのしるしのあふぎは、さくらのみへがさねにて、こきかたにかすめる月を書て、水にうつしたる心ばへ、めなれたれど、ゆへなつかしうもて

370 拾遺愚草・上・閑居百首・三三七、題「秋廿首」。

371 建仁元年撰歌合・三十四番右・六八。＊「内大臣」は源通親。

372 新明題集・恋・三四六六。＊実業の作。

373 後十輪院内府集・一一九六。

374 肖柏千首・七七二、初句「秋の色」。

375 夫木抄・春部四・一五六九、作者「後九条内大臣」。＊後九条内大臣は藤原基家。

【七七】源氏、朧月夜の扇に思いを募らせ、和歌を書き付ける。新全集一―三六〇。大成二七四。

ならしたり。「草の原をば」といひしさまのみ、心にか丶りたまへば、
／世にしらぬこ丶ちこそすれ有明の月の行衛を空にまがへて
と書きつけて、をき給へり。

寄扇恋　為尹

376 千首 とりかへしさても桜のみへがさねいとゞ心やうつしはてけん

羇中恋　親定

377 建仁二水無瀬殿五十首歌合 君も見しながめやすらん旅衣朝たつ月を空にまがへて

判曰、左、「朝たつ月を空にまがへて」と侍る心すがた、源氏物語花の宴の歌など思ひ出られ、いみじくえんに見えたり

節属烟霞風景好　香袂袖焉互相尋　定家

378 世にしらぬ朧月夜はかすみつゝ草の原をばたれか尋ねん

恋　家長

379 千五百番 もの思へば袖にひかりは有明の月の行衛を幾夜ながめつ　慈鎮和尚

有明月　後柏原院

380 家 有明の月の行衛をながめてぞ野寺のかねは聞べかりける

376 為尹千首・恋二百首・七七二、結句「うつりはてけん」。

377 水無瀬恋十五首歌合・三十三番左・六五、初句「君ももし」。後鳥羽院御集・恋十五首撰歌合・一六〇一、初句「きみももし」。＊「親定」は後鳥羽院。＊桃本集付ハ建仁三トスル。

378 拾遺愚草員外・六一五。夫木抄・春部四・一五八一。

379 千五百番歌合・千二百八十番右・二五五九。

380 拾玉集・巻二・花月百首・一三九一。新古今集・雑歌上・一五二一。

381 柏玉 ちるを見し花もかくこそ有明の月の行衛に思ひそひぬる
後朝恋　為孝

382 永正百首 世にしらぬ月の行衛やけさはみの心のやみになをや残らん
遠擣衣　肖柏

383 千首 たが里に人待わびて有明の月の行衛に衣うつらむ
鹿声幽　後柏原院

384 御集 中ぞらにしばしや聞ん有明の月の行衛のさをしかの声
暁郭公　通村

385 新題 あり明の月の行衛の一声もまだ世にしらぬ子規かな
暁月厭雲　通茂

386 新題 払へ風明るだにうき有明の月の行衛にむ《む》かふ浮雲
逢不遇《遇》恋　家長

387 夫木 世にしらぬ朧月夜の俤もめぐりあふぎのかたみだになし

【七八】

やよひの廿日あまり、右の大殿のゆみのけちに、上達部、みこたちおほ

381 三玉集類題・秋。

382 後柏原院御着到百首・十一月二十九日、題「後朝切恋」、結句「なを残るらん」。

383 肖柏千首・四五四。

384 柏玉集・秋上・七五三。

385 新題林集・夏上・二〇三〇。後十輪院内府集・三九一、四句「猶よにしらぬ」。

386 新題林集・秋中・三六九四。

387 夫木抄・春部四・一五七〇。洞院摂政家百首・一三五六、四句「めぐり逢ふべき」。

【七八】右大臣家において、藤の宴が盛大に行われる。新全集一―三六三。大成二七六。

くつどへ給て、やがて藤の花のえんし給ふ。花ざかりは過にたるを、「外のちりなん」とやをしへられたりけん、をくれてさくさくら二木ぞいとおもしろき。

388 花纔残　後柏原院
散《御集》さくら一木二木は時ありて咲といふ花の色に残れる

389 余花　通村
をし《新題》へけん外の後にと咲花の■《夏》もや有と猶たづねみん

聖護院門壬《主》道澄、御庭のさくら二木ばかり盛なる頃、見にまいりて　玄旨

390 心《家》ときをしへの程もしられ梟おくれて残る花の二木は

391 咲花を君やをしへし庭の面に二木ばかりの花の盛は

【七九】

さしもあるまじき事なれど、さすがにおかしうおぼされて、いづれならん、とむねうちつぶれて、「あふぎをとられて、からきめをみる」と、

388 三玉集類題・春。
389 新題林集・夏上・一八三一、四句「夏もやありと」。
390 衆妙集・二三六、四句「おくれてさける」。
391 衆妙集・二二七、初句「さく比を」。

【七九】源氏、逢瀬の夜をほのめかす和歌で朧月夜を探し当てる。新全集一―三六五。大成二七八。

うちおほどけたる声にいひなして、よりゐ給へり。「あやしうもさまかへたるこまうどかな」といらふるは、心しらぬにやあらん。いらへはせで、たゞ時々うちなげくけはひするかたによりかゝりて、木帳ごしに手をとらへて、

源 ／梓弓いるさの山にまどふ哉ほの見し月の影やみゆると

「なにゆへか」と、をしあてにの給を、えしのばぬ成べし、

朧月 ／こゝろいるかたならませばゆみはりの月なき空にまよはましやは

といふ声、たゞそれなり。

392 雪 後朝隠恋 〔実隆〕

三玉 おもほえず入さの山をたどる哉起出し頃《跡》《と》のしのゝめの月

（▼作者「実隆」、集付「雪」ハ後補）

393 雪 寄扇恋 実隆

見し月の入さの山にたぐへても扇の風の行衛をぞ思ふ《とふ》

394 同 寄弓恋 〔同〕

たづねても影見ゆべしや梓弓入さの山のおぼろ月夜を《に》

392 雪玉集・巻九・永正独吟百首・三六三一、四句「おき出でし跡の」。

393 雪玉集・巻十四・五九三五、結句「ゆくへをぞとふ」。

394 雪玉集・巻五・二一三〇、結句「おぼろ月夜に」。

【八〇・巻名】

花宴　〔同〕

395 同　大かたに見ざりし花のゆふばへやこゝろにあまる露の言のは

○　葵

【八一】

ごけいの日、かんだちめなど、かずさだまりてつかうまつり給わざなれど、おぼえことに、かたちあるかぎり、したがさねの色、うへのはかまのもん、馬、くらまでみなとゝのへたり、とりわきたる宣旨にて、大将の君もつかうまつり給ふ。かねてより物見車心づかひしけり。一条のおほぢ、所なくむくつけきまでさはぎたり。所々の御さじき、心々にしつくしたるしつらひ、人の袖ぐちさへいみじき見物也。大殿には、かやうの御ありきもおさ〱し給はぬに、御心ちさへなやましければ、覚しかけざりけるを、わかき人々、「いでや、をのがどちひきしのびてみ侍んこそはへなかるべけれ。おほよそ人だに、けふの物見には、大将殿をこそは、あやしき山がつさへみ奉んとすれば、とをき国々より、めこをひ

【八〇】

395 雪玉集・巻十三・詠源氏物語巻巻和歌・五五〇九。

【八一】源氏を見物に来た葵上の一行、六条御息所との車争い。全集二―二〇。大成二八五。

き具しつゝまうでくなるを、御らんぜぬはいとあまりも侍るかな」といふを、大宮きこしめして、「御心ちもよろしきひまなり。さぶらふ人々もさうぐ〵しげなめり」とて、俄にめぐらしおほせ給ふて見給ふ。日たけゆきて、けしきもわざとならぬさまにて出給へり。ひまもなうたちわたりたるに、よそをしうひきつゞきてたちわづらふ。よき女房車おほくて、ざうぐ〵の人なきひまを思ひさだめて、みなさしのけさする中に、いたうあじろのすこしなれたる、したすだれのさまなどよしばめるに、いたうひきいりて、ほのかなる袖ぐち、ものすそ、かざみなど、物の色いときよらにて、ことさらにやつれたるけはひしるく見ゆる車ふたつあり。「是は、さらにさやうにさしのけなどすべき御車にもあらず」と、くちごはくて手ふれさせず。いづかたにも、わかきものども酔ひすぎ立さはぎたる程のことは、えしたゝめあへず。おとなぐ〵しきごぜんの人々は、「かくな」ゝどいへど、えとゞめあへず。斎宮の御はゝ御息所、物覚しみだるゝなぐさめにもやと、忍びて出給へるなりけり。つれなしづくれど、をのづから見しりぬ。「さばかりにては、さないはせそ。大将殿をぞがうけには思ひ聞ゆらん」などいふを、その御かたの人々もまじれゝば、いとおしと見ながら、よういせんもわづらはしければ、しらずがほをつくる。つゐに御車どもたてつゞけつれば、ひとだまひのおくにをしやられて物も見えず。心やましきをばさる物にて、かゝるやつれをそれとしられぬるが、いみじうねたき事かぎりなし。しぢなどもみなをしおられて、すゞろなる車のどうにうちかけたれば、又なう人わろく、くやしう、なにゝきつらん、とおもふにかひなし。物も見でかへらんとし給へど、とをり出ん隙もなきに、「ことなりぬ《はや斎院の行啓也》」といへば、さすがにつらき人の御まへわたりのまたるゝも心よはしや。さゝのくまにだにあらねばにや、つれなくすぎ給ふにつけても、中〳〵御心づくしなり。

396 類　被嫉妬恋　親長

あらそひし車をかこつ始にて思ひのそはぬ所やはある

【八二】

御息所

かげをのみみたらし川のつれなさに身のうき程ぞいとゞしらるゝ

397 雪　祈〔久〕恋　実隆

かひなしやうき年月のかげをのみみたらし川の絶ぬ身ぞうき《御祓は》

396　類題集・恋部二。

【八二】車争いの後、身の上を思い知った六条御息所の和歌。新全集二―二四。大成二八八。

397　雪玉集・巻十三・五六四八、結句「たえぬ御祓は」。

【八三】 源氏、葵祭の日に、源典侍と和歌の贈答。

新全集二―二八。大成二九一。

【八三】

けふも所もなくたちこみたり《にけり》。馬場のおとゞのほどにたてわづらひて、「上達部の車どもおほくて、物さはがしげなるわたりかな」とやすらひ給ふに、よろしき女車のいたうのりこぼれたるより、扇をさし出て人をまねきよせて、「こゝにやはたゝせ給はぬ。所さり聞えん」ときこえたり。いかなるすきものならん、とおぼされて、所もげによきわたりなれば、ひきよせさせ給て、「いかでかえ給へる所ぞ、ねたさになん」との給へば、よしある扇のつまをおりて、

内侍 ╲はかなしや人のかざせるあふひゆへ神のしるしのけふを待ける

「しめのうちには」とあるてをおぼし出れば、かの源内侍のすけなりけり。あさましう、ふりがたくもいまめくかなと、にくさに、はしたなう、

源 ╲かざしける心ぞあだにおもほゆる八十氏人になべてあふひを

女、はづかしとおもひ聞えたり。

内侍 ╲くやしくもかざしける哉名のみして人だのめなる草葉計を

と聞ゆ。人とあひのりてすだれをだにあげ給はぬを、心やましう思ふ人

おほかり。ひとひの御有さまのうるはしかりしに、けふはうちみだれてありき給ふかし、たれならん、のりならぶる人けしうあらじはや、とをしはかり聞ゆ。いどましからぬかざしあらそひかな、とさう〴〵しくおぼせど、かやうにいとおもなからぬほどの人、はた人あひのり給へるにつゝまれて、はかなき御いらへも心やすく聞えんもまばゆしかし。

絶不知恋　定家卿

398 あふひ草人のかざしとゝばかりも名をだにかけてとふかたはなし

車　藤原為顕

399 物見にと出る車に心かけてすけるすだれのあふひわするな

夏恋　重条

400 新題 引たがへよそにあふひのかざしとはかけても人に契りやはせし

実陰

401 同 つれもなき中にう月の名のみきて葵はよそのかざしにぞみる

寄葵恋　定基

402 同 あふひ草かけても更に思ひきや人のかざしになして見むとは

398 拾遺愚草・上・藤川百首・一五七九、二句「人のかざしか」、結句「とふかたもなし」。

399 夫木抄・雑部十五・一五七〇五。

400 新題林集・恋中・六六二三。

401 新題林集・恋中・六六二八、芳雲集・恋部・三八〇三。

402 新題林集・恋下・七一九七。

【八四】

御息所
／袖ぬる、恋路とかつは知ながらおりたつ田子のみづからぞうき

早苗　少将内侍

403 続後撰
けふ幾日ぬれそふ袖をほしやらでおりたつ田子の早苗取らん

人伝恨恋　実隆

404 おり立てふかくは田子のみづからも及ばぬうきに人を頼まむ

【八五】

宮は、吹風につけてだに木葉よりけにもろき御涙は、ましてとりあへ給はず。

紅葉　俊成

405 新古今
嵐吹峯のもみぢ葉日にそひてもろく成行我泪かな

冬　家隆

406 ながむれば涙ももろし神な月時雨にきほふ木のはのみかは

思不言恋　親王御方

【八四】六条御息所、訪れてこない源氏に悲痛の和歌を贈る。新全集二―三五。大成二九五。

403 続後撰集・夏・一九九。宝治百首・九五七。

404 雪玉集・巻十五・六二七六。

【八五】葵上の母大宮、娘の死に悲嘆にくれる日々。新全集二―五七。大成三一一。

405 新古今集・雑二・一八〇三、二三句「嶺の紅葉の日にそへて」。

406 壬二集・中・守覚法親王家五十首・一六七二。御室五十首・五八三。

407 続撰吟抄・巻四・一四一〇。＊「親王御方」は後柏原院。

408 新明題集・恋・三八一二。＊基共の作。

【八六】源氏、左大臣邸を去る日、手習に和歌を書き付ける。新全集二―六五。大成三一六。

409 千五百番歌合・千三百五十番右・二六九九。＊「源氏懐旧（略）」とあるのは千五百番歌合の判詞。

410 続拾遺集・恋四・一〇二一。

407 続撰吟
猶も我心木のはゝつれなくてもろき涙に秋風ぞふく

寄木恋

408 新明
しるべいかにはげしき風の便りには木のはならでももろき泪を

【八六】

「ふるき枕、古きふすま、たれとゝもにか」とある所に、
源
／なき玉ぞいとゞ悲しきねし床のあくがれがたき心ならひに
また、「霜の花しろし」とあるところに、
同
／君なくてちりつもりぬる床夏の露うちはらひ幾夜ねぬ覧

恋　寂蓮

409 千五百番
露しげきよもぎが閨のひまとぢてふるき枕に秋風ぞふく

源氏懐旧のところにしるして侍めり。

狭衣の哥に
ちりつもる古き枕をかたみにて見るも悲しき床の上かな

題しらず　安嘉門院高倉

410 続拾
たれか又古き枕に思ひ出んよな〳〵霜のをき別れなば

旧枕古衾誰与共　定家

411 床のうへに古き枕も朽はてゝかよはぬ夢ぞ遠ざかり行

寄枕恋　実隆

412 雪 身をかへて歎くためしも同じ世に古き枕を忍ぶべしやは

抱枕無言語　同

413 同 いかにせん此世ながらの別路とふるき枕はいふかひもなし

別恋　後柏原院

414 御集 立さらばたれとゝもにとばかりにふるき枕のおもひをぞ知る

逢不遇恋　同

415 同 年もへぬこの世ながらの人をしもふるき枕にしき忍びつゝ

寄枕恋　同

416 同 夢もやはかばかり見えむ夜な〳〵の俤さらぬふるきまくらを[に歟]

【八七・巻名】

あふひ　実隆

417 雪 終に身のつみとなれとやあふひ草かけてもしらぬ露のみだれを

411 拾遺愚草員外・四六一。夫木抄・雑部十四・一五三六五。

412 雪玉集・巻五・恋・二二一八。雪玉集・巻七・家着到・二九二九。

413 雪玉集・巻八・夏日詠百首・三一二〇、三句「わかれぢも」。

414 三玉集類題・恋、二句「たれと友にか」。

415 柏玉集・恋下・一四八〇。柏玉集・五百首下・二一八〇。雪玉集・巻十七・七四四一。

416 三玉集類題・恋、結句「まくらを」。

【八七】

417 雪玉集・巻十三・詠源氏物語巻巻和歌・五五一〇。

○ 榊

【八八】

〔御息所の心を、源のをしはかる也。〕
つらきものに思ひはて給なんもいとおしく、人ぎゝなさけなくや、とおぼしをこして、のゝ宮にまうで給。

418 雪　片恋《思》　実隆

つらからむ人をばつらき物とのみ思ひもはてぬ心よはさよ

【八九】

はるけき野べを分いり給より、いと物哀なり。秋のはな、みなおとろへつゝ、あさぢがはらもかれ〴〵なる虫のねに、松風すごく吹あはせて、そのことゝも聞わかれぬ程に、ものゝねどもたえ〴〵聞えたる、いとゑんなり。

419 続拾　叢虫　〔太宰権帥〕為経

むしのねもかれ〴〵になる長月の浅茅が末の露の寒けさ

【八八】源氏、六条御息所や世間の目を考慮して野宮を訪れる。新全集二―八四。大成三三四。

418 雪玉集・巻九・堀川院太郎百首・三七三三。

【八九】野宮付近のしみじみとした情景。新全集二―八五。大成三三四。

419 続拾遺集・秋下・三四七。

虫　光広

420 虫のねはやゝはたかれて浅ぢふのすゑ葉の露の秋も少き

野草欲枯　通茂

421 むしのねもかれ行のべの秋風に浅茅色づく露の寒けさ

秋　定家

422 野べの外よもの草葉もおとろへて都の夢をむすぶ初霜

【九〇】

月ごろのつもりを、つき〴〵しう聞え給はんも、まばゆきほどに成にければ、さか木をいさゝかおりてもたまへりけるをさし入て、「かはらぬ色をしるべにてこそ、いがきをもこえ侍にけれ。さも心うく」と、きこえ給へば、

御息所／神がきはしるしの杉もなきものをいかにまがへておれるさか木ぞ

と聞え給へば、

源／おとめごがあたりと思へばさか木ばのかをなつかしみとめてこそおれ

寄垣通恋　後柏原院

420 黄葉集・巻一・石清水法楽一夜百首・一五六、四句「末葉の露に」。

421 新題林集・秋上・三二九九。

422 拾遺愚草員外・三四一、二句「よもの草葉は」。

【九〇】源氏、野宮にて六条御息所と物越しの対面。新全集二―八七。大成三三五。

423 御集 榊葉の陰をしるべにとめてこし神のいがきは人もへだてじ

【九一】

明行空のけしき、ことさらにつくり出〔た〕らんやうなり

春曙　　同

424 同 山も更に作り出せる姿ぞと春に見初るあけぼのゝ空

毎山有春　　通躬

425 新題 さらに又作りなすともかくはあらじ見よや霞める四方の山眉

【九二】

斎宮は十四にぞ成給ける。いとうつくしうおはするさまを、うるはしうし奉り給へるぞ、いとゆゝしきまで見え給を、みかど御心うごきて、別の御くしたてまつり給。いと哀にてしほたれさせ給ぬ。いで給を待奉るとて、八省にたてつゞけたるいだし車共の袖ぐち、色あひも、めなれぬさまに心にくきけしきなれば、殿上人どもゝ、わたくしの別れおしむお

423 柏玉集・恋上・一三七七、四句「神のいそぎは」。同・五百首上・一九八三、結句「人もへだてず」。

【九一】源氏と六条御息所、野宮での別れの情景。新全集二―八九。大成三三七。

424 三玉集類題・春。

425 新題林集・春上・一三四。

【九二】六条御息所、斎宮と伊勢に出発。源氏と和歌の贈答。新全集二―九三。大成三四〇。

ほかり。くらういで給て、二条より洞院のおほぢをおれ給ふ程、二条院のまへなれば、大将の君、いと哀におぼされて、さか木にさして、
／ふりすて丶けふは行ともすゞか川やそせの浪に袖はぬれじや
と聞え給へれど、いとくらう物さはがしき程なれば、又の日、関のあなたよりぞ御返しあり。
／すゞか川八十瀬のなみにぬれ〱ずいせまで誰かおもひをこせん
ことそぎてかき給へるしも、御手いとよし〱しくなまめきたるに、哀なるけをすこしそへ給へらましかば、と覚す。霧いたうふりて、たゞならぬあさけに、打ながめてひとりごちおはす。
源／行かたをながめもやらん此秋はあふさか山を霧なへだてそ
にしのたいにもわたり給はで、人やりならず、物淋しげにながめくらし給ふ。

426 千首 君と我別の櫛のさしもなどふたゝび逢ぬ中と成けん　師兼

七夕櫛

427 家 落ぞせん七夕つめの黒髪にさすや別のくしも涙も　正徹

426 師兼千首・七八三。
427 草根集・三四〇八。

寄名所恋　　定家

428 いはでのみ年ふる恋をすゞか川八十せの浪ぞ袖にみなぎる

延慶元年八月、野宮より出給ふとて　　奨子内親王

429 玉葉 すゞか川やそせの浪は分もせでわたらぬ袖にぬるゝ頃かな

非心離恋　　為孝

430 永正百首 ぬれ〳〵てやそせの浪も袖に今むかしをかけて思ふ別れは

十二月ばかり伊勢国へまかる人に　　光広

431 家 すゞか川関の白雪ふみ分ていせまでたれかおもひ立らん

九月尽　　後水尾院

432 新明 見送らん行衛ならねど名残なく霧なへだてそ秋の別路

【九三】

〔朧月の心、源にかよふよし也。〕かんの君は、人しれぬ御心ざしかよへば、わりなくてもおぼつかなくはあらず。五だんのみずほうのはじめにて、つゝしみおはします《朱雀院也》ひまをう

428 拾遺愚草・上・皇后宮大輔百首・二七二。

429 玉葉集・雑二・二〇七三、四句「わたらぬ袖の」。

430 後柏原院御着到百首・十二月二日、初句「ぬれ〳〵す」、結句「おもふ別に」。

431 黄葉集・巻七・一一六七。

432 新明題集・秋・二六二四。後水尾院御集・秋・五七九。

【九三】源氏、密かに朧月夜に通う。藤少将に気付かれる。新全集二―一〇五。大成三四七。

かゞひて、例の夢のやうに聞え給ふ。かのむかし覚たるほそ殿のつぼねに、中納言の君、まぎらはしていれ奉りたり。人めもしげき頃なれば、つねよりもはしちかなるを空おそろしう覚ゆ。朝夕に見奉る人だにあかぬ御さまなれば、ましてめづらしきほどにのみある御たいめの、いかでかはをろかならん。女の御さまもげにぞめでたき御さかりなる、おもりかなるかたはいかゞあらん、おかしうなまめきわかびたるこゝちして、見まほしき御けはひ也。ほどなくあけゆくにやと覚ゆるに、たゞこゝにしも「とのゐ申さぶらふ」とこはづくるなり。「またこのわたりに、かくろへたるこのゑづかさぞ有べき、はらぎたなきかたへのをしへおこするぞかし」と大将はきゝ給ふ。おかしきものから、わづらはし。こゝかしこたづねありきて、「とらひとつ」と申なり。女君、

朧月
／心からかた〴〵袖をぬらす哉あくとをしふる声につけても

との給さま、はかなだちていとおかし。

／なげきつゝ我身はかくて過せとや胸のあくべき時ぞともなく

しづ心なくていで給ひぬ。夜ぶかき暁月夜の、えもいはずきりわたれるに、いといたうやつれてふるまひなし給へるしも、にる物なき御有様にて、承香殿の御せうとの頭中将、ふぢつぼより出て、月のすこしくまあ

433　雪玉集・巻五・恋・二〇一八。

【九四】源氏、藤壺に文をつけて山の紅葉を贈る。新全集二―一二二。大成三六〇。

434　雪玉集・巻三・秋・一〇〇五、結句「咲きかちるらん」。

435　草根集・四七二〇、二句「庭に日影は」、四句「萩の錦ぞ」。

【九五】

436　雪玉集・巻十三・詠源氏物語巻巻和歌・五五一一、結句「道にや有りけん」。

るたてじとみのもとにたてりけるをしらで、過給けんこそいとおしけれ。

寄月顕恋　実隆

433 雪　月もはやあくとをしふる槙の戸を出つる影やよそに見えけん

【九四】

紅葉、ひとり見侍るに、錦くらう思ひ給ふればなん。

萩似《如》錦　同

434 同　萩が花たゞ露霜のふる里に錦くらくも咲かはるらむ

閑庭萩　正徹

435 家　とはれねば庭に日影のさしながら萩は錦のくらきよのやみ

【九五・巻名】

さか木　実隆

436 雪　かをとめて手折榊も神がきに神はゆるさぬ有《道》《こ》やありけん

【九六】源氏、花散里への訪問の途中、昔の女の家に気付く。新全集二—一五三。大成三八七。

437 三玉集類題・夏。

○花散里

【九六】

此ごろのこることなくおぼしみだる、世のあはれのくさはひには、思ひ出給ふに忍びがたくて、さみだれの空めづらしうはれたる雲まにわたり給。なにばかりの御よそひなくうちやつして、御前などもことになく、しのび給へり。中川のほどおはするに、さゝやかなる家の木だちなどよしばめるに、よくなる琴をあづまにしらべてかきあはせ、にぎはゝしくひきならすなり。御みゝとまりて、かどちかなる所なればすこしさし出て、見いれ給へば、おほきなるかつらの木のをひ風に、まつりの頃おぼし出られて、そこはかとなくけはひおかしきを、たゞひとめ見給ひしやどりなり、と思ひ出給ふに、たゞならず。程へにけるを、おぼめかしくや、とつゝましけれど、すぎがてにやすらひ給。

橘　実隆

437 き《雪》のふかも吹やかつらの追風に《も》《と》むかしに匂ふ軒のたち花

桂　同

438 同 立ぞよる月の中なる追風も吹やかつらの陰の涼しさ

夏月　同

439 同 涼しさは月の中〔チ〕なる秋の色やしげる桂のかよふ追風

触《觸》レ事思レ書《出》恋　仙洞

440 新題 見し宿とみしや桂の追風に琴のねそへる夕成覧

【九七・巻名】

花ちる里　実隆

441 色かへぬ心をしれば橘の花ちる里ぞ終にふりせぬ

○須磨

【九八】

かの須磨は、むかしこそ人のすみかなどもありけれ。今はいと里ばなれ、心すごくて、あまの家だにまれになど聞給へど、人しげくひた丶けたらん住居はいとほゐなかるべし。

海辺月　後水尾院

438 雪玉集・巻十一・春日社法楽詠百首・四三三六。

439 雪玉集・巻十三・両卿百首・五四六四。

440 新題林集・恋中・六七四二、題「触事思出恋」。
＊「仙洞」は霊元院。

【九七】

441 雪玉集・巻十三・詠源氏物語巻巻和歌・五五一二。

【九八】源氏、都を離れ須磨に退去することを決意。新全集二―一六一。大成三九五。

442 新明題集・秋・二三三七。後水尾院御集・秋・四六三。

【九九】源氏、つらい旅路を考慮し、紫上を都に残すことにする。新全集二―一六一。大成三九五。

442 新明 夕烟月に心して須磨の海士の家だにまれにもしほ焼らし

【九九】

姫君〔紫上也〕の、明くれにそへても思ひなげき給へるさまの心ぐるしさは、何事にもすぐれて哀なるを、行めぐりてもまた逢見ん事をかならずとおぼさんにてだに、猶一二日のほどよそ〳〵に明しくらすおり〳〵だに、おぼつかなきものにおぼえ、女君も心ぼそうのみ思ふ給へるを、いくとせ其程と限りある道にもあらず、逢をかぎりにへだゝりゆかんも、さだめなき世に、やがてわかるべきかどで〔に〕もやと、いみじう覚え給へば、忍びて諸共にや、といみじうおぼしよるおりあれど、さる心ぼそからん海づらの、浪風より外に立まじる人もなからんに、かくらうたき御さまにてひきぐし給へらんも、いとつきなし《く》我〔心〕にも中〳〵もの思ひのつまなるべき〔を〕などおぼしかへすを、女君はいみじからん道にもおくれ聞えずなど《だに》あらば、とをもむけて、うらめしげにおぼひたり。

隔海恋　　通茂

443 新題 かけきやはひと日ふたひの隔さへ思ひし中のすまの浦浪

隔遠路恋　同

444 同 さぞいかに逢を限りに隔きて其程しらぬ須磨の浦浪

不逢恋　弘資

445 新明 つれなさをみてもいつまでこりずまに逢を限の月日成らん

隔遠路恋　定家卿

446 尋ぬともかさなる関に月こえる逢《て歟》を限の道やまどはん

【一〇〇】

宰相の君して、宮のおまへより御せうそこ聞え給へり。「みづからも聞えまほしきを、かきくらすみだりごゝちためらひ侍る程に、いと夜ぶかう出させ給なるも、さまかはりたる心地のみし侍る哉。心ぐるしき人のいぎたなき程は、しばしもやすらはせ給はで」と聞え給へれば、うちなき給て、

源 ＼鳥辺山もえし烟もまがふやとあまの塩やくうらみにぞ行

御かへしともなくうちずじ給て、「暁の別れは、かうのみやは心づくし

443 新題林集・恋中・六三九四。

444 新題林集・恋中・六三八八。

445 新明題集・恋・三三二一、結句「月日かぞへん」。

446 拾遺愚草・下・二五八八、三句「月こえて」。

【一〇〇】葵上の母、左大臣家を辞去する源氏に文をつかわす。新全集二―一六八。大成四〇〇。

なる。思ひしり給へる人もあらんかし」との給へば、宰相詞「いつとなく別と
いふもじこそうたて侍るなる中にも、けさは、猶たぐひあるまじう思ひ
給へらるゝ程かな」とはな声にて、げにあさからず思へり。

非心離恋　康親

447 永正百首 哀れともあまの塩やく恨をも今行道におもひ出つゝ

浦秋夕　実隆

448 雪 浦風にあまの塩やく煙まで秋はことなるすまの夕波

春曙雁　同

449 同 しるやいかにいつも別はうき中に雲井の雁の明ぼのゝ空

帰雁似字　宗祇

450 これやその別とかいふもじならん空に友なき春の雁がね

後朝恋　光広

451 新題 別れてふもじだにけさは書もえず硯の海のみぎはまさりて

447 後柏原院御着到百首・十二月二日、初句「あはれその」。

448 雪玉集・巻十三・五二七四。

449 雪玉集・巻九・内裏着到百首・三四六三、結句「はるの明ぼの」。

450 宗祇集・上・一七。

451 新題林集・恋上・六一三一。黄葉集・巻六・一一三〇。

【一〇一】

所せくつどひし馬、車のかたもなく淋しきに、世はうき物なりけりとおぼししらる。だいばんなども、かたへはちりばみて、たゝみ《古来の不審也》所々ひきかへしたり。見る程だにかゝり、〔ましていかにあれゆかんとおぼす〕。

452 新古今　千五百番歌合の中に　　俊成卿

あれわたる秋の庭こそ哀なれまして消なん露のふるさと

【一〇二】

御びんかき給ふとて、鏡台に寄給へるに、おもやせ給へる影の、我ながら、いとあてにきよらなれば、「こよなふこそおとろへにけれ。此かげのやうにややせて侍る。哀なるわざかな」との給へば、女君、涙をひと目うけて見をこせ給へる、いと忍びがたし。

源 ＼身はかくてさすらへぬとも君があたりさらぬ鏡の影ははなれじ

と聞えたまへば、

紫上 ＼わかれても影だにとまるものならばかゞみを見てもなぐさめてまし

【一〇一】源氏、寂れた二条院を見て行く末を案じる。新全集二—一七〇。大成四〇一。

452 新古今集・雑上・一五六一、結句「露の夕暮」。千五百番歌合・六百九十五番右・一三八九、結句「露の夕暮」。

【一〇二】源氏、やつれた自分の姿を鏡で見て、紫上と和歌の贈答。新全集二—一七三。大成四〇三。

いふともなくて、柱隠れに居かくれて、涙をまぎらはし給へるさま、なをこゝら見る中にたぐひなかりけり、と覚しらるゝ人の御有様なり。

寄鏡恋

453 続後撰 とゞめ置てさらぬ鏡の影にだに涙へだてゝえやは見えけり《ん歟》　賢俊

454 新拾 うつり行心ぞつらき《さ歟》ますかゞみたれゆへ影と成身なるらん　有光

455 延文百首 思ひのみますみの鏡朝ごとの我面かげもおとろへにけり　為道女

遂日増恋

456 同 身をさらぬ俤のみやます鏡うつりし中のかたみ成らむ　資慶

457 新題 ぬる夜なき恋のやつれも朝ごとにますみのかゞみ見る影はうし　時成

朝恋

458 新明 朝な／＼恋のやつれのますかゞみ影となるみのかげもうつさじ

寄鏡恋

459 同 年をへて物思ふ身のおとろへをうつすかゞみの影もはづかし

453 続後撰集・恋五・九六四、結句「えやは見えける」。＊後堀河院民部卿典侍の作。＊桃本作者「後堀河院民部卿典侍」。

454 新拾遺集・恋四・一二六一。

455 延文百首・二四八三。

456 延文百首・四八三。

457 新題林集・恋上・六一八八。

458 新題林集・恋中・六六九七。

459 新明題集・恋・三八六一。＊有維の作。

460 同 せめて我影となりても人にそへかゞみを見ても哀しるやと

【一〇三】

源 ／逢瀬なき涙の川にしづみしやながるゝみおのはじめ成けむ

461 続千載 寄川恋 公雄
世に洩む名社つらけれ逢瀬なき涙の川は袖にせきても

462 新拾 不逢恋 前参儀資栄
いたづらに身さへ流るゝなみだ川あふせや猶もたのみ有らん

463 題しらず 山本入道前太政大臣
逢瀬なき泪の川のみをつくしつらきしるしに朽や果南

464 延文百首 春雪 尽空
天の川空より消てとまらぬやながるゝみをの春のあは雪

【一〇四】

あすとてのくれには、院の御はかおがみ奉り給とて、北山へまうで給ふ。

460 新明題集・恋・三八六五。＊誠光の作。

【一〇三】源氏、朧月夜に無理をして文をつかわす。新全集二―一七七。大成四〇七。

461 続千載集・恋一・一〇九七、結句「袖にせくとも」。

462 新千載集・恋二・一一九八、結句「たのみなるらん」。桃本集付「新千」。

463 新拾遺集・恋二・一〇八七。＊「山本入道前太政大臣」は洞院公守。＊桃本集付「新拾」。

464 延文百首・二二〇六。＊釈空の作。

【一〇四】源氏、出立の前日に藤壺の宮へ参上。父院の墓を拝む。新全集二―一七八。大成四〇七。

暁かけて月いづる頃なれば、先入道の宮にまうで給ふ。

465　残春　定家卿

続古今　春はたゞかすむばかりの山端に暁かけて月出るころ

466　秀能

泊瀬山暁かけていづる月やがて木のまに有明の空

【一〇五】

ながめの頃になりて、京の事どもおぼしやらるゝに、こひしき人おほく、女君のおぼしたりしさま、春宮の御事、わか君の何心もなくまぎれ給ひしなどをはじめ、こゝかしこ思ひやり聞え給ふ。

467　五月雨　実陰

新題　はれまなきすまのうらみの詠まで空にしらるゝ五月雨の頃

465　続古今集・春下・一六八、二句「かすみばかりの」。拾遺愚草・上・光明峯寺摂政家百首・一一一五、二句「かすみばかりの」。

466　建仁元年八月十五日撰歌合・二十七番左・五三。

【一〇五】源氏、須磨において都の人々を思いやる。新全集二―一八八。大成四一四。

467　芳雲集・夏・一三六二。

【一〇六】紫上、源氏の持ち物を見るにつけ須磨を思いやる。新全集二―一九〇。大成四一五。

468 新題林集・恋中・六三九五。＊桃本作者「資慶」。

469 雪玉集・巻十六・着到百首・六九五二。

【一〇六】

旅の御とのゐ物などてうじて奉り給ふ。かとりの御なをし、さしぬき、さまかはりたる心地するもいみじきに、「さらぬかゞみ」との給ひし俤の、げに身にそひ給へるもかひなし。出いり給ひしかた、よりゐ給ひし槙柱などを見給ふにも、むねのみふたがりて、物をとかうおもひめぐらし、世にしほじみぬるよはひの人だにあり、ましてなれむつび聞え、ちゝはゝになりつゝ、あつかひ聞えおふしたてならはし給へれば、俄にひき別れて、恋しう思ひ聞え給へる、ことはり也。ひたすら世になく成なんは、いはんかたなくて、いふかひなきにてもやうわすれ草もおひやす覧、きくほどはちかけれど、いつまでと限りある御別れにもあらぬを覚すにつきせずなん。

隔海恋

468 新題 かひぞなきさらぬかゞみの俤も浪路へだつる袖の涙に

留形見恋　実隆

469 雪 かた見ぞとみるもはかなしますかゞみ移しもとめぬ人の俤

水辺月　宗清

470 ます鏡のこす都のおもかげを月にぞよする須磨の浦浪

【一〇七】

御息所 いせ嶋や塩ひのかたにあさりてもいふかひなきは我身也けり

恋　定家卿

471 新古今 たづねみるつらき心のおくの海よしほひのかたはいふかひもなし

別恋　後水尾院

472 御集 あま衣なるとはすれどいせ嶋やあはぬうつせはいふかひもなし

【一〇八】

すまには、いとゞ心づくしの秋風に、海はすこしとをけれど、行平の中納言の、「せきふきこゆる」といひけん浦浪、よる〳〵はげにいとちかうきこえて、又なく哀なるものは、かゝる所の秋なりけり。御前にいと人ずくなにて、打やすみわたれるに、ひとりめをさまして、枕をそばだてゝよものあらしを聞給ふに、波たゞこゝもとに立くる心ちして、涙お

470 続撰吟抄・巻五・二二五五、四句「月によするや」。

【一〇七】六条御息所、須磨の源氏からの便りに、伊勢から返事。新全集二―一九四。大成四一八。

471 新古今集・恋四・一三三二、四句「しほひのかたの」。拾遺愚草・上・千五百番歌合・一〇八二、四句「しほひのかたの」。

472 後水尾院御集・雑雑・一一四九、題「馴恋」、結句「ひろふかひなし」。新明題集・恋・三三三五八、題「馴恋」。＊桃本歌題「馴恋」。

【一〇八】源氏、須磨にて憂愁の秋を過ごす。新全集二―一九八。大成四二一。

つともおぼえぬに、枕うくばかりに成にけり。琴をすこしかきならし給へるが、われながらいとすごう聞ゆれば、ひきさし給て、

／源 恋わびてなくねにまがふ浦浪は思ふかたより風や吹くらん

浦月　　後柏原院

473 御集 須磨の浦や木のまもりこぬ月も猶心づくしの秋の浪風

秋の歌に　　贈従三位為子

474 新拾 身にぞしる《む》かゝる所のよはも又《まだ》なれぬ旅ねの須磨の浦風

海辺擣衣　　実隆

475 雪 哀いかにかゝる所の波風も秋と分てや衣うつらん

浦月

476 新明 哀いかに幾夜を須磨の浦浪のかゝる所の月に明さん

月　　顕実母

477 延文百首 月影も又なき秋とすまの浦や浪たゞこゝに夜の枕は

寄名所恋　　後柏原院

478 御集 浪ならぬうきねをいかゞ須磨の浦や又なく思ふ夜の涙は

山家　　行家

473　柏玉集・秋下・九〇三。

474　新拾遺集・羇旅・八三二、初句「身にぞしむ」、四句「なれぬ旅ねを」。

475　三玉集類題・秋。

476　新明題集・秋・二三二九、初句「哀いかで」。
＊道晃の作。

477　延文百首・四四七。

478　柏玉集・恋上・一三五七、結句「よるの涙に」。

479 弘長百首 槙の屋にね覚の枕そば立て哀とよもの嵐をぞ聞

暁　実隆

480 雪 契きやよもの嵐もね覚する枕の上の物となれとは

聞荻寄枕ヲ　歆《ソバダツ》　後柏原院

481 御集 小夜枕よもの嵐も吹ば又《聞ばかり》あはれたゆまぬ荻の音哉

名所擣衣　康親

482 永正百首 すまの浦や浪こゝもとに打そへて礁はをとのそれとしもなし

寄浦恋　為尹

483 千首 かた〴〵の又思ひ出となりやせし月こゝもとのすまの浦風

若木桜　宗山

484 類 すまの浦や若木の桜咲しより心尽しの春風ぞ吹

旅　定家

485 新古今 袖にふけさぞな旅ねの夢も見じ思ふ方よりかよふ浦風

寄衣恋　知宗

486 光明峯寺家歌合 我思ふかたには吹ぬ浦風にしほたれ衣いどゞぬれ皃

恨恋　家隆

479 弘長百首・雑・六四一。

480 雪玉集・巻十七・住吉法楽百首・七二五三。

481 三玉集類題・秋、三句「吹ば又」、題「聞荻歆枕」。

482 後柏原院御着到百首・十月二十九日。

483 為尹千首・恋二百首・六四二、結句「すまのうらなみ」。

484 未詳。

485 新古今集・羇旅・九八〇、三句「夢はみじ」。拾遺愚草・下・二六八一。

486 光明峰寺摂政家歌合・十番左・一九、二句「かたにもふかぬ」。

487 壬二集・中・九条前内大臣家三十首・一九〇六。

488 新千載集・恋一・一一一八。

489 新題林集・恋下・六八五八。

490 後十輪院内府集・恋・一〇八五。

491 新明題集・秋・二一一一。

【一〇九】源氏、所在なさに手習や絵を始める。新全集二―二〇〇。大成四二二。

492 為尹千首・恋二百首・七六五、二句「とりあはせたる」、結句「猶のこりけん」。

487 もしほたれさのみもいかゞ浦風のほせかし袖を思ふかたより

寄煙恋　花園院

488 新千 あま人のもしほの烟なびくやと思ふかたより風もふかなん

寄風恋　後西院

489 新題 うしや我思ふかたより吹風の便りばかりもよそにかよはゞ

待便恋　通村

490 同 みさほなる心の松に吹かよへ思ふかたなる風の便りも

野鹿

491 新明 さをしかの思ふかたより吹くるや野べの秋風身にしめて鳴

【一〇九】

つれ〴〵なるまゝに、色〳〵の紙をつぎつゝ手ならひをし給ふ。めづらしきさまなるからのあやなどに、さま〴〵の絵どもをかきすさび給へる、屏風のおもてどもなど、いとめでたく見所あり。

寄絵恋　為尹

492 千首 かた〴〵にとぢあはせたる絵をみても須磨の恨や猶残る覧

【一一〇】

「此比の上手にすめる千枝、つねのりなどをめしてつくりゑをつかうまつらせばや」と心もとながりあへり。

寄絵恋　実隆

493 雪 筆の跡に俤まさる人ゆへに《や》我も涙《歎》の千枝ならまし

遠山如画図　後水尾院

494 御集 つくり絵を霞やのこす咲頃は又遠山の花の千枝に

【一一一】

今宵は十五夜也けりと覚し出て、殿上の御あそび恋しく、所々ながめ給らんかし、と思ひやり給ふにつけても、月のかほのみまもられ給。

寄月恋　実業

495 新題 槙の戸に月の貌のみまもられてさしも頼めし人はとひこず

【一一〇】源氏の供人、源氏の絵に名人が彩色することを望む。新全集二―二〇〇。大成四二二。

493 三玉集類題・恋、三四句「人故や我も歎の」。

494 後水尾院御集・雑・八二四。新明題集・雑・三九六八。

【一一一】源氏、八月の十五夜の月に宮中を思い出す。新全集二―二〇二。大成四二四。

495 新題林集・恋下・六八二八。

【一一二】

五節／琴のねに引とめらるゝつなではたゆたふ心君しるらめや

源／心ありてひくてのつなのたゆたはゞうち過ましやすまのうらなみ

海辺眺望　定家卿

496 しるらめやたゆたふ舟の浪まよりみゆるこじまの本の心を

海上月　頓阿

497 うき沈みしばしは見えて明石潟たゆたふ浪を出る月影

寄筝恋　雅喬

498 新題 こりずまに心の引もわりなしや身は《に》うきことのねは絶ずして

【一一三】

煙のいとちかく時々立くるを、これやあまの塩やくならんとおぼしわたるは、おはしますうしろの山に柴といふものふすぶるなりけり。

塩屋煙　後柏原院

499 柏 山かけてふすぶる柴ももしほやく煙くらべん須まの浦風

【一一二】大弐の娘、太宰からの帰途、源氏と和歌の贈答。新全集二―二〇五。大成四二六。

496 拾遺愚草・上・藤川百首・一五九二、題「海路眺望」。

497 草庵集・巻四・秋歌上・五六六。＊桃本次と順序逆。

498 新題林集・恋下・七四九〇。

【一一三】源氏、柴の燻りを海人の焼く塩と認識していたと気付く。新全集二―二〇七。大成四二八。

499 柏玉集・雑・一六八八、四句「煙あらそふ」。

【一一四】

すまゐ給へるさま、いはんかたなくからめきたり。所のさまゑにかきたらんやうなるに、竹あめる垣しわたして、石のはし、松の柱、をろそかなる物からめづらかにおかし。

花　定家

500 花月百首 竹の垣松の柱は苔むせど花のあるじぞ春さそひける

【一一五・巻名】

源氏物語の須磨の巻かきて奉りける人につかはされける　月花門院

501 続古今 浜衢あとを見るにも袖ぬれて昔にかへる須磨の浦浪

返し　醍醐入道前太政大臣女

502 今更にすまの浦ぢのもしほ草かくにつけてもぬるゝ袖哉

須磨　実隆

503 雪 浪風のうきにしづみしのちさへやなをこりずまのおもひそふ覧

【一一四】宰相中将、須磨の源氏を訪れ、異国の風情を感じる。新全集二―二一三。大成四三二。

500 拾遺愚草・上・花月百首・六二三。

【一一五】

501 続古今集・雑中・一六六九。

502 続古今集・雑中・一六七〇。＊醍醐入道前太政大臣は良平。

503 雪玉集・巻十三・詠源氏物語巻巻和歌・五五一三、二句「うき木しづみし」。

【一一六】（後補）

ほろ〳〵とこぼれ出れば、「さりやいづれにおつるにか」との給はす。

504 懐旧涙　今を歎き昔をこふる袖の上はいづれに落る涙ならまし　仙洞
御製

○明　石

【一一七】

のどやかなる夕月夜、海の上くもりなく見えわたれるも、住なれ給ひし古郷の池水におもひまがへられ給に、いはんかたなく恋しき事、いづかたともなく行衛なき心地し給て、たゞめのまへに見やらるゝは、淡路也けり。「あはとはるかに」などの給ひて、
／あはと見るあはぢの嶋の哀さへ残るくまなく澄る夜の月

春眺望　通茂

【一一六】朧月夜、朱雀帝の言葉に涙をこぼす。新全集二―一九八。大成四二一。

504 新題林集・雑下・八九六三、四句「いつれかおつる」。＊「仙洞」は霊元院。

【一一七】四月の夕月夜、海を見て都を恋しく思い出す。新全集二―二三九。大成四五二。

505 新題 見し秋のあはぢの嶋の哀にもかへじな春の浪の曙

【一一八】

はるぐと物とゞこほりなき海づらに、中く春秋の花もみぢさかりな（四月の初の気色の面白きを云。）るよりは、只そことなうしげれる陰どもなまめかしきに、（極あたらしきを書なせる也）くひなのうちたゝきたるは、誰門さして、とあはれにおぼゆ。

506 新古今秋 見わたせば花も紅葉もなかりけり浦のとまやの秋の夕ぐれ　定家

夏海

507 雪 すゞしさや明石の浪の花紅葉しげるも同じ水の緑に　実隆

【一一九】

またの日のひるつかた、をかべに御文つかはす。心はづかしき《ゝ》御《さ》まなめるも、中くかゝるものゝく《ゝ》せ《ま》にぞ、思ひの外なる事もこもるべかめる、と心づかひし給て、こまのくるみ色の紙に、えならず引つくろひて、

505 新題林集・春下・一四六二、二句「あはぢが嶋の」。

【一一八】源氏、入道の琵琶に合わせて箏の琴を弾く。新全集二―二四一。大成四五四。

506 新古今集・秋上・三六三。

507 三玉集類題・雑上。

【一一九】源氏、明石君に文を遣わす。代わりに入道が返事。新全集二―二四八。大成四五八。

源 ╲遠近もしらぬ雲井にながめ侘かすめし宿の木末をぞ思ふ《とふ》《ここ》
入道 ╲ながむらん同じ雲井をながむるはおもひも同じおもひ成らん

寄岡恋　　実隆
508 雪 こと丶はん便をぞ思ふ遠近もしらぬ岡べの宿の木末に

明石浦　　定家
509 同 かすめてもおぼめくかたにとひ侘ぬしらぬ岡べの宿の木ずへを

岡上月　　実隆
510 明石がたいざ遠近も白露の岡べの里の浪の月影

511 雪 ながむらん梢もさぞな明石潟とはゞや月に岡のべの宿

【一二〇】

明石上 ╲おもふらん心の程よやよいかにまだ見ぬ人の聞かなやまん

岡郭公　　定家
512 まだしらぬ岡べの宿の時鳥よその初ねもきゝかなやまん

508 雪玉集・巻五・恋・二〇四四。

509 雪玉集・巻十八・八〇〇七、初句「かすめども」。

510 拾遺愚草・中・最勝四天王院名所御障子歌・一九三三。夫木抄・雑部十三・一四七五四。

511 雪玉集・巻三・秋・一二三三。

【一二〇】明石上、戸惑いながらも源氏に自ら返事。新全集二―二五〇。大成四六〇。

512 拾遺愚草・中・仁和寺宮五十首・二〇二三。

【一一一】源氏、明石君を気に入るも、お互い意地の張り合い。新全集二―二五〇。大成四六〇。

【一一一】

〔明石の上、手も歌も上手のよし〕手のさま、かきたるさまなど、やむごとなき人に、いとう《たう》《ここ》をとるまじう上ずめきたり。京の事おぼえて、おかしと見給へど、うちしきりてつかはさんも、人めつゝましければ、二三日へだてつゝ、つれ〴〵なるゆふぐれ、もしは物哀なる明ぼのなどやうにまぎらはして、折〳〵ひともなじ心に見しりぬべき程をしはかりて、かきかはし給ふに、にげなからず。こゝろふかくおもひあがりたる気色も、見ではやまじと覚す物から、良清がらう《領》じていひし気色もめざましう、年頃心つけてあらんを、めのまへにおもひたがへんも、いとおしうおぼしめぐらされて、人すゝみ参らばさるかたにてもまぎらはしてんと覚せど、女はた、中〳〵やむごとなききはの人よりも、いたう思ひあがりて、ねたげにもてなし聞えたれば、心くらべにてぞすぎける。

隔聞恋　幸仁

513 新題 心とめて聞や明石の浪ならず思ひあがれる人の姿を

513 新題林集・恋上・五七三七。

【一一二】源氏、八月十二三日の月夜、明石君のもとを訪れる。新全集二―二五五。大成四六二。

【一一二】

十三日の月はなやかにさし出たるに、たゞ「あたら夜の」と聞えたり。君は、すきのさまや、とおぼせど、御なをし奉りひきつくろひて、夜ふかして出給ふ。御車は二なく作りたれど、所せし、とて御馬にて出給。惟光などばかりをさぶらはせ給ふ。や、とをくいる所也（岡部の宿へおはする道也）けり。みちのほどもよもの浦々見渡し給て、おもふどち見まほしき入江の月影にも、まづ恋しき人の御ことを思ひ出聞え給に、やがて馬引すぎてをもむきぬべくおぼす。

源　秋のよの月毛の駒よ我こふる雲ゐにかけれ時のまも見ん

明石浦

514 明石がた見せばやと思ふ人しもぞ俤うかぶ浪の上の月　実隆

月前馬

515 家　秋のよの月毛の駒を見ても又はやく過行影ぞ恋しき　為家

514 柏玉集・秋下・九〇五、三句「人しもて」。三玉集類題・雑上。＊「実隆」とあるが、後柏原院の作。＊桃本集付「雪」。

515 為家集・上・六七三、二句「月毛の駒と」、結句「かげぞかなしき」。

【一二三】
三昧堂ちかくて、かねの声、松のかぜにひゞきあひて物がなしう、岩に生たる松の根ざしも心ばへあるさま也。前栽どもに虫の声をつくしたり。こゝかしこの有様など御覧ず。娘すませたるかたは心ことにみがきて、月いれたるまきの戸ぐち、けしきばかりをしあけたり。

閨中月　実隆
516 雪 さすぞともけしきばかりの槙の戸を明て夜ぶかき閨の月影

寒夜月　実陰
517 新題 月をこそしばしといるゝ槙の戸にむかふ嵐のたゝぬ寒けさ

【一二四】
つねはいとはしき夜の長さも、とく明ぬる心ちすれば、人にしられじとおぼすも、心あはたゝしうて、こまかにかたらひをきて出給ひぬ。

寄名所恋　仙洞
518 続撰吟 うかりつるすまの旅ねや忘れまし明石の岡に新枕して

【一二三】明石君の住まいの周囲、素晴らしい情趣。新全集二―二五六。大成四六四。

516 雪玉集・巻三・秋・一二九九、初句「さすぞとは」、結句「閨の月かな」。

517 新題林集・冬上・四九〇四、結句「たえぬ寒けさ」。芳雲集・冬部・二八四九、結句「たへぬ寒けさ」。

【一二四】源氏、明石君との逢瀬後、人目をはばかり帰宅。新全集二―二五八。大成四六五。

518 続撰吟抄・巻四・一四三一、題は「寄名所岡恋」。
＊「仙洞」は後小松院。

【一一二五】源氏、帰京決まる。明石君と琴を弾き、再会を約束する。新全集二―二六六。大成四七一。

【一一二五】

入道の宮〔藤つぼ也。〕の御ことのねをたゞいまのまたなきものに思ひ聞えたるは、いまめかしうあなめでたときく人の心行て、かたちさへ思ひやらる、ことは、げにいとかぎりなき御ことのね也。これは《明石上也》、あくまでひきすまし、心にくゝねたきねぞまされる。この御心にだに《源の御耳にもめづらしと覚す手を引給ふ也》、はじめてあはれになつかしう、まだみゝなれ給はぬ手など、心やましき程にひきさしつゝ、あかず《源の心也》おぼさるゝにも、月頃、などしゐてもきゝならさざりつらんとくやしうおぼさる。心の限りゆくさきのちぎりをのみし給。「きんはまたかきあはするまでのかたみに」との給ふ。女、

／なをざりにたのめをくめる一ことをつきせぬねにやかけて忍ばん

いふともなき口ずさびを恨み給て、

／逢までのかたみにちぎる中のをのしらべはことにかはらざらなん

「此ねたがはぬさきにかならず逢見ん」とたのめ給ふめり。

寄琴恋　定家

519 形見ぞと頼めしことのかひもなくうき中のおの絶や果南

寄箏〔別〕恋　実隆

520 雪　いかならん別悲しき琴のねはしらべかはらずめぐり逢〔フ〕とも

【一二六】

誠や、かのあかしには、帰る浪につけて御ふみつかはす。ひきかくして
こまやかに書給ふめり。「波《文の詞》のよる〳〵いかに、
源〳〵歎つゝ、明石の浦に朝霧のたつやと人を思ひやるかな」

隔海恋　後西院

521 新題　かく又《まで歟》もへだてし浪のよる〳〵はいかに明石のうらみてやみん

朝恋　実隆

522 雪　かひなしや我歎きより朝霧のたつやとだにも人はながめじ

隔海路恋　済継

523 一人三臣　かねてより誰を悲しき名残とや明石の浪に思ひ置けん

519 拾遺愚草・中・院句題五十首・一八七七、二句「たのみしことの」。仙洞句題五十首・二九三、二句「たのみし琴の」。

520 雪玉集・巻七・内裏着到・三〇三三。

【一二六】源氏、明石に帰る供人に明石君への文を託す。新全集二―二七五。大成四七七。

521 新題林集・恋中・六三九一、初句「かく文も」。

522 雪玉集・巻五・恋・一九三四。

523 済継集・一七九、三句「名残をや」。

【一二七・巻名】

明石　　　　　　　　　　　実隆

524雪　たち帰りくらきをてらすともし火のあかしの浪ぞ世にもこえたる

○　みをつくし

【一二八】

かの明石のふね、此ひゞきにをされて過ぬることもきこゆれば、しらざりけるよと哀におぼす。かみの御しるべ、覚し出るもをろかならねば、いさゝかなる御せうそこをだにして心なぐさめばや、中〳〵におもふらんかし、と覚す。みやしろたち給て、所々にせうえうをつくし給。なにはの御はらへなどことに、なゝ瀬によそをしうつかうまつり、堀江のわたりを御覧じて、「今はたおなじなにはなる」と御こゝろにもあらでうちずじ給へるを、御車のもとちかき惟光うけ給はりやしつらん、さるめしもや、とれいにならひてふところにまうけたるつかみじかき筆など、御くるまとゞむる所にて奉れり。おかしとおぼして、たゝうがみに、

源　＼みをつくしこふるしるしにこゝまでもめぐりあひけるえにはふかしな

【一二七】

524　雪玉集・巻十三・詠源氏物語巻巻和歌・五五一四。

【一二八】源氏、明石君が住吉に来合わせていたと知り、文を遣わす。新全集二―三〇六。大成五〇二。

とて給へれば、かしこの心しれるしも人してやりけり。こまなべてうち過給にも心のみうごくに、露ばかりなれど、いと哀にかたじけなく覚えて、うちなきぬ。

明石上
／数ならでなにはのこともかひなきになどみをつくし思ひそめけん

たみの、嶋にみそぎつかうまつる御はらへのものにつけてたてまつる。

525 新続古今
寄源氏物語恋

恨みても猶頼むかなみを尽し深きえにある印と思へば

526 御集
相互忍恋　　後柏原院

みを尽しるし有ともなにはなるみつとはいはじ心くらべに

【一二九】

〔遊女ども成べし。〕あそびどものつどひまいれるも、上達部と聞ゆれどわかやかにことこのましげなるは、遊女どもに也 みなめとゞめ給べかめり。

527 雪
遊女　　実隆

したふらん夜の泊りもさすがあれやうきて遊びの舟の中にも

525 新続古今集・恋五・一四九五、題「寄源氏名恋」。
＊桃本作者「俊成」。

526 三玉集類題・恋。

【一二九】住吉からの帰途、上達部達、遊女達の姿に目をとめる。新全集二―三〇七。大成五〇三。

527 雪玉集・巻九・永正独吟百首・三六五〇。

【一三〇】

（源）降みだれひまなき空になき人のあまがけるらん宿ぞ悲しき

寄鳥恋　後柏原院

528（御集）思ふかたに行〔カ〕ばや人も夢にこそ鳥ともならめあまがけりても

【一三一・巻名】

漂零　実隆

529（雪）えにしあれば《や》身を尽しても《し》年月のしるしことなる住吉の神

○蓬生

【一三二】

しげき草よもぎをだにかきはらはんものとも思ひより給はず。かゝるまゝにあさぢは庭の面も見えずしげり、蓬は軒をあらそひておひのぼる。むぐらはにしひんがしのみかどをとぢこめたるぞたのもしけれど、略

【一三〇】源氏、六条御息所の死後、斎宮に文を遣わす。新全集二—三一五。大成五〇八。

528 三玉集類題・恋、三句「鳥共ならば」。

【一三一】

529 雪玉集・巻十三・詠源氏物語巻巻和歌・五五一五、二句「みをつくしてし」、題「澪標」。

【一三二】末摘花、邸荒れ果て、蓬や浅茅などが生い茂る。新全集二—三二九。大成五二二。

五月雨　　　　　　　　　　実隆

530 雪 はれまなき心のうちは八重葎軒をあらそふ五月雨の頃

閑居増恋　　　　　　　　　俊成

531 家 思ひやれ春のあしたの雨のうちに軒にあらそふ袖のけしきを

【一三三】

末つむ ＼たゆまじき筋と頼みし玉かづら思ひの外にかけはなれぬる

寄鬘恋　　　　　　　　　　為家

532 玉かづらいかにねし夜の手枕につらき契りのかけはなるらん

【一三四】

霜月ばかりに成ぬれば、雪あられがちにて、ほかにはここ《き》《ここ》ゆるまもあるを、朝日夕日をふせぐよもぎむぐらの陰にふかうつもりて、こしの白山思ひやらるゝ雪のうちに、いで入しも人だになくて、つれ〴〵とながめ給。

530 雪玉集・巻十一・文亀三年自桃花節禁裏御着到・四五〇七、二句「心の中の」。

531 長秋詠藻・中・三四六。

【一三三】末摘花、邸を離れる側近女房の侍従に別れの和歌。新全集二―三四二。大成五三一。

532 新拾遺集・恋五・一三七三、結句「かけはなれけん」。為家集・下・一一四七、結句「かけはなれけん」。

【一三四】末摘花の邸、冬にいよいよわびしさが増す。新全集二―三四三。大成五三二。

雪

533 御集 蓬生に雪はへだてぬ陰もなし朝日夕日を何思ひけん　後柏原院

【一三五】

卯月ばかりに、花ちる里を思ひ出聞え給ひて、忍びて、たいのうへ《紫の上》に、御いとま聞えて出給。日ごろふりつる名残の雨、すこしそゝきて、おかしきほどに月さし出たり。昔の御ありき覚し出られて、えんなるほどのゆふづく夜に、みちの程よろづのことおぼし出ておはするに、かたもなくあれたる家の、木だちしげく森のやうなるをすぎ給。おほきなる松に藤の咲かゝりて、月かげになびきたる、風につきてさと匂ふがなつかしく、そこはかとなきかほりなり。たち花にはかはりておかしければ、さし出給へるに、柳もいたうしだ《だ》《と》りて、ついひぢもさはらねばみだれふしたり。見しこゝちするこだちかなとおぼすは、はやう《頓而といふ心也》此宮なりけり。いと哀れにてをしとゞめ《車をとゞめ給也》させ給ふ。

寄蓬恋

534 千首 さすが又木だちわすれぬ前わたり車をとむる蓬生の宿　為尹

533 柏玉集・冬・一二〇二、二句「雪やへだてん」。柏玉集・五百首下・二一六一、二三句「雪やへだてん年もなし」。

【一三五】源氏、末摘花の邸を通りかかり、車を止める。新全集二―三四四。大成五三二。

534 為尹千首・恋二百首・六八九。

【一三六】源氏、蓬の露を払わせつつ、末摘花の邸に分け入る。新全集二―三四八。大成五三五。

＊桃本、底本ノ抹消部ヲ欠ク。

535 続拾遺集・恋五・一〇七四、三句「よもぎふの」。

536 新後撰集・秋下・四〇四。

【一三六】

惟光も「さらにえわけさせ給まじきよもぎの露けさになん侍。露すこしはらはせてなん、いらせ給べき」と聞ゆれば、

源《源》／たづねても我こそとはめ道もなくふかき蓬のもとの心を

とひとりごちて、なををり給へば、御さきの露を馬のむちして払ひつゝいれたてまつる。雨そゝきも、猶秋のしぐれめきて打そゝけば、「みか《古今み》ささぶらふ《ちのく歌》。げに、この下露は雨にまさりて《みさぶらひみかさと申せみやぎのゝこの下露は雨にまされり》」ときこゆ。御指ぬきのすそはいたうそぼちぬめり。むかしだにあるかなきかなりし中門など、ましてかたもなくなりて、いり給ふにつけてもいとむとくなるを、たちまじり見る人なきぞ心やすかりける。姫君はさりともと

絶恋　権大納言実家

535 続拾 かひもなしとはで年ふる蓬生に我のみしのぶもとの心は

題しらず　源親長朝臣

536 新後撰 たづねても誰とへとてかきりぐ＼す深き蓬の露に鳴覧

月　俊成卿女

537 続千載集・秋下・四七六、四句「よもぎが庭の」。

538 続千載集・恋四・一四三一。＊「九条左大臣女」は二条道良女。

539 風雅集・秋上・五〇一。

540 新千載集・秋下・四八八、二句「露のやどりを」。題林愚抄・秋三・三八三一。＊隆淵の作。桃本作者「隆渕」。

541 新続古今集・秋上・四七四。

542 拾遺愚草・上・花月百首・六六四。

543 紫禁集・一一八。

544 六百番歌合・夏十番右・二〇〇、二句「よもぎがにはは」。

545 題林愚抄・夏中・二二七四。＊詞書「伏見殿千首」。

恋の歌

537 続千 尋ねてもわすれぬ月の影ぞとふ蓬の庭の露のふかさを　九条左大臣女

庭草露

538 同 たづねてもとはるゝ程の跡もなし人はかれにし庭の蓬生　如願法師

庭虫

539 風雅 ふみ分てたれかはとはん蓬生の庭もまがきも秋の白露　法印澄渕

庭月

540 新千 蓬生の露のゆかりを尋てもとふ人なしと虫や鳴らん　俊平

月

541 新続古 払ひこし庭の蓬の露の上にとはれぬ夜半の月を見る哉　定家

尋不逢恋

542 家 蓬生のまがきの虫の声分て月は秋とも誰かとふべき　順徳院

夏草

543 御集 たづねてもふかき蓬の白露をむなしく分ぬ夕ぐれぞなき　隆任《隆信朝臣》

故宅五月雨

544 六百番 右勝 我宿の蓬の庭は夏ふかしたれ分よとか打も払はん　茂成

545 伏見殿七百首 露はらふひまこそなけれ蓬生の宿ふりまさる五月雨の頃

寄蓬恋　真観

546 白川殿七百首 あはれとも我こそとはめとばかりも今やうつらん庭の蓬生

栄雅

547 千首 ことのはのかれぬばかりを蓬生の露の契と頼みはてめや

虫　従一位宣子

548 まつ虫のなくとも誰かきてとはんふかきよもぎのもとの住家を

逢不逢恋　為相

549 嘉元百首 道もなきよもぎが庭に《はイ》見るもうしとはれし程はしげらざりしを

忘恋　為氏

550 弘長百首 契り置しもとの心の跡もなし通ひたえたる蓬生の露

月　俊定

551 嘉元百首 住なれしもとの心のかはらずは秋をわするな蓬生の月

俄変恋　親王御方

552 続撰吟 道もなく分し蓬が露よりもとはれぬかたや袖ぬらすらん

尋逢恋　実隆

553 雪 道絶し蓬がもとの心をばこれ《我》《ここ》のみしるも哀とや思ふ

恋居所　後柏原院

546 白河殿七百首・恋百五十首・四六八、一二三四句「あはれにもわれこそとはめとばかりを今やまつらん」。題林愚抄・恋三・七八四三。

547 栄雅千首・恋二百首。

548 新後拾遺集・雑秋・七五四。

549 嘉元百首・一八七四、二句「よもぎが庭よ」。

550 弘長百首・五四六。

551 嘉元百首・一三三八。

552 続撰吟抄・巻四・一四一三、結句「袖ぬらしけん」。＊親王御方は貞常親王。

553 雪玉集・巻五・恋・一八八六、四句「われのみしるも」。

554 御集 程へても忘れぬ道の露けさは我身をしほる蓬生の宿

幽居　　実隆

555 雪 たえ《堪》てすむ心の道はある物をとはずはしらじ蓬生の陰

夜露　　為尹

556 千首 よる〳〵の月こそかれずとひてけれ人は分こぬ蓬生のつゆ

幽栖春月　　通躬

557 新明 霞むともよしやかこたじ月ならでとふ人もなき蓬生の宿

月前虫　　通村

558 新明 月ならでとふ人はなき蓬生に思ひも捨ぬ松虫の声

閑居月　　為綱

559 新題 まれにだに払ふ人なき蓬生の宿をわすれぬ月はとひきて

寄蓬恋　　同

560 新明 月日へてはらはぬ露も立かへるなさけは有し蓬生のもと

秀直

561 同 かれ〳〵になる身の秋を哀ともいづれかとはん蓬生の宿

光広

562 見るま丶にはらはぬ露を恨みにてうつる契も蓬生の宿

554 柏玉集・恋下・一五二七、四句「我が身にしほる」。

555 雪玉集・巻十八・八〇六八。

556 為尹千首・夏百首・三二一、初句「よなよなの」。

557 新題林集・春中・八五八。＊桃本集付「新題」。

558 新明題集・秋・二二三一、二句「とふべき人も」。

559 新題林集・秋中・三八六九、四句「露をわすれぬ」。

560 新題林集・恋下・七二一二。＊桃本562の次にあり。

561 新題林集・恋下・七二一一、四句「いつかとはれん」。

562 黄葉集・巻六・一一四九、結句「庭のよもぎふ」。

563 新題林集・恋中・六五三二。

564 元禄千首和歌・四四八。

565 新題林集・冬上・四七五一。

566 新題林集・秋上・三三四三、三句「陰ふかみ」。

＊「仙洞」は後西院。

【一三七】源氏、自分を変わらずに待ち続けた末摘花に和歌。全集二―三五〇。大成五三七。

絶恋　道晃

563 新題 人心あれにし後のよもぎふに中〳〵もとの契りさへうき

閑居月　淳房

564 院伊勢法楽 たづねくる人しなければをく露も払はでぞ見る蓬生の月

寒草霜　通茂

565 新題 道もなくしげると見えし蓬生も垣ねあらはに結ぶ霜哉

566 同 誰とはん蓬むぐらの陰ふかき雨にまされる露のふる里　仙洞

【一三七】

たちとゞまり給はんも、所のさまよりはじめまばゆき御有様なれば、つき〴〵しうの給すぐしていで給なんとす。ひきうへしならねど、松のこだかく成にける年月の程も哀に、夢のやうなる御身の有様もおぼしつゞけらる。

／源 藤なみのうち過がたく見えつるは松こそ宿のしるし也けれ

融《觸》事思《出》書恋　季凞

567 類 蓬〔生〕の露を分しも咲藤や宿の木ずゑのしるし成らん
蓬　後柏原院

568 御集 住や誰《いかに》松のこだかくなる陰を軒に交《争》ふ蓬生の宿
松上藤　後嵯峨院

569 続拾 深みどり色もかはらぬ松がえは藤こそ春のしるしなるらめ

【一三八・巻名】

570 雪 分がたき露をかなしむ蓬生に身のおこたりの月日をぞしる
蓬生　実隆

○関屋

【一三九】

九月つごもりなれば、紅葉の色々こきまぜ、霜がれの草むら〳〵おかしう見えわたるに、せきやよりさとはづれ出たる旅すがたどもの、色〳〵のあをのつき〴〵しきぬひ物、くゝり染《結》めのさまも、さるかたにおかしう見ゆ。御車はすだれおろし給ふて、かのむかしの小君、今は右衛門の

567 公宴続歌・水成瀬御影堂奉納五十首和歌・四四五三、題「触事思出恋」、結句「しるべなりけむ」。

568 柏玉集・雑・一六一二、初句「すむやいかに」、四句「軒にあらそふ」。

569 続拾遺集・春下・一四一、結句「しるしなりけれ」。

【一三八】

570 雪玉集・巻十三・詠源氏物語巻巻和歌・五五一六。

【一三九】源氏、空蝉と逢坂で行き合わせ伝言する。新全集・二―三六〇。大成五四八。文の詞～新全集二―三六二。大成五四九。

すけなるをめしよせて、「けふの御関迎はえおもひすて給はじ」などの給。御心のうちいと哀におぼし出ることおほかれど、おほぞうにてかひなし。女も、《空せみの心にも也》人しれず昔のことわすれねば、とり返して物哀也。

空せみ
／ゆくとくとせきとめがたき泪をやたえぬし水と人はみるらん

えしり給はじかしと

文の詞
／「一日は契りしられしを、さはおぼししりけんや。

／わくらばに行あふみちをたのみしも猶かひなしや塩ならぬ海

関守の、さもうらやましく、めざましかりしかな」とあり。

関　　実隆

571 雪 都にと出たつ袖の錦にもめとまるけふの関むかへかな

関屋　　同

572 同 あふさかの花とぞ見ゆる関やよりこぼれ出たる旅のよそひは

【一四〇・巻名】

寄源氏物語恋　　読人しらず

573 逢坂の名残忘れにし中なれどせきやられぬは涙也けり

＊桃本、底本ノ抹消部分ヲ欠ク。

571 雪玉集・巻七・家着到・二九三八。

572 雪玉集・巻六・雑・二二一五。

【一四〇】

573 千載集・恋四・八七二、二句「名をわすれにし」。

せき屋　〔実隆〕

574 雪 人めもる関やいかなるけふも又つらきながらにあふさかの山

○ 絵合

【一四一】

とのに、ふるきあたらしきゑどもいりたるみづしどもひらかせ給て、女君ともろともに、いまめかしきはそれ〲とゑりとゝのへさせ給ふ。長恨歌、王昭君などやうのゑは、おもしろく哀なれど、ことのいみあるはこたみはたてまつらじとえりとゞめ給。〔須磨にての絵也〕かの旅の御日記のはこをもとり出させ給て、このついでにぞ女君にもみせ奉り給ける。しらで今見ん人だに、すこし物思ひしらん人は、涙おしむまじく哀也。

寄絵恋　為尹

575 千 かた〴〵にとぢあはせたる絵をみても須磨の恨や猶のこるらん

須磨の巻、「つれ〴〵なるまゝに、色〲の紙をつぎつゝ、手習ひし給ふ。めづらしきさまなるからのあやなどに、さま〴〵

574 雪玉集・巻十三・詠源氏物語巻巻和歌・五五一七。

【一四一】源氏、権中納言に対抗しようと、秘蔵の絵画を紫上と選ぶ。新全集二―三七七。大成五六二。

575 為尹千首・恋二百首・七六五、二句「とりあはせたる」、結句「猶のこりけん」。

の絵どもを書すさび給へる。」

【一四二・巻名】

ゑあはせ　　実隆

576 雪 海山のいかなるかたにくらべましすまのうらみの水くきのあと

○松　風

【一四三】

御車はあまたつゞけんも所せく、かたへづゝわけんもわづらはしとて、御ともの人々も、あながちにかくろへしのぶれば、舟にて忍びやかにとさだめたり。たつの時に舟でし給。むかしの人も哀といひける浦の朝ぎり、へだゝり行まゝに、いと物悲しくて、入道は心すみはつまじくあくがれてながめゐたり。

海辺月　　実隆

577 雪 朝ぎりの月の明石の名残をもむ《は》かし人のみあはれとやみん

秋　　同

【一四二】

576 雪玉集・巻十三・詠源氏物語巻巻和歌・五五一八。

【一四三】明石君、父を故郷に残し、母と大堰に移る。新全集二―四〇六。大成五八六。

577 雪玉集・巻三・秋・一二六三、三句「余波をば」。雪玉集・巻十五・永正九年正月前内府試筆十首・六二三六、五句「なごりをば」、結句「あはれとやいはん」。

578 同
行舟をしたふとなしに明石がた浦がなしきは朝霧の空

【一四四】

かつらの院といふ所、俄に作らせ給ふときくは、そこにすへ給へるにや、とおぼすに心づきなければ、「おのゝえをさへあらため給はん程や、待遠に」と心ゆかぬ御けしき也。

579 千首
寄里恋　為尹
明石よりうつろひきても月の名のかつらや人の住居成らん

【一四五】

前栽どものおれふしたるなどつくろはせ給。「こゝかしこのたていしども、みなまろびうせたるを、なさけありてしなさばおかしかりぬべき所かな。かゝる所をわざとつくろふもあいなきわざなり。さてもすぐしはてねば、たつとき《時》ものうく心とまる、くるしかりき」など、きしかたのことゞもの給ひ出て、なきみわらひみ打とけ給へる、いとめでたし。

578 雪玉集・巻十・延徳冬独吟百首・三八〇四。
＊桃本【一四四】ヨリ581マデヲ欠ク。

【一四四】紫上、自分に知らせず明石君を都に迎えた源氏に不満。新全集二―四〇九。大成五八八。

579 為尹千首・恋二百首・六六〇、結句「住ひなりけん」。

【一四五】源氏、大堰の明石君邸にて、造園を家司に指図。新全集二―四一一。大成五八九。

独惜暮秋　定家

580 また人のとはぬもうれし草木だになれてはおしき秋の別を

【一四六】

（源）いさゝ《ら》ゐははやくの事も忘れじを本のあるじやおもがはりせる

水辺納涼　義澄

581 文亀三歌合 むすぶ手にはやくの夏ぞ忘らるゝこん秋風もいさらゐの水

【一四七】

そこはかとなく物哀なるに、え忍ひ給はでかきならし給。またしらべもかはらず、ひきかへしそのおり今の心ちし給ふ。

（源）／契りしにかはらぬことのしらべにてたえぬ心のほどをしりきや

女、

（明石上）／かはらじと契りしことを頼みにて松のひゞきにねをそへし哉

留形見恋　後柏原院

580 拾遺愚草・上・藤川百首・一五五〇、三句「木草だに」。

【一四六】源氏、明石君とともに上京した母尼君の和歌に返歌。新全集二―四一三。大成五九一。

581 文亀三年六月十四日歌合・十三番右・二六。

【一四七】源氏、琴を弾きながら明石君と和歌の贈答。新全集二―四一四。大成五九一。

582 御集 かたみにも忍ぶ計ととゞめずは猶うきことのねをやそへまし

【一四八・巻名】

松かぜ　　実隆

583 雪 ひとりこし此山陰の心しれ思ひをかべの宿の松風

寄源氏恋　　平忠度朝臣

584 あふと見る夢さめぬればつらきかなたびねの床に通ふ松風

○薄　雲

【一四九】

> ／君もさは哀をかはせ人しれず我身にしむる秋の夕かぜ

恋　　内大臣

585 千五百番 ながむれば心さへこそうき《すにや》雲や其いにしへの夕ぐれの空

---

582 三玉集類題・恋。

【一四八】

583 雪玉集・巻十三・詠源氏物語巻巻和歌・五五一九。＊桃本、次と逆順。

584 忠度集・恋・七六。

【一四九】源氏、斎宮の女御に自分の恋情を打ち明ける。新全集二―四六三。大成六二八。

585 千五百番歌合・千二百五十四番右・二五〇七。
※「内大臣」は源通親。

【一五〇】

女君に《紫に源の給ふ》、「女御の、秋に心をよせ給へりしも哀に、君《紫の上をさす》の、春の明ぼのに心しめ給へるもことはりにこそあれ。時々につけたる木草の花によせても、御こゝろとまるばかりのあそびなどしてしかな、おほやけわたくしのいとなみしげき身こそふさはしからね、いかで思事してしかな」と、「たゞ御ためさう〴〵しくやと思こそ心ぐるしけれ」などかたらひ聞え給ふ。

春曙

586 続撰吟 一人三臣 定めずよ秋の夕のことはりもまた曙の春の哀に《もか》　正徹

587 家 むつましき哀は秋の夕にもくらべくるしき春の曙　光広

【一五一・巻名】

薄雲

588 雪 折ふしも世は墨ぞめの夕をや同じ心の空の浮雲　実隆

【一五〇】源氏、春を愛する紫上に、斎宮女御は秋を好むと伝える。新全集二―四六四。大成六三〇。

586 続撰吟抄・巻二・四七五。草根集・八八八。

587 黄葉集・巻一・石清水法楽一夜百首・一二四。

【一五一】

588 雪玉集・巻十三・詠源氏物語巻巻和歌・五五二〇、結句「そらのうす雲」。

【一五二】朝顔、若き日の源氏との思い出に浸る。文のやり取り。新全集二―四七五。大成六四三。

589 新題林集・恋上・五七四一。

○朝　顔

【一五二】

大かたの空もおかしきほどに、木のはの音なひに付ても、過にしもの丶哀とりかへしつ丶、その折〳〵、おかしくも哀にもふかく見え給し御心ばへなども、思ひ出聞えさす。心やましくて立出給ぬるは、ましてね覚がちにおぼしつゞけらる。とくみかうしまいらせ給ふて、朝霧をながめ、かれたる花どもの中に、あさがほのこれかれにはひまつはれて、あるかなきかに咲て、匂ひもことにかはれるを、おらせ給て奉れ給。「けざやかなりし御もてなしに、人わろき心ちし侍りて、うしろでもいとゞいかゞ御覧じけんとねたたく。されど、

源 ／見し折の露わすられぬ朝貌の花の盛は過やしぬ覧」

朝顔 ／秋はて丶霧のまがきにむすぼ丶れあるかなきかにうつる朝貌

見恋　　道晃

589 新題 立そひて絶ぬも悲し見し折の露忘られぬ人の俤

【一五三】

雪のいたう降つもりたるうへに、いまもちりつゝ、松と竹とのけぢめおかしうみゆる夕暮に、人の御かたちも光まさりて見ゆ。「時々につけても、人の心をうつすめる花もみぢのさかりよりも、冬の夜のすめる月に雪のひかりあひたる空こそ、あやしう色なきものゝ身にしみて、此世のほかの事まで思ひながされ、おもしろさもあはれさものこらぬおりなれ。すさまじきためしにいひ置けん人のこゝろあさゝよ」とて、みすまきあげさせ給。月はくまなくさし出て、ひとつ色に見えわたされたるに、しほれたる前栽のかげくるしう、やり水もいといたうむせびて、池の氷もえもいはずすごきにわらはべおろして、雪まろばしせさせ給。

春雪　後柏原院

590 御集　こぞのまゝ残るがうへにたまれどもけぢめ見えたる春のうす雪

浅雪　玄旨

591 家　降つむも夜のまの雪の朝日影松と竹とのけぢめ見えつゝ

竹雪　頼行

592 文亀三歌合　松は猶つれなき軒のくれ竹をけぢめみせても埋む雪哉

【一五三】雪の夜、源氏と紫上、庭の情景を眺めている。新全集二―四九〇。大成六五四。

590 三玉集類題・春。

591 衆妙集・六七、二句「よの間の雪は」。

592 文明十三年三十番歌合・十三番右、題「竹雪深」。
＊桃本「文亀」ヲ「元亀」トスル。

593 新題林集・冬下・五一四二、三句「松竹や」。

594 新明題集・冬・二九八一、結句「雪にみるより」。

595 為家集・下・一九四九、三句「老の世や」。

596 為家集・下・一八五九。

597 雪玉集・巻十五・文明六年詠百首・六六三二。

598 新題林集・冬上・四八八八。芳雲集・冬・二八三五、四句「月更増る」。＊桃本、次と逆順。

599 三玉集類題・冬。

600 碧玉集・春・一二一、二句「みしも程なき」。

601 碧玉集・雑・一〇〇一。

深雪　基凞

593 新題 下折の声はむもれぬ松陰や雪の底なるけぢめわく覧

残雪　資茂

594 新明 今ひとへつもれとこそは松竹のけぢめはうすき雪に見えけれ

冬月　為家

595 すむとても世に冷じき老の身や年くれがたの冬の月影

596 誰か見む世に冷じく成はてゝ長きをかこつ冬夜の月

実隆

597 雪 冷じきためしにいへど澄月の哀は冬の空にぞ有ける

実陰

598 新題 めできつる影も冷じ一とせの月すみまさる冬夜の空

庭雪　後柏原院

599 御集 冷じと心浅くも見るやたれ月の夜すめる庭の白雪

春月　政為

600 碧 冷じと見し程もなき空の月身をしる影やよに霞むらん

天象　同

601 同 冷じと思ふ心や曲《くま》ならん霜よの月のきよき光は

炉火　同

602 同 見るもうきしはすの月に埋火のほのか成しも影冷じき

冬月　後柏原院

603 御集 冷じと見る人いかに冬の夜の月は嵐に消るひかりを

寒夜月　雅章

604 新題 冷じきためしにいひし影ながら師走の月をたれみすてめや

明石浦にて　光広

605 家 冷じきものとも見えず明石がたしはすの月も所がらかも

氷　実隆

606 雪 空にのみ月はながれて遣水の氷にむせぶ庭のさびしさ

雪中興遊　宣定

607 新題 寒さをも袖に思はず降つもる雪まろばして遊ぶ砌ぞ

総角の巻に、「よの人のすさまじき事にいふなるしはすの月よの、くもりなくさし出たるを、すだれまき上て見給へば」と云々。

602 碧玉集・冬・七七〇。

603 三玉集類題・冬、結句「すめる光を」。

604 新題林集・冬上・四八九九。

605 黄葉集・巻七・一二九〇、結句「所がらにて」。

606 雪玉集・巻十・延徳冬独吟百首・三八一四。

607 新題林集・冬下・五三三八、結句「あそふ砌は」。

【一五四】

むかし今の御物がたりに、夜ふけ行。月いよ〱すみて、しづかにおもしろし。女君、

／氷《紫上》とぢ石まの水は行なやみ空すむ月のかげぞながる丶

冬　　　公経卿

608 岩《千五百番》ま分し苔の下水行なやみしられぬ冬の音こほるなり

石間氷　　　師兼

609 行《千首》なやむ水の淀みを便にて岩まに氷る冬の山川

氷　　　実明女

610 行《延文百首》なやみよどむ岩まに氷初《ゐ歟》てたえ〲になる谷の川音

氷始結　　　実隆

611 行なやむいはまの水のいつしかと氷〔ル〕は早き瀬にぞ見えける

氷閇《トヅ閉》細流　　　光広

612 行なやむ岩まの水も更に今末せきとめて氷ゐにけり

氷　　　通村

613 散しきてしげき木葉に行なやむ岩間の水や先氷る覧

【一五四】紫上、源氏の昔今の女性評を聞いた後、和歌を詠む。新全集二―四九四。大成六五六。

608 千五百番歌合・九百六十五番左・一九二八。

609 師兼千首・五三六。

610 延文百首・二六〇、結句「たに川の音」。

611 雪玉集・巻十六・春日若宮法楽百首・六五三四、結句「瀬にぞ越えぬる」。

612 新題林集・冬上・四八四一。黄葉集・巻五・九七一、題「氷結細流」。＊桃本集付「新題」。

613 新明題集・冬・二七八〇。後十輪院内府集・冬・九〇一、四句「水や石間に」。

【一五五・巻名】

朝顔　　実隆

614 雪 朝顔とみえ《名に歟》こそたてれ幾秋も花のこゝろの色はうつらじ

○乙　女

【一五六】

ねたまひぬるやうなれど、心も空にて、人しづまるほどに、なかそうじをひけど、れいはことにさしかためなどもせぬを、つとさして人のをともせず。いと心ぼそくおぼえて、さうじによりかゝりてゐ給へるに、女君もめをさまして、風の音の竹にまちとられてうちそよめくに、雁の鳴わたる声のほのかにきこゆるに、おさなきこゝちにも、とかくおぼしみだるゝにや、「雲井のかりもわがことや」とひとりごち給ふけはひ、わかうらうたげなり。いみじく《う》《こ》心もとなければ、「これあけさせ給へ。小侍従やさぶらふ」との給へど、をともせず。御めのとごなり。独ごとを聞給けるもはづかしうて、あいなく御かほひきいれ給へど、あはれはし

【一五五】
614 雪玉集・巻十三・詠源氏物語巻巻和歌・五五二一、四句「本の心の」。

【一五六】夕霧と雲居雁、仲をさかれ嘆くばかり。新全集三―四八。大成六八七。

らぬにしもあらぬぞにくきや。めのとたちなどちかくふして、打みじろくもくるしければ、かたみにをともせず。
／《夕ぎり》さ夜なかに友よびわたるかりがねにうたて吹そふ荻の上かぜ
身にもしみけるかなと思ひつゞけて、宮の御前にかへりてなげきがちなるも、御めさめてやきかせ給らんとつゝましく、みじろき臥給へり。

非心離恋

615 《永正百首》へだてある程は雲井のかりそめに親のいさめしねをやなくらん

【一五七】

「めでたくとも、ものゝ始の六位すくせよ」とつぶやくもほのきこゆ。たゞ此屏風のうしろにたづねきて、なげくなりけり。おとこ君、我をば位なしとてはしたなむるなりけりと覚すに、世中うらめしければ、哀もすこしさむる心ちして、めざまし。「かれきゝ給へ。
／《夕》紅の涙にふかき袖の色をあさみどりとやいひしほるべき
はづかし」との給へば、

615 後柏原院御着到百首・十二月二日、結句「ねをやなきけん」。＊季種の作。桃本作者「季種」。

【一五七】夕霧、雲居雁乳母の中傷を聞き、雲居雁と歌の贈答。新全集三―五七。大成六九三。

雲井／いろ〳〵に身のうき程のしらるゝはいかにそめける中のころもぞ

被厭賤恋

616 色に出ていひなしほりそ桜戸のあけながらなる春の袂を

幼恋　　済継

617 一人三臣 浅みどりまだあさはかの心をや中の衣の色に見えけん

【一五八】

かくてとしへ給ひにけれど、殿の、さやうなる御かたち、御心と見給ふて、はまゆふばかりのへだてさしかくしつゝ、なにくれともてなしまぎらはし給ふめるもむべなりけり、とおもふ心のうちぞはづかしかりける。

隔恋　　実隆

618 雪 思はずや隔てとなれば浜ゆふのひとへばかりも幾重悲しき

616 拾遺愚草・上・藤川百首・一五七二、三句「さくらどを」。＊定家の作。＊桃本集付「拾員外」。

617 済継集・五三、四句「中の心の」。

【一五八】夕霧、後見の花散里を女性として批評する。新全集三―六七。大成七〇一。

618 雪玉集・巻十六・永正二年百首・六八四六、二句「へだつとなれば」。

【一五九】六条院の完成、西北の明石君の町は、冬の情趣。新全集三―七九。大成七一〇。

619 三玉集類題・冬。

【一六〇】

620 雪玉集・巻十三・詠源氏物語巻巻和歌・五五二二。

【一六一】玉鬘の乳母、筑紫へ幼い玉鬘を連れて行く。新全集三―八九。大成七二〇。

【一五九】

西のまちは、北おもてつきわけて、みくらまちなり。へだてのかきに松の木しげく、雪をもてあそばんたよりによせたり。

庭雪　　後柏原院

619 御集 花もみぢみまれみずまれ雪のためにうへばうゆべき庭の木立に

【一六〇・巻名】

乙女　　実隆

620 雪 おもひ出やをとめのすがた神代ともいふばかりなる雲のかよひ路

○　玉かづら

【一六一】

いとうつくしう、たゞいまからけだかくきよらなる御さまを、ことなる御しつらひなき舟にのせて漕出るほどは、いと哀になん覚しける。おさなき心ちには、君をわすれず、おり〱に、「はゝの御もとへいくか」

ととひ給ふにつけて、なみだたゆる時なく、むすめども丶おもひこがる丶を、「ふなみちゆ丶し」と、かつはいさめけり。おもしろき所々を見つ丶、こ丶ろわかうおはせしものを、か丶るみちをもみせ奉る物にもがな、おはせましかば我らはくだらざらまし、と京の方を思ひやらる丶に、かへる浪もうらやましくこ丶ろぼそきに、舟子どものあら〳〵しきこゑにて、「うらがなしくもとをくきにけるかな」とうたふをきくま丶に、ふたりさしむかひてなきけり。

姉
／舟人もたれをこふとか大嶋のうらがなしげに声の聞ゆる

621 雪
海辺路秋夕　　実隆
行舟のうきて思ひも大嶋のうらがなしきは秋の夕ぐれ

622
寄浦恋　　肖柏
思ふ人なきにしもあらぬ舟みちのうらがなしくもうたふ声哉

623 雪
海路　　実隆
浪風はあはれもかけじ大嶋のうらみをたれにうたふ舟人

621 雪玉集・巻三・秋・一一三八。

622 肖柏千首・六四二、三句「舟みちに」。

623 雪玉集・巻十四・五八八三。雪玉集・巻十八・八〇八七。

【一六二】

兵部君
浮嶋をこぎはなれても行方やいづくとまりとしらずも有哉

九条に、むかししれりける人の残りたりけるをとぶらひいでゝ、そのやどりをしめをきて、都のうちといへども、はか〴〵しき人のすみたるわたりにもあらず、あやしきいちめ、あき人のなかにて、いぶせく世中を思ひつゝ、秋にもなりゆくまゝに、きしかたゆくさきかなしきことおほかり。豊後のすけといふたのもし人も、たゞ水とりのくがにまどへるこゝちして、つれ〴〵に、ならはぬありさまのたづきなきをおもふに、かへらんにもはしたなく、心おさなくいでたちにけるを思ふに、したがひきたりしものども、るいにふれてにげさり、もとのくにゝかへりちりぬ。

水鳥　実隆

624 雪 氷る夜はくがにまどふも水鳥の下やすからぬねをや鳴らむ

池水鳥　通茂

625 新題 うちもねずくがにやまどふ水鳥の池の夜床は氷る嵐に

【一六二】玉鬘一行、筑紫を離れ、京に入るも路頭に迷う。新全集三―一〇〇。大成七二八。九条に～新全集三―一〇二。大成七三〇。

624 雪玉集・巻四・冬・一六五二、二句「くがにまよふも」。

625 新題林集・冬下・五〇一二。

【一六三】

くるれば、御堂にのぼりて、またの日もをこなひくらし給。秋風、谷よりはるかに吹のぼりていとはださむきに、ものいとあはれなる

谷月　　後柏原院

626 柏 くるゝよりもりくる月も秋風の谷よりのぼる雲にあふらし

霧隔山寺　　実隆

627 雪 吹のぼる谷風ながら立霧にかねさへ遠きをはつせの山

谷紅葉　　同

628 雪 夕しぐれ谷よりのぼる秋風も紅葉に匂ふ小初瀬の山

仏寺　　後柏原院

629 小初瀬やとをき聞えも谷風の吹のぼる上の鐘にしられて

古寺鐘　　同

630 吹のぼる谷風見えてはつせ山夕のかねに雲のかゝれる

【一六三】玉鬘一行と長谷寺で再会した右近、御堂で勤行。新全集三―一一七。大成七四一。
＊桃本、本文末尾「ものいとあはれなる心どもには、よろづおもひつゞけられて」。

626 柏玉集・秋上・八三九、初句「くるる夜に」。

627 雪玉集・巻七・内裏着到・二九九二。

628 雪玉集・巻三・秋・一四五五。

629 柏玉集・雑・一七一三。

630 柏玉集・雑・一七一四。柏玉集・五百首上・二〇九一。

【一六四】源氏、自邸に引き取った玉鬘の処遇を紫上に語る。新全集三―一三一。大成七五〇。

【一六四】

「か丶るものありと、いかで人にしらせて、兵部卿の宮などの、このまがきのうちこのましうし給ふ心、みだりにしがな。すきものどものいとうるはしだちてのみ、このわたりにみゆるも、か丶るもの丶くさはひのなきほどなり。いたうもてなしてしがな。なをとぢあら《うちぁはぬイ》ぬ人のけしきみあつめん」との給へば、「あやしの人のおや丶、まづ人の心はげまさんことをおぼすよ。けしからず」との給ふ。「まことに君をこそ、いまの心ならましかば、さやうにもてなしてみつべかりけれ、いとむじんにしなしてしわざぞかし」とてわらひ給ふに、おもてあかみておはする、いとわかくおかしげなり。すゞりひきよせ給ひて、手ならひに、

源／恋わたる身はそれなれど《ながらイ》玉かづらいかなるすぢを尋ねきつらん

「あはれ」と、やがてひとりごち給へば、げにふかく覚しける人の名残なめりと見給ふ。

寄源氏恋　　よみ人しらず

631 千載 見せばやな露のゆかりの玉かづら心にかけて忍ぶけしきは

寄鬘恋　　為尹

631 千載集・恋四・八七一、結句「しのぶけしきを」。題林愚抄・恋四・八三九一。

632 千首 たらちをの親めきながら玉かづらかけはなれては思はざりけり

【一六五・巻名】

玉かづら　　実隆

633 玉かづらたえぬすぢこそあはれなれ露わすられぬ人のかたみに

○初音

【一六六】

> 年たちかへるあしたの空のけしき、名残なくくもらぬうらゝかげさには、数ならぬ垣ねの中だに、ゆきまの草わかやかに色づきそめ、いつしかとけしきだつ霞に、木のめも打けぶり、をのづから人のこゝろものびらかにぞみゆるかし。ましていとゞ玉をしけるおまへは、庭よりはじめ見所おほく、みがきまし給へる。

春天象　　後西院

634 新題 けふといへば空のけしきもあら玉の年立かへる春に曇らぬ

立春　　知忠

---

632 為尹千首・恋二百首・七五五、結句「おもはざるらん」。

【一六五】

633 雪玉集・巻十三・詠源氏物語巻巻和歌・五五二三。

【一六六】新春の六条院、源氏の居所の庭の素晴らしさ。新全集三―一四三。大成七六三。

634 新題林集・春下・一七一三。

635 同 朝戸明て雪げの雲も名残なく曇らぬ空に春や見ゆらん

風光日新　定誠

636 同 世は春の日かずにそひて若やかに雪まの草も色増り行

所々立春　後西院

637 同 隔てじな玉の台も数ならぬ垣ねも春の広き恵は

春日　幸仁

638 同 数ならぬ垣根の草の雪間にもあまねき春の光をぞ見る

毎家有春　実隆

639 雪 時しあれば花鶯の数ならぬ垣ねのうちも雪まみゆらん

垣根残雪　同

640 同 山里はなべての春の数ならぬ垣根しらるゝ雪の通路

庭雪　同

641 同 数ならぬ垣ねの雪は分出るあとより外に誰をいとはん

垣根寒草　同

642 同 冬草の下の心や数ならぬかきねながらも春を待らん

家々歳暮　栄雅

643 類 春を待家居はさぞな数ならぬ垣ねのうちも年ぞ暮ぬる

635 新題林集・春上・一一、結句「春や立らん」。

636 新題林集・春上・一一三。

637 新題林集・春上・三四。

638 新題林集・春下・一七一五。

639 雪玉集・巻一・春・六三九、結句「雪まある（みゆイ）らん」。

640 雪玉集・巻一・春・一五五。

641 雪玉集・巻十一・文亀三年自桃花節禁裏御着到・四五八七。

642 雪玉集・巻四・冬・一五九一。

643 類題和歌集・冬三。雪玉集・巻七・将軍家着到・二八〇九。＊「栄雅」とあるが、実隆の作か。桃本作者「宋雅」。

【一六七】明石の君、離れて暮らす姫君との和歌の贈答。新全集三―一四六。大成七六五。

644　雪玉集・巻十三・五二五四。

645　碧玉集・春・四六。

646　三玉集類題・春。

【一六八】六条院の臨時客、黄昏の管絃の素晴らしさ。新全集三―一五二。大成七六九。

【一六七】

明石上／年月をまつにひかれてふる人にけふ鶯の初ねきかせよ
姫君／引わかれ年はふれどもうぐひすのす立し松のねをわすれめや

644 雪　松鶯　実隆
けふはまづ松にひかれて鶯も千世のはつねのためしにぞ聞

645 碧　鶯知春　政為
す立しはいつの子日の小松原けふひく野べにいづる鶯

646 柏　春情有鶯　後柏原院
春の色を松に契るも鶯の声のはつねにひくこゝろ哉

【一六八】

花のかさそふゆふ風のどかに打ふきたるに、おまへの梅やう〳〵ひもときて、あれは誰どきなるに、物のしらべどももおもしろく、「このとの」うち出たるひやうしいと花やかなり。

夕花　　　　肖柏

647 ふかく思ふ心も見えてやすらふやあれはたれ時の花のおもかげ

【一六九】

いにしへさかりと見えし御わがかみも、とし頃におとろへゆき、ましてたきのよどみはづかしげなる御かたはらめなどをいとおしとおぼせば、まほにもむかひ給はず。やなぎはげにこそすさまじかりけれとみゆるも、きなし給へる人からなるべし。

人のかしらおろしけるよしを聞ていひつかはしける　　　　光広

648 黒髪のおとさん筋にをくれきぬ滝のよどみの心ならねば

【一七〇・巻名】

初音　　　　実隆

649 雪 君がへんちとせの春の初ねとてみどりの松をひきつれてくる

647 肖柏千首・一一九、四句「あれはたれどきの」に「かはたれどき」「たそがれどき」を傍記。結句「花の下陰」。

【一六九】源氏、二条東院に末摘花を訪れ、白髪などを目にする。新全集三―一五三。大成七七〇。

648 黄葉集・巻十・一六二一。

【一七〇】

649 雪玉集・巻十三・詠源氏物語巻巻和歌・五五二四。

○胡蝶

【一七一】

やよひのはつかあまりの比ほひ、春の御前のありさま、つねよりことにつくしてにほふ花のいろ、鳥の声、ほかのさとには、まだふりぬにやとめづらしう見えきこゆ。山のこだち、なかじまのわたり、色まさるこけの気色など、わかき人〳〵のはつかに心もとなく思ふべかめるに、唐めいたるふねつくらせ給ける、いそぎさうぞかせ給て、おろしはじめさせ給日は、うたづかさの人めして、舟のがくせらる。みこたち、上達部など、あまた参給へり。

春雑物　　後西院

650 新題 のどけしな春のおまへの池水に唐めく船をおろしはじめて

【一七二】

こなたかなたかすみあひたる梢ども、にしきをひきわたせるに、おまへ

【一七一】源氏、春の御殿で船楽を催し、人々集まる。新全集三―一六五。大成七八一。

650 新題林集・春下・一七五七。

【一七二】春の御殿の庭の宴、庭の絵のような美しさ。新全集三―一六六。大成七八二。

のかたは、はる〴〵と見やられて、色をましたる柳、枝をたれたる、花もえもいはぬ匂ひをちらしたり。外は盛過たるさくらも、今さかりにほゝゑみ、らうをめぐれる藤の色もこまやかにひらけゆきけり。まして池の水に影をうつしたる山吹、岸よりこぼれていみじきさかりなり。水鳥どもの、つがひをはなれずあそびつゝ、ほそき枝どもをくひて飛ちがふ、をしの浪のあやにもんをまじへたるなど、ものゝゑやうにもかきとらまほしき。まことにをのゝえもくたいつべうおもひつゝ、日をくらす。

柳露　　後柏原院

651 柏 浅みどり柳が枝も一しほの色をましたる露や置らん

柳陰池水　　通村

652 新題 池のをしも波のあやなる水の面に色をましたる岸の青柳

花浪

653 浪のあやに色をまじへて池にすむをしと思花や散うかぶらし

水鳥

654 新題 うすくこくもみぢちりかふ池水にあやをまじへてうかぶ水鳥

池水鳥　　貞敦親王

651 三玉集類題・春、三句「一入に」。

652 新題林集・春中・七四二。後十輪院内府集・一五二。＊桃本歌題「柳臨池水」。

653 雪玉集・巻一・春・四九五、結句「散りうかぶらん」。＊作者は三条西実隆。

654 新題林集・冬下・五〇〇三、結句「うかぶをし鳥」。＊作者未詳。

655〔続撰吟〕むれゐつゝあそぶを見れば池の面の波のあやにもをしの毛衣

【一七三】

女房達も「げに春の色は、えおとさせ給まじかりけり」と、花におれつゝきこえあへり。

花留人　　後柏原院

656〔柏〕いかにいはん人もとゞめぬかへるさは花《のイ》におれつゝ一夜あかさん

【一七四】

／おもふとも君はしらじなわきかへり岩もる水に色し見えねば

弘長元年百首の中に　　後九条前内大臣

657〔新続古〕飛蛍岩もる水にやどる夜は思ひやいとゞわきかへるらむ

正治百首に、恋　　左大臣

658 よしの川岩もる水にわきかへり色こそ見えね下さはぎつゝ

温泉　　実隆

655 続撰吟抄・六・二三五〇。＊後奈良天皇の作。

【一七三】秋好中宮の女房たち、紫上の春の御殿を賞賛。新全集三―一七二。大成七八六。

656 柏玉集・春下・三〇七、三句「かへるさの」。

【一七四】源氏、玉鬘に贈られた、柏木の懸想文を見る。新全集三―一七七。大成七八九。

657 新続古今和歌集・夏・三〇三。弘長百首・一九一。＊「後九条前内大臣」は九条基家。

658 正治初度百首・四七五、二句「岩もる水の」。秋篠月清集・正治初度百首・七七一、二句「岩もる水の」。＊「左大臣」は藤原良経。

659 雪 わきかへり岩もる水よいつの世の思ひの色に出湯成らん
泉　素然

660 新題 わきかへり岩もる水に色見えぬ秋の声さへすむ心地して

【一七五・巻名】

こてふ　実隆

661 雪 とがむなよ余所めもあかぬ花ぞの丶こてふには扨さそはれぬべし

○蛍

【一七六】

なにくれとことながき御いらへ聞え給ふこともなくおぼしやすらふに、より給ふて、み木丁のかたびらをひとへうちかけ給にあはせて、さとひかるもの、しそくをさし出たるかとあきれたり。ほたるをうすきかたに、此夕つかたいとおほくつ丶みをきて、ひかりをつ丶みかくし給へりけるを、さりげなく、とかくひきつくろふやうにて、にはかにかくけちえんにひかれるに、あさましくて、あふぎをさしかくし給へるかたはらめい

659 雪玉集・巻九・永正九年独吟百韻・三六四四、初句「わきかへる」。

660 新題林集・夏下・二七三六。通勝集・三三五。

【一七五】

661 雪玉集・巻十三・詠源氏物語巻巻和歌・五五二五。

【一七六】源氏、蛍宮に蛍の光で玉鬘の姿を見せる。新全集三―二〇〇。大成八〇八。

とおかしげなり。

夏恋　　実隆

662 蛍にもあらぬ思ひはさよ衣つゝみて見せん物としもなし

【一七七】

宮は、人のおはする程、さばかりとをしはかり給が、すこしけぢかき御けはひするに、御心ときめきせられ給ひて、えならぬうすもの、かたびらのひまよりみいれ給へるに、ひとまばかりへだてたるみわたしに、かくおぼえなきひかりの打ほのめくを、おかしと見給ふ。程もなくまぎらはしてかくしつ。されど、ほのかなるひかり、えんなることのつまにもしつべくみゆ。ほのかなれど、そびやかにふし給へりつるやうだいのおかしかりつるを、あかず覚して、げにあのこと御こゝろにしみにけり。「／＼《ほたる》なく声も聞えぬ虫の思ひだに人のけつには消る物かはおもひしり給ぬや」と聞え給ふ。かやうの御かへしを、思ひまはさんもねぢけたれば、ときばかりをぞ、

662　雪玉集・巻五・恋・一九二七、二句「あらぬ思ひの」、結句「物としもがな」。

【一七七】蛍宮、蛍の光で見えた玉鬘の姿に心奪われ、和歌の贈答。新全集三―二〇〇。大成八〇九。

玉かづら／声はせで身をのみこがす蛍こそいふよりまさる思ひなるらめ

663 新題 寄蛍恋　為綱
おぼえなき光ほのかに見しよりや猶も蛍の身をこがしけん

蛍火透簾　実隆
664 雪 声はせで照らす光はこすの中のふかき思ひをしるほたる哉

【一七八・巻名】

ほたる　実隆
665 同 仄かなる夜のほたるの火影こそさらにはかなき身をこがしけれ

○常　夏

【一七九・巻名】

とこなつ　実隆
666 雪 なでし子の花に咲出る色を置てもとの垣ねをたれあらしけん

663　新題林集・恋下・七三六八。
664　雪玉集・巻二・夏・八〇一。

【一七八】
665　雪玉集・巻十三・詠源氏物語巻巻和歌・五五二六。

【一七九】
666　雪玉集・巻十三・詠源氏物語巻巻和歌・五五二七。

【一八〇】初秋、源氏と玉鬘、篝火のそばで和歌の贈答。新全集三―二五六。大成八五五。

○　かゞり火

【一八〇】

秋にも成ぬ。はつ風すゞしく吹出て、せこがころもゝうらさびしき心地し給に、しのびかねつゝ、いとしば〳〵わたり給て、おはしましくらし、御琴などもならはしきこえ給ふ。五、六日の夕月夜はとくいりて、すゞしくくもれるけしき、荻の音もやう〳〵哀なる程になりにけり。御ことをまくらにてもろともにそひふし給へりけるたぐひあらんやと、うちなげきがちにて夜ふかし給も、人のとがめ奉んことを覚せば、わたり給なんとて、おまへのかゞり火すこしきえがたなるを、御ともなる右近のたいふをめして、ともしつけさせ給。いと涼しげなるやり水のほとりに、気色ことにひろごりふしたるまゆみの木のしたに、うちまつおどろ〳〵しからぬほどにをきて、さししぞきてともしたれば、御前のかたは、いとすゞしくおかしきほどなるひかりに、女の御さま見るもかひありて、御ぐしの手あたりなど、いとひやゝかにあてはかなるこゝちして、うちとけぬさまにものをつゝましと覚したるけしき、いとらうたげなり。かへりうくおぼしやすらふ。「たえず人さぶらひてともしつけよ。夏の月なきほどは、庭のひかりなき、いと物むつかしくおぼつかなしや」との給ふ。
源 ／かゞり火にたちそふ恋の烟こそ世にはたえせぬほのほなりけれ

夕立　　家隆
667 夏の日を誰住里にいとふらん涼しく曇る夕立の空

西行
668 よられつる野もせの草のかげろひて涼しくくもる夕立の空

夏月　　後西院
669 御集 しばし猶庭のかゞり火さしそへよ木陰に残る宵のまの月

夏夜　　仙洞
670 新題 やり水のあたりのかゞり涼しさにたえぬほかげもみじか夜の空

題しらず　　丹波守忠守朝臣
671 続後拾 かやり火の煙をみても思ひしれ立そふ恋の身にあまるとは

667 壬二集・六百番歌合・三二四。六百番歌合・夏二十番右・二八〇。＊桃本集付「壬二集」。

668 新古今集・夏・二六三。西行法師歌集・六一三。

669 三玉集類題・夏。続撰吟抄・巻一・三四二、三四結句「さしそへて木かくれ残す宵の月影」。＊後柏原院の作。桃本作者「後柏原院」。

670 新題林集・夏下・二八六一、四句「たくやほかけも」。＊仙洞は霊元院。

671 続後拾遺集・恋一・六八〇。

【一八一・巻名】

源氏のまき〱の名をよみ侍ける歌の中にかゞり火

よみ人しらず

672 続後拾 から衣すその丶原の小たかがりひも夕ぐれに早成にけり

かゞり火　実隆

673 雪 たきそへよ夏の月なき木隠れによそめ涼しき庭のかゞり火

○野　分

【一八二】

八月は故前坊の御忌月なれば、心もとなく覚しつゝ、あけくるゝに、この花の色まさるけしきどもを御覧ずるに、野分例のとしよりもおどろ〱しく、空の色かはりてふきいづ。花どものしほるゝを、いとさしも思ひしまぬ人だに、あなわりな、と思ひさはがるゝを、まして草むらの露の玉のをみだるゝまゝに、御心まどひもしぬべくおぼしたり。おほふばかりの袖は、秋の空にしもこそほしげなりけれ。暮行まゝに、物も見えず吹まよはしていとむくつけゝれば、みかうしなどまいりぬるに、うしろ

【一八一】

672 続後拾遺集・物名・五二五。＊桃本、次と逆順。

673 雪玉集・巻十三・詠源氏物語巻巻和歌・五五二八。

【一八二】野分の日、秋好中宮、紫上の御殿の様子。新全集三―二六三。大成八六三。

めたくいみじ、と花の上を覚し歎く。みなみのおとゞにも、前栽つくろはせ給けるおりにしも、かく吹出て、もとあらのこ萩はしたなくまちえたる風のけしきなり。おれかへり露もとまるまじう吹ちらすを、すこしはしちかうて見給。

雲　　後柏原院

674 柏 吹出ん風の野分の秋の雲見しにはかはる空の色かな

秋恋

675 新題 草村の露の玉のを乱れてもうしや野分の今朝の面影

秋風満野　　実隆

676 袖もあらば秋の〔野〕にしき《こ》もおほはなん花のちぐさを嵐吹空

【一八三】

おとゞは姫君の御かたにおはしますほどに、中将の君まいり給て、東のわた殿のこさうじのかみより、つま戸のあきたるひまを何心もなくみいれ給へるに、女房あまたみゆれば、立とまりてをともせで見る。御屏風

674 柏玉集・秋下・九七一、二句「かぜや野分の」、四句「みしかばかはる」。

675 新題林集・恋中・六六四〇、四句「みしや野分の」。＊作者未詳。

676 雪玉集・巻十・明応夏独吟百首・三八九八、二句「秋の野にしも」。

【一八三】夕霧、御簾を吹き上げる風に紫上を垣間見る。新全集三―二六四。大成八六四。

も、かぜのいたう吹ければ、をしたゝみよせたるに、見とをしあらはなるひさしのおましにゐ給へる人、ものにまぎるべくもあらず、けだかくきよらに、さとうちにほふこゝちして、春のあけぼのゝ霞のまより、おもしろきかば桜の咲みだれたるを見る心ちす。あぢきなく、み奉る我かほにもうつりくるやうに、あいぎやうはにほひたり。またなくめづらしき人の御さまなり。みすの吹上らるゝを、人々をさへて、いかにしたるにかあらん、うちわらひ給へる、いといみじう見ゆ。花どもをこゝろぐるしがりて、えみすてゝ入給はず。おまへなる人々も、さま〴〵に物きよげなるすがたどもはみわたさるれど、めうつるべくもあらず。

677 雪　見恋　実隆
あらかりし野分の風やさそひけん身にしむ秋の花の俤

678 柏　纔見恋　後柏原院
たが春にあくまでか見し山桜霞のまよりそふ思ひ哉

679 新　寄風恋　素然
俤は立もはなれず身にしむや野分の風の名残成らん

677 雪玉集・巻十六・六六四八。
678 柏玉集・恋歌上・一三一五。柏玉集・五百首上・二〇七七。
679 新題林集・恋下・六八六〇。通勝集・一二六五。
＊桃本集付「新題」。

【一八四】

年比か丶ることの露なかりつるを、風こそげにいはほも吹あげつべき物なりけれ、

野分　政為

680 碧 はかなしやいはほもいかゞとばかりの野分に思ふ花のちぐさは

【一八五】

草むらはさらにもいはず、ひはだ、かはら、所々のたてじとみ、すいがいなどやうのものみだりがはし。

寄風恋　栄雅

681 続撰吟 ほのみしは野分の風もことはれな軒のひはだのみだれ心を

【一八六】

玉かづら 吹みだる風のけしきに女郎花しほれしぬべき心地こそすれ

【一八四】夕霧、美しい紫上を初めて垣間見ての心中。新全集三―二六六。大成八六五。

680 三玉集類題・秋。

【一八五】夕霧、六条院の紫上の御殿を訪れる、野分で乱れた庭。新全集三―二七〇。大成八六八。

681 続撰吟抄・一・八八。＊宗清の作。桃本作者「宋雅」。

【一八六】夕霧、玉鬘と源氏の姿を垣間見る、二人の和歌の贈答。新全集三―二八〇。大成八七五。

野分

682 六百番 吹みだる野分の風の荒ければやすき空なき花の色〳〵　中宮権大夫

【一八七】

夕ぎり 風さはぎむら雲まよふ夕にもわするゝまなく忘られぬ君

野分

683 雪 雲まよひむら雨すごく吹なしてさもさはがしき秋風の声　実隆

684 夕まぐれ村雲さはぎ吹風に野分の草の色ぞやつるゝ　為家

685 夕まぐれ村雨まよひ吹風にまくら定めぬ花の色〳〵　隆信

【一八八・巻名】

686 雪 草も木も愁がほなる朝朗夜の野分のあはれをぞしる　実隆

682 六百番歌合・秋二十六番右・三五二。＊「中宮権大夫」は藤原家房。

【一八七】夕霧、明石の姫君の居所で、恋人に文を贈る。新全集三―二八三。大成八七七。

683 雪玉集・巻三・秋・一四〇三。

684 夫木抄・秋四・五四三七、初句「雨わたる」。

685 隆信集・六百番歌合・一九七、二句「村雲まよひ」。六百番歌合・秋三十番右・三六〇、二句「むらくもまよひ」。

【一八八】

686 雪玉集・巻十三・詠源氏物語巻巻和歌・五五二九。

○行　幸

【一八九・巻名】

みゆき　　実隆

687 雪 めづらしきのべのみゆきもふるき世のあとを尋るけふのかしこさ

○藤ばかま

【一九〇】

夕ぎり／おなじ野の露にやつるゝ藤ばかまあはれはかけよかごとばかりも
玉かづら／たづぬるにはるけき野べの露ならばうす紫やかごとならまし

蘭薫風　　実隆

688 新題 藤ばかまひもとく頃はおなじのゝ露もゆかりににほふ秋風

【一九一】

ほたる／朝日さすひかりをみても玉ざゝの葉分の霜をけたずもあらなん

【一八九】
687 雪玉集・巻十三・詠源氏物語巻巻和歌・五五三〇。

【一九〇】夕霧、大宮の喪中にかこつけて玉鬘に胸中を訴える。新全集三―三三二。大成九二〇。
688 新題林集・秋上・三二七八、四句「草もゆかりに」。芳雲集・秋・一八九三、四句「草もゆかりに」。＊「実隆」とあるが、武者小路実陰の作。

【一九一】蛍宮、入内が決定した玉鬘と和歌の贈答。新全集三―三四四。大成九二九。

初冬　　定家

689 千載 冬きてはひとよふた夜を玉ざゝの葉分の霜のところせきまで

【一九二・巻名】

藤ばかま　　実隆

690 雪 おもへかしやつるゝ色のふぢ袴げにおなじ野の露のゆかりを

○ 真木柱

【一九三】

源／おりたちてくみは見ねどもわたり川人の瀬とはた契らざりしを
玉／みつせ川わたらぬさきにいかでなをなみだのみおのあはときえなん

691 せめて思ふ今ひとたびの逢事はわたらむ川や契なるべき　　定家

此歌は玉かづらの姫君に琴をおしへ給ふとて、源氏密通有し後、髭黒の大将へまいらせられし其御心にかはり、今一度あはんたのみはわたり川ならではあらじと、黄門のよみ給へる心なるべ

689 千載集・冬・四〇〇。拾遺愚草・上・初学百首・五二。

【一九二】

690 雪玉集・巻十三・詠源氏物語巻巻和歌・五五三一、結句「露のやどりを」。

【一九三】源氏、鬚黒の妻となった玉鬘と和歌の贈答。新全集三―三五四。大成九三八。

691 拾遺愚草員外・二四六。

し。

【一九四】

さうじみはいみじうおもひしづめて、らうたげによりふし給へりとみるほどに、俄におきあがりて、おほきなるこのしたなりつるひとりをとりよせて、殿のうしろによりて、さといかけ給ふほど、人のやゝみあふるほどもなう、あさましきに、あきれてものし給ふ。さるこまかなる灰のめはなにも入て、おぼゝれてものも覚えず、はらひすて給へど、たちみちたれば、御ぞどもぬぎ給つ。うつし心にてかくし給ふぞと思はゞ、またかへりみすべくもあらずあさましけれど、れいの御ものゝけの人にうとませんとするわざと、おまへなる人々もいとおしうみ奉る。立さはぎて御ぞども奉りかへなどすれど、そこらの灰の御びんのわたりにも立のぼり、よろづのところにみちたる心地すれば、きよらをつくし給わたりに、さながらまうで給ふべきにもあらず。

寄煙恋　　為尹

692 さてもそのしめし匂ひのけぶりよりひとりのはいや立のぼるらん

【一九四】鬚黒北の方、外出する鬚黒に灰を浴びせかける。新全集三―三六五。大成九四六。

692 為尹千首・恋二百首・六〇七、結句「空にたちけん」。

（▼歌題ノ上ニ〇印アルモ衍加カ）

【一九五】

たゞいまもわたり給はなんと待きこえ給へど、かく暮なんに、まさにうごき給ひなんや。常によりゐたまふひんがしおもてのはしらを人にゆづる心ちし給ふも哀にて、姫君、ひはだ色のかみのかさね、たゞいさゝかにかきて、柱のひわれたるはざまに、かうがいのさきしてをしいれ給ふ。

真木柱／今はとてやどかれぬとも馴きつる槙の柱よわれをわするな

えもかきやらでなき給ふ。はゝ君、「いでや」とて、

北方／なれきとは思ひいづともなにゝよりたちとまるべきまきの柱ぞ

寄柱恋

693 千首 哀とも見ゆらん物を真木柱すきまにいれし人のことのは　為尹

694 新 いかにせん契りは浅《も》きまき柱われてもあはん便なき身は　実条

695 俤は立もはなれず真木柱また《本ノマヽ》やよりそふふしもなきみに　通躬

【一九五】鬚黒の娘真木柱、母とともに、家や父と別離。新全集三―三七三。大成九五一。

693 為尹千首・恋二百首・六六九、二句「見つらむものを」、四句「すきまに入りし」。

694 新題林集・恋下・七一四四、二句「契りあさ木の」、結句「便りなき身を」。＊桃本集付「新題」。

695 新題林集・恋下・七一四五、四句「うしやよりそふ」。＊通茂の作。桃本集付「同」。作者「通茂」。

【一九六・巻名】

まきばしら　　実隆

696 雪 立さらん名残かなしきまき柱まきほさん袖の露のまもなし

○梅がえ

【一九七】

御かた〴〵のあはせ給ども、をの〳〵御つかひして、「此夕暮のしめりに心みん」と聞え給へれば、さま〴〵おかしうしなして奉れ給へり。「これわかせ給へ。誰にか見せん」ときこえ給て、御ひとりどもめして心みさせ給ふ。「しる人にもあらずや」とひげし給へど、いひしらぬ匂ひどもの、すゝみをくれたる、か一くさなどがいさゝかのとがをわき給ふて、あながちにをとりまさりのけぢめをゝき給。

梅移袖　　後柏原院

697 柏 我袖にうつるやさすが梅花すゝみをくるゝ匂ひわくらん

【一九六】

696 雪玉集・巻十三・詠源氏物語巻巻和歌・五五三二。

【一九七】六条院の薫物合わせ、蛍宮が判者となる。新全集三―四〇八。大成九七八。

697 三玉集類題・春。

【一九八】源氏、薫物合わせで、自ら調製した薫物を取り出す。新全集三―四〇八。大成九七八。

698　柏玉集・夏・五八〇、四句「匂ひもこれか」。

【一九九】兵部卿宮、源氏が集めた草子の筆跡を批評する。新全集三―四二〇。大成九八七。

【一九八】

かのわが御ふたくさのは、今ぞとうでさせ給。右近のぢんのみかは水の辺になずらへて、にしのわた殿のしたよりいづる、みぎはちかううづませ給へるを、惟光の宰相の子の兵衛尉ほりて参れり

池蓮　　後柏原院

698 御集 水近く埋めばまさる一くさの匂ひこもれる池の蓮葉

「夏の御かたには、人々のかう心々にいどみ給なる中に、かず〱にもたち出ずや、と煙をさへ思ひきえ給へる御心にて、たゞ荷葉を一くさ合せ給へり」と云々。

【一九九】

斎院のなどは、ましてとうで給はざりけり。あしでのさうしどもぞ、こゝろ〲に、はかなうおかしき。宰相中将のは、水のいきほひゆたかにかきなし、そゝけたるあしのおひざまなど、難波の浦にかよひて、こなたかなたゆきまじりて、いたうすみたる所あり。またいとといかめしうひき

かへて、文字やう、いしなどのたゝずまひ、このみかき給へるひらもあめり。「めもをよばず、これはいとまいりぬべきものかな」とけうじめで給ふ。

天王寺にまうでゝ難波浦にてよみ侍ける　大僧正行慶

699 玉葉 夕ぐれになにはわたりをきてみれば只うすゞみのあしで也けり

津国に侍ける頃、京にあひしりたる人のもとにつかはす文の上に、書て侍ける　津守国基

700 風雅 つの国のなにはよりぞといはずともあしでをみてもそれとしらなん

【二〇〇・巻名】

梅が枝　実隆

701 雪 梅花こは世にしらぬにほひかなうつらん袖もうつすこゝろも

（▼歌題ノ上ニ〇印アルモ衍加カ）

699 玉葉集・雑二・二一〇〇。

700 風雅集・雑中・一七一八。

【二〇〇】

701 雪玉集・巻十三・詠源氏物語巻巻和歌・五五三三。

○　藤のうら葉

【二〇一・巻名】

ふぢの裏葉　　実隆

702 雪 しらずけふおほくの年の恨をも藤のうらばのとけてこんとは

○　若　菜　上

【二〇二】

「花といはゞ、かくこそ匂はまほしけれな。桜にうつしては、又ちりばかりもこゝろわくかたなくやあらまし」などの給ふ。

梅　　実隆

703 雪 花といはゞげにかくこそと世中に似たるだになく匂ふ梅がゝ

庭梅　　同

704 同 花といはゞかゝるをうへむ庭もせに何の草木も匂ふ梅がゝ

【二〇一】

702 雪玉集・巻十三・詠源氏物語巻巻和歌・五五三四、二句「おほくの人の」。

【二〇二】源氏、女三宮の返歌を待つ間、紫上に梅の花を見せる。新全集四―七一。大成一〇六四。

703 雪玉集・巻一・春・一七七。

704 雪玉集・巻十・明応五年冬日詠百首・三九六一。

【二〇三】

花はみなちり過て、名残かすめる梢のあさみどりなる木だち、むかし藤の宴し給ひし、此頃のことなりけんかしとおぼし出る。

春月　　後柏原院

705 御集 花ちりてなごりかすめる梢をもかごとがましき春の月影

【二〇四・巻名】

若な上　　実隆

706 雪 こんといふ老もやみちをたどらまし野べの小松のかげにひかれて

○若菜下

【二〇五】

柏木 ／おきて行空もしられぬ明ぐれにいづくの露のかゝる袖なり

露暖梅開　　実隆

707 雪 春の色にひとり先だつ花の枝やいづくの露のかゝる梅がゝ

【二〇三】源氏、朧月夜との逢瀬、夜明けの情景に昔を思い出す。新全集四―八二。大成一〇七二。

705 柏玉集・春上・二二九、結句「月の夕かげ」。柏玉集・五百首下・二一二一。

【二〇四】

706 雪玉集・巻十三・詠源氏物語巻巻和歌・五五三五。

【二〇五】柏木、女三宮への思いを遂げた夜明け、和歌を贈る。新全集四―二二八。大成一一八〇。

707 雪玉集・巻八・内裏着到百首・三二六二。

秋夕　同

708 同 ながめ侘ぬかゝらぬ袖を尋ばやいづくの露の秋の夕ぐれ

夏　俊成卿女

709 千五百番 郭公鳴有明の空はれていづくの露の袖にちる覧

惜別恋　実隆

710 雪 あぢきなく起出る空に消もせでいづくの露の身の残る覧

寄露恋

711 同 袖の上は心よりこそしほるらめいづくの露と何恨らん

源義行、源氏物語の巻〱を題にて、人々に歌よませけるに、わかなの巻の心を　平宗宣朝臣

712 新続古 行やらで嘸まよひけん白露のをき別にし明ぐれの空

【二〇六】

柏木 ／もろかづら落葉をなにゝひろひけん名はむつましきかざしなれ共

寄挿頭恋　実隆

713 雪 さしもそのおなじかざしは柏木の落葉なりとは何恨みけん

---

708 雪玉集・巻十八・七八一四。

709 千五百番歌合・三百八十七番右・七七三、二句「なくありあけは」。

710 雪玉集・巻五・恋・一八九九。

711 三玉集類題・恋。

712 新続古今集・恋四・一三四一。

【二〇六】柏木、女二宮を娶った自分の運命を恨む。全集四―二三三。大成一一八三。

713 雪玉集・巻五・恋・二一三三、四句「落葉なりせば」。

【二〇七】

源
＼待里もいかゞ聞らんかた〲に心さはがすひぐらしの声

立待月　後水尾院

714 日ぐらしの鳴夕ぐれのそれならで立またるゝは山端の月

秋恋　仙洞

715 新題 契りをきて待里あらば此夕おどろきぬべし日ぐらしの声

寄里待恋　実隆

716 雪 ひぐらしの声もおりはへ打侘て人まつ里の心をやしる

【二〇八】

御しとねのすこしまよひたるつまより、あさみどりのうすやうなるふみのをしまきたるはしみゆるを、なに心もなくひきいでゝ御らんずるに、おとこの手なり。かみのかなどいとえんに、ことさらめきたるかきざまなり。ふたがさねにこま〲とかきたるを見給ふに、まぎるべきかたな

【二〇七】源氏、紫上の小康状態に、女三宮を訪れる。新全集四―二四九。大成一一九五。

714 後水尾院御集・秋・四一四。

715 新題林集・恋中・六六三四。＊仙洞は霊元院。

716 雪玉集・巻七・内裏着到・三〇二六。

【二〇八】源氏、女三宮の褥より柏木の恋文を発見する。新全集四―二五〇。大成一一九五。

く其人の手なりけりと見給ひつ。

顕恋　為広朝臣

717 親長家歌合 柏木やむすびし露のことのはをあだにも風の何ちらしけん　俊通

718 同 下葉にぞ露は結びし柏木のあやしきまでの色も恨めし　按察使親長

719 同 うしや只桜につけし言のはゝ世にちりそむる初め思《と歟》へば

判曰、柏木、是も物語をとられ侍にや。「あやしきまでの色」、思ひわかれぬ心し侍り。右又おなじ物がたりの心にや。但是も文を送りし事を厭却せるやうにきこえたるべし。

【二〇九・巻名】

わかな下　実隆

720 雪 万代々おこなふ法のすべらぎの御寺のうちのけふのたうとさ

717 親長卿家歌合・九十三番右。

718 親長卿家歌合・百一番左、結句「色は恨めし」。

719 親長卿家歌合・百一番右、結句「初めと思へば」。

【二〇九】

720 雪玉集・巻十三・詠源氏物語巻巻和歌・五五三六、初句「万代と」。

○柏木

【二一〇】

女三　立そひて消やしなましうきことを思ひみだるゝ煙くらべに

題しらず　読人しらず

721 新続古恋　柏木のもりてうき名に立ぬるやもえし煙のはじめ成らむ

恋の歌　平維貞

722 続千　しらせばや消なん後のけぶりにもたちそふばかり思ふ心を

返事増恋　定家卿

723 打なびく煙くらべよもえまさる思ひのたきゞ身もこがれつゝ

【二一一】

御息所　此春は柳のめにぞ玉はぬくさきちる花の行ゑしらねば

無題　実隆

724 雪　門さして垣ほを道の浅茅原柳のめにも露ぞこぼるゝ

【二一〇】柏木、小侍従の手引きで女三宮と贈答、女三宮の文。新全集四―二九六。大成一二三二。

721 新続古今集・恋四・一三四九、結句「はじめなりけん」。

722 新千載集・恋一・一一〇五。

723 拾遺愚草・上・藤川百首・一五七一、二句「煙くらべに」、結句「身はこがれつつ」。

【二一一】落葉宮、一条宮を訪れた夕霧と、柏木について語り贈答。新全集四―三三三。大成一二五九。

724 雪玉集・巻十一・四三五八。

【二一二】

一むらすすきもたのもしげにひろごりて、むしのねそはん秋思ひやらる、より、いと物あはれに露けくてわけ入給。

夏歌　杲守僧正

725 新後拾 夕立の一むら薄露ちりて虫のねそはん秋風ぞふく

726 六百番 住人はあるじともなき蓬生にむしのねそはん秋の夕ぐれ

【二一三】

夕ぎり ことならばならしの枝にならさなん葉守の神のゆるしありきと

落葉 柏木にはもりの神はまさずとも人ならすべき宿の木末か

寄杜恋　仙洞

727 柏木の森の木がくれ立よるもはもりの神やありてとがめん

寄名所森恋　御製

728 続撰吟 露のまも色にはいでじ柏木のもりしうき名もつらき例を

【二一二】夕霧、四月に一条宮に落葉宮を訪れる。新全集四―三三六。大成一二六一。

725 新後拾遺集・夏・二六三、四句「虫の音そはぬ」。

726 千五百番歌合・四百九十二番右・九八三。＊寂蓮の作。＊桃本作者「寂蓮」。

【二一三】柏木と楓の交差した枝を見て、夕霧と落葉宮の贈答。新全集四―三三八。大成一二六二。

727 新題林集・恋下・六九九八。＊仙洞は霊元院。

728 続撰吟抄・四・一四三四。＊後奈良天皇。

かしは木　　実隆

729 雪 ならすとてなき名やたゝん故郷に我ははもりの神ならぬ身を

【二一四・巻名】

柏木　　同

730 同 すゑつゐに我ぞ葉守の神ぞとはしれかしは木のぬしもなきやど

○横笛

【二一五】

すこしねいり給へる夢に、かの衛門の督、たゞありしさまのうちきすがたにて、かたはらにゐて、この笛をとりてみる。夢のうちにも、なき人のわづらはしうこの声をたづねてきたると思に、

柏木の霊

＼笛竹に吹よる風のことならば末のよながきねにつたへなん

源親行身まかりて後、遠忌に茂行すゝめて、源氏物語の巻を題にて人々にうたよませ侍ける時、横ぶえの心を

寂恵法師

731 笛のねを長き世までに伝へずはむなしく成し人やうらみん

---

729 雪玉集・巻十八・八〇四〇。

【二一四】

730 雪玉集・巻十三・詠源氏物語巻巻和歌・五五三七、結句「主もなきかげ」。

【二一五】夕霧、亡き柏木が夢に現れ、笛の伝授を求められる。新全集四―三五九。大成一二七九。

731 新続古今集・哀傷・一六〇四。

【二一六】

732 雪玉集・巻十三・詠源氏物語巻巻和歌・五五三八、二句「末のよしるき」。

【二一七】源氏、女三宮の出家生活に庭の風情を改める。新全集四―三七九。大成一二九五。

733 新題林集・秋上・三三九一。

【二一八】源氏と女三宮、中秋の十五夜、虫の音の中、和歌の贈答。新全集四―三八一。大成一二九七。

【二一六・巻名】

横笛　　実隆

732雪 伝はらんすゑのよながき笛竹に思はぬかぜのふきやどりけん

○鈴虫

【二一七】

秋比、にしのわた殿のまへの、なかのへいの東のきはを、をしなべて野につくらせ給へり。

野虫　　信尹

733 もゝ草の花にはなちてわた殿の西をさが野とうつす虫のね

【二一八】

げに声〳〵きこえたる中に、すゞむしのふり出たるほど、花やかにおかし。「秋のむしのこゑはいづれとなき中に、松虫のなんすぐれたるとて、中宮の、はるけき野べを分ていとわざとたづねとりつゝ、はなたせ給へる、しるくなきつたふるこそすくなかなれ。名にはたがひて、命のほどはかなき虫にぞ有べき。心にまかせて、人きかぬおく山、はるけき野の松ばらにこゑおしまぬも、いとへだて心あるむしになん有ける。すゞむしはこゝろやすく、いまめひたるこそらうたけれ」などの給へば、宮、
／女三 大かたの秋をばうしとしりにしをふりすてがたきすゞ虫の声

鈴虫　　意光
734 新明 露の色はくるゝ籬のはなやかにふり出てなくすゞむしの声

尋虫声　　後柏原院
735 御集 野べはあれど人にきかれぬおく山の秋にゆかしき松虫の声

露底虫
736 同 遠くこし野は奥山と人きかぬ声あらはれて松むしのなく
737 同 爰にきく恨や浅き野べの露さぞおく山の松むしのこゑ

寄松虫恋　　実隆
738 雪 とへかしな名にはたがひて松虫の命はかなき身の露のまを

734 新明題集・秋・二一五三。
735 三玉集類題・秋。
736 柏玉集・秋上・七二八、結句「松虫ぞ鳴く」。
737 柏玉集・秋上・七二六。柏玉集・五百首上・二〇四八。
738 雪玉集・巻七・家着到・二九二七。

【二一九・巻名】

すゞむし　同

739 すゞむしの声につけてもさすが猶ふり捨がたき思ひとをしれ

○夕霧

【二二〇】

日入がたになり行に、空のけしきもあはれに霧わたりて、山のかげはをぐらき心ちするに、ひぐらし鳴しきりて、かきほにおふるなでしこの打なびきける色もおかしう見ゆ。おまへの前栽の花どもは心にまかせてみだれあひたるに、水のをといとすゞしげにて、山おろしこゝろすごく、松のひゞき木ぶかく聞えわたされなどして、奥霧のたゞ此軒のもとまで立わたれば、「まかでんかたもみえずなりゆくは、いかゞすべき」とて、／山里の哀をそふる夕霧にたちいでん空もなき心地して

霧　後柏原院

740柏 山ふかみ霧分出んかへるさもくれはてけりな日ぐらしのこゑ

【二一九】

739 雪玉集・巻十三・詠源氏物語巻巻和歌・五五三九。

【二二〇】夕霧、八月二十日頃、小野を訪れ落葉宮と贈答、思いを訴える。新全集四―四〇一。大成一三一三。奥～新全集四―四〇三。大成一三一四。

740 柏玉集・秋上・七八七。柏玉集・五百首下・二一五一。

【二二一】

九月十よ日、野山のけしきは、ふかくみしらぬ人だにたゞにやは覚ゆる。山風《あらし》にたへぬ木々のこずゑも、峯のくず葉もこゝろあはたゝしうあらそひちるまぎれに、たうときど経のこゑかすかに、念仏などの声ばかりして、人のけはひいとすくなう、木がらしの吹はらひたるに、鹿はたゞまがきのもとにたゝずみつゝ、山田のひたにもおどろかず、色こきいねどもの中にまじりてうちなくもうれへがほ也。瀧のこゑは、いとゞ物思ふ人をおどろかしがほにみゝかしがましうとゞろきひゞく。草村のむしのみぞより所なげになきよはりて、かれたる草のしたよりりんだうのわれひとりのみ心ながうはひ出て露けく見ゆるなど、みなれいの此ごろのことなれど、折から所がらにや、いとたへがたき程の物がなしさ也。

持為

741 続撰吟 鹿はたゞ籬に鳴て夕ぐれのをしね色こき小野ゝ山里

夕鹿　正徹

742 同 鹿はたゞうきを心にしらずとも鳴ねにたえぬくれと思ん

田家鹿　実業

【二二一】夕霧、九月十日過ぎ、落葉宮を訪れ、空しく帰る。新全集四―四四七。大成一三四五。

741 続撰吟抄・八・三一九三、結句「小野の山陰」。

742 草根集・四四六一。

743 新題 小山田の色こきいねにまじりゐてもるいほ近くをじか鳴也

山家虫　　　　後水尾院

744 同 都にて聞しにもにず山ふかみ瀧の音そふよはの虫のね

【二二二】

ことぐ〳〵のすぢに花やてふやとかけばこそあらめ 前

春恋　　　　仙洞

745 新題 いとふなよたゞ此頃の花てふにつけてはかなき便りばかりは

秋恋　　　　為綱

746 たがためもあらはならじと明果ぬ霧にか出しをのゝかへるさ

【二二三・巻名】

夕ぎり　　　　実隆

747 雪 隔ある程忘られず《としられずイ》夕霧の立にし名のみはれんかたなき

743 新題林集・秋中・三四九九。

744 新題林集・秋上・三三九八。後水尾院御集・三六八。

【二二二】夕霧、自分を拒絶する落葉宮を恨めしく思う。新全集四―四四五。大成一三四四。
＊【二二二】の前にあるべき場面。

745 新題林集・恋中・六五八三。＊仙洞は霊元院。

746 新題林集・恋中・六六四七。

【二二三】

747 雪玉集・巻十三・詠源氏物語巻巻和歌・五五四〇、二句「程はしられず」。

○御　法

【二二四】

「おとなになり給ひなば、こゝにすみ給て、このたいのまへなる紅梅と桜とは、花のおり〳〵に心とゞめてもてあそび給へ。さるべからん折は仏にも奉り給へ」と聞え給へば、打うなづきて、御かほをまもりて、涙のおつべかめれば立ておはしぬ。

748 仏には桜の花を奉れ我後の世を人とぶらはゞ　　西行法師

【二二五・巻名】

みのり　　実隆

749 雪 いそのかみふるきねがひの程見えてけふの御のりぞ世にたぐひなき

【二二四】紫上、匂宮に二条院を相続、遺言する。
新全集四—五〇三。大成一三八七。

748 千載集・雑中・一〇六七。山家集・上・七八。

【二二五】

749 雪玉集・巻十三・詠源氏物語巻巻和歌・五五四一。

○幻

【二二六・巻名】

まぼろし　　実隆

750 雪 明くれの夢にまぎれぬ俤を玉ゆらかへすまぼろしもがな

○雲隠

【二二七・巻名】

実隆

751 雪 いづくにか雲がくれけん四方にみつ光は月の名のみのこりて

○匂宮

【二二八・巻名】

匂兵部卿宮　　実隆

752 雪 うつしもて花のにほひやもとつかの深きにたぐふ袂なるらむ

【二二六】

750 雪玉集・巻十三・詠源氏物語巻巻和歌・五五四二。

【二二七】

751 雪玉集・巻十三・詠源氏物語巻巻和歌・五五四三。

【二二八】

752 雪玉集・巻十三・詠源氏物語巻巻和歌・五五四四。＊桃本この次に一首あり。追補941参照。

○紅　梅

【二二九・巻名】

紅ばい　　　　実隆

753雪 くれなゐの色にとられぬ匂ひこそこの世の外のやどの梅がえ

○竹　川

【二三〇】

蔵人の少将は、見給らんかしと思ひやりてしづごゝろなし。匂ひもなくみぐるしきわた花も、かざす人からにみわかれて、さまもこゑもいとおかしくぞありける。竹川うたひて、みはしのもとにふみよるほど、過にし夜のはかなかりしあそびもおもひいでられければ、ひがごともしつべくて涙ぐみけり。

寄挿頭恋　　　　実隆

754雪 竹河のわすれぬふしもかけていはじかざしの花の匂ひなき身は

【二二九】

753 雪玉集・巻十三・詠源氏物語巻巻和歌・五五四五。

【二三〇】蔵人少将、男踏歌に楽人として加わり、御息所を思う。新全集五―九七。大成一四八九。

754 雪玉集・巻七・将軍家着到・二八二九。

【二三一・巻名】

竹かは　同

755 はかなくも打出しものを竹川のわすれぬふしもなど侍りけん

○橋姫

【二三二】

あなたのおまへはたけのすいがいしこめて、みなへだてことなるを、をしへよせたてまつれり。御ともの人は、にしのらうによびすへて、この殿ゐ人あへしらふ。あなたにかよふべかめるすいがいの戸を、すこしをしあけて見給へば、月おかしきほどにきりわたれるをながめて、すだれをすこしみじかくまきあげて人々ゐたり。すのこに、いとさむげに、身ほそくなへばめるわらはひとり、おなじさまなるおとななどゐたり。うちなる人、ひとりははしらにすこしゐかくれて、琵琶を前に置て、ばちを手まさぐりにしつゝゐたるに、雲がくれたりつる月の俄にいとあかくさし出たれば、「扇ならで、これしても月はまねきつべかりけり」とて、さしのぞきたる顔、いみじくらうたげに匂ひやかなるべし。そひふした

【二三一】

＊桃本、755の前に一場面あり。解題参照。

755 雪玉集・巻十三・詠源氏物語巻巻和歌・五五四六、結句「などのこりけん」。

【二三二】薫、八宮不在の邸で、姫君たちを垣間見る。新全集五―一三九。大成一五二二。

る人は、ことのうへにかたぶきかゝりて、「いる日をかへすばちこそ有けれ。さまことにも思をよび給御心かな」とて、うちわらひたるけはひ、今すこしをもりかによしづきたり。「をよばずとも、是も月にはなるゝ物かは」など、はかなきことをうちとけの給ひかはしたる御けはひども、さらによそに思ひやりしにはにず。いとあはれになつかしうおかし。

756 新題　月出山　仙洞
くるゝより簾みじかく槙の戸に待れて出る山端の月

757 同　寄日恋　実業
忘れてははかなきことのすさびにも入日をこそといひし俤

【二三三】

／朝朗家路も見えず尋こしまきのお山はきりこめてけり

758 家　河霧　定家卿
朝朗いさよふ波も霧こめて里とひかぬる槙の嶋人

秋　土御門内大臣

756 新題林集・秋中・三七一四。＊仙洞は霊元院。

757 新題林集・恋下・六八〇四、初句「わすれずよ」。

【二三三】薫、老女房弁の昔語りを聞いた後、大君と和歌の贈答。新全集五―一四八。大成一五二九。

758 拾遺愚草・下・二六七六。

759 千五百番歌合・七百四十八番右・一四九五。玉葉集・秋下・七三三、二句「まきのをやまに」。
＊「土御門内大臣」は源通親。桃本集付「玉葉」。

【二三四】薫、網代の様子を見ながら、大君と和歌の贈答。新全集五―一四九。大成一五三〇。

760 新明題集・巻六・四二八二、三句「柴舟に」。

759 朝ぼらけまきのお山は霧こめてうぢの川長ふねよばふ也

【二三四】

あやしき舟どもに柴かりつみ、をの〳〵なにとなき世のいとなみどもにゆきかふさまどもの、はかなき水のうへにうかびたる、たれもおもへばおなじごとなる世のつねなさなり。われはうかばず、玉のうてなにしづけき身と思ふべき世かは、と思ひつゞけらる。硯めして、あなたに聞え給ふ。

／はし姫の心をくみて高瀬さすさほの雫に袖ぞぬれぬる

ながめ給らんかし」とて、とのゐ人にもたせ給へり。さむげに、いらゝぎたるかほしてもて参る。御返し、かみのかなどおぼろけならんははづかしげなるを、ときをこそはかゝるおりはとて、

／「さしかへる宇治の川おさ朝夕の雫や袖をくたしはつらん

身さへうきて」といとおかしげにかき給へり。

水郷眺望　　資慶

760 新明 いとまなみ世わたる宇治の柴舟と我はうかばぬながめやはする

川眺望　後水尾院

761 御集 こりつめるしばしが程も行かへる世のいとなみやうぢの河舟

定家

762 続古 花の色の折れぬ水にさす棹の雫も匂ふ宇治の川長

五月雨　家隆

763 五月きて袖やぬれそふ橋姫のながめにまさるうぢの川波

秋歌に

764 さす棹の雫も色はかはりけり紅葉におつる宇治の川浪

舟中月　為家

765 さしかへる雫も袖の影なれば月に馴たる宇治の河長

川朝霧　家隆

766 いかばかり朝けの霧にしほるらん袖に棹さすうぢの川長

冬　定家

767 さしかへるうぢの川長袖ぬれて雫の外に払ふ白雪

水路新雪　家隆

768 きのふまでしぐれも棹の雫にて雪打払ふうぢの川長

恋の歌の中に　定家卿

761 後水尾院御集・雑・九二六。

762 続古今集・春下・一一六。拾遺愚草・下・二一七三。

763 壬二集・下・二二七七。

764 壬二集・下・二五二九、初句「こすさをの」、四結句「紅葉ばうつる宇治の川をさ」。

765 新後拾遺集・秋下・三八五。為家集・上・六四八。

766 建暦三年八月七日内裏歌合・十九番右・三八。壬二集・下・二四七一、四句「袖にさをこす」。

767 拾遺愚草員外・二八四。＊桃本この一首762の次にあり。

768 壬二集・中・九条前内大臣家百首・一六〇七、三句「雫こそ」。

769 いかにせんさすがよな〳〵みなれ棹雫にゝごる宇治の川長

河

770 よそにても袖こそぬるれみなれ棹猶さしかへるうぢの川長

堤上霧　　雅俊

771 立霧に人めつゝみて高瀬舟さす袖まがふうぢの川長

川　　為世卿女

772 朝夕にくるしき世をやわたるらんみさへうきたる宇治の河長

河霧未晴　　実隆

773 雪 さす棹のしづくも寒し秋霧のまだ夜や深きうぢの川長

河春雨　　時方

774 春の雨はふると見えねどさす袖のおもげ《もか》に有か宇治の川長

【二三五】

川風のいとあらましきに、木葉のちりかふをと、水のひゞきなど、あはれもすぎて、物おそろしく心ぼそき所のさまなり。

網代　　実隆

769 拾遺愚草・下・二六二九。

770 拾遺愚草・上・二見浦百首・一九二。

771 飛鳥井雅俊卿詠歌、初句「たつ霧も」、結句「秋の川長」。

772 嘉元百首・二六八三。

773 雪玉集・巻三・秋・一一四七、三句「秋ぎりは」。

774 新題林集・春中・九〇六、四句「おもけにも有か」。

【二三五】薫、十月に宇治の八宮に対面、周囲の心細い様子。新全集五—一五六。大成一五三五。

775 雪 此ごろはあじろの波も〈川〉風も猶あらましき宇治の山陰

【二三六】

しみといふ虫のすみかになりて、ふるめきたるかびくさしながら、あとはきえず、只今かきたらんにもたがはぬ言のはどもの、こま〴〵とさだかなるをみ給に、げにおちゝりたらましかば、とうしろめたういとおしきことどもなり。

虫　定家

776 いたづらに打をくふみも月日へて明ればしみのすみかともなる

久恋　実隆

777 雪 月日へてうき玉章はしみのすとなれども歎くことのはもなし

文　信実朝臣

778 はては又しみのすみかのむかし文払へばちりと見るも悲しき

【二三七・巻名】

はし姫　実隆

775 雪玉集・巻十六・内侍所御法楽八百首和歌之内御当座・六七三五。

【二三六】薫、弁に渡された亡き柏木の遺書を読む。新全集五―一六五。大成一五四二。

776 拾遺愚草・上・十題百首・七八〇、初句「おのづから」、結句「すみかとぞみる」。

777 雪玉集・巻十六・文明六年詠百首・六六五七、四句「なれどもなびく」。

778 新撰和歌六帖・第五帖・一七九九、結句「見るぞかなしき」。夫木抄・雑十四・一五〇八一、結句「見るぞかなしき」。

【二三七】

779 雪 橋ひめのこゝろをのみや朝な〳〵立川霧におもひわたらむ

○椎が本

【二三八】

二月の廿日の程に、兵部卿の宮、はつ瀬にまうで給。古き御願なりけれど、覚しもたゝで年比になりにけるを、宇治のわたりの御中やどりのゆかしさに、おほくはもよほされ給へる成べし。うらめしといふ人も有ける里の名の、なべてむつましうおぼさるゝ、ゆへもはかなしや。上達部いとあまたつかうまつり給。殿上人などはさらにもいはず、世に残る人すくなくつかうまつれり。六条院よりつたはりて、右の大殿しり給所は、川よりをちにいと広くおもしろくてあるに、御まうけせさせ給へり。

寄川恋　後柏原院

780 柏 宇治川やこゝぞ思ふか中やどり便にいはゞ深き《浅きイ》逢瀬を

秋里　後水尾院

781 露も猶身にしむ比のいかならんうらめしといふ里の秋風

名所里　実隆

779 雪玉集・巻十三・詠源氏物語巻巻和歌・五五四七。

【二三八】匂宮、初瀬詣の後、宇治の夕霧の別荘に中宿り。新全集五―一六九。大成一五四七。

780 三玉集類題・恋、結句「浅きあふせを」。

781 後水尾院御集・秋・五八二。

782 雪
待宵のむなしきよりや里の名にかけてもかこつ宇治の橋姫

家隆

783
はつ霜のなれもおきゐて冴る夜に里の名恨み打衣かな

夜恋　定家

784
待人の山路の月も遠ければ里の名つらきかたしきの床

【二三九】

╱立よらんかげと頼みししゐが本むなしき床に成にけるかな

椎　実隆

785 雪
冬がれは頼む陰なきしゐが本しゐて嵐のはらはずも哉

【二四〇・巻名】

しゐが本　同

786 同
よりそひしかげわすられぬ椎がもと仏のみも《をイ》やかたみとを《もイ》見む

782 雪玉集・巻七・二七三七。

783 壬二集・下・二五〇〇、「初霜も」。

784 拾遺愚草・下・二五五四。

【二三九】薫、宇治を訪れ、亡き八宮を思い出す。新全集五―二一二。大成一五七七。

785 雪玉集・巻四・冬・一七五二、二句「たのむかけなる」、結句「しをらずもがな」。

【二四〇】

786 雪玉集・巻十三・詠源氏物語巻巻和歌・五五四八、下句「ほとけのみをや形みともみん」。

○総　角

【二四一】

御願文つくり、経、仏供養せらるべき心ばへなどかき出給へる硯のつゐでに、まらふど、

薫

／あげまきにながき契を結びこめおなじ所によりもあはなん

大君かへし

／ぬきもあへずもろき涙の玉のをにながき契をいかゞむすばん

787 詞和不逢恋　実隆

三玉三柏 総角のよりそふ《あふイ》からに恨わびぬ隔なきとはかゝる契りを

788 乍随不逢恋　義尚

うき契結びもやらぬあげまきを解るけしきのいかで見えけん

789 あげまき　実隆

むすびをかんその総角の契をも仏の道のおなじこゝろに

【二四一】薫、八宮の一周忌法要の願文によせ、大君と和歌の贈答。新全集五—二二四。大成一五八七。

787 三玉集類題・恋、二句「よりあふからに」結句「かかる契は」。柏玉集・恋上・一三二七、二句「よりあふからに」。＊「実隆」とあるが、後柏原院の作。桃本集付「雪」。

788 常徳院詠・二六二、三・四句「あけまきのとくるふしきは」。＊桃本集付「類」。

789 雪玉集・巻十八・八一二七。

【二四二】
火のほのかなるに、うちきすがたにて、いとなれがほに木帳のかたびらをひきあげていりぬるを、いみじういとおしく、いかに覚え給はんとおもひながら、あやしきかべのつらに屏風をたてたるうしろのむつかしげなるにゐ給ひぬ。略
明にけるひかりにつきてぞ、かべのなかのきり〳〵すはひ出給へる。

隠恋　　実隆
790 雪 明るまでねをだに立ずきり〳〵すかべのなかなるうきへだてかな
791 柏 思ひには《夢にても》あらぬ枕のきり〳〵すかべの中にやあかし果なん　　後柏原院
寄蛬恋　　実隆
792 雪 きかずやはかべのうちなるきり〳〵すみをかくしても絶ぬ鳴ねを

【二四三】
御文あり。例よりはうれしと覚え給も、かつはあやし。秋のけしきもし

【二四二】薫、姫君たちの部屋に忍び込むも、大君逃れる。新全集五―二五二。大成一六〇八。略～新全集五―二五五。大成一六一〇。
790 雪玉集・巻十八・七九八六。
791 柏玉集・恋下・一四九三、初句「夢にても」、結句「あかしはてけん」。
792 雪玉集・巻八・七百首題内七十首・三一九九。
【二四三】大君、薫からの紅葉をつけての文に複雑な気持ち。新全集五―二五七。大成一六一一。
＊桃本、【二四四】と逆順。

らずがほに、あをき枝の、かたえはいとこく紅葉したるを、

不逢恋　元連

793 親長家歌合 つゐにきて秋待ころの思ひにも紅葉のつてを限とや見ん

忍伝書恋　宗清

794 一人三臣 文見んはわりなき道と人しれぬ心づかひや宇治の山陰

【二四四】

「かばかりの御けはひをなぐさめにてあかし侍ん。ゆめ〱」と聞えて、うちもまどろまず、いとどしき水のをとにめもさめて、夜半の嵐に、山鳥のこゝちしてあかしかね給。

寄山鳥恋　通茂

795 しるべせし人はしる《ら》めや我中は遠山鳥のこゝちする夜を

寄鳥恋　後柏原院

796 柏 ねをぞなく遠山鳥に明す夜の久しきをだに歎きそへつゝ

逢無実恋　実業

793 親長卿家歌合・九十一番左、初句「つゐにさて」、四結句「紅葉のつとを限とやみる」。

794 公宴続歌・永正八年三月二十五日月次御会・一〇八九八。

【二四四】 薫、匂宮に中君を譲って大君に拒まれる。新全集五―二六七。大成一六一八。

795 新題林集・恋下・七三三二、二句「人はしらめや」。

796 三玉集類題・恋。

797 なにゝこのそひふす夜半も打とけぬ心をうぢの山路分けん

【二四五】

紅葉をふきたる舟のかざりのにしきと見ゆるに、こゑ〴〵ふき出る物のねども、風につきておどろ〳〵しきまで覚ゆ。世の人のなびきかしづき奉るさま、かくしのび給へるみちにも、いとことにいつくしきをみ給ふにも、げに七夕ばかりにても、かゝる彦星のひかりをこそ待出めなど覚えたり。ふみつくらせ給ふべき心まうけに、はかせなどもさぶらひけり。たそかれ時に、御舟さしよせてあそびつゝ文つくり給。紅葉をうすくこくかざして、海仙楽といふものを吹て、をの〳〵心ゆきたる気色なるに、宮は、あふみのうみのこゝちして、をちかた人のうらみいかにとのみ御心そらなり。

隔川恋　通茂

798 新題 こぎかへるもみぢの小舟よそにみて袖にやかけし宇治の川波

網代　家隆卿

799 尋ねくるうぢのあじろの朝朗紅葉にまがふ袖の色〴〵

797 新題林集・恋上・六〇七八、初句「なにゝかく」。

【二四五】宇治の女房達、匂宮一行の紅葉狩りを見物する。新全集五―二九三。大成一六三六。

798 新題林集・恋中・六三九七。

799 壬二集・上・後度百首・一六五。

【二四六】中君、訪れない匂宮の文を見て不安を感じつつも返歌。新全集五—三一三。大成一六五一。

800 雪玉集・巻十一・春日社法楽詠百首・四三一六。

【二四七】薫、亡くなった大君を思い、雪の月夜に独詠。新全集五—三三二。大成一六六四。

【二四六】

程ふるにつけてもこひしう、さばかり所せきまで契置給しを、さりともいとかくてはやまじと思ひなをす心ぞつねにそひける。御かへり、「今夜、参りなん」ときこゆれば、たゞひとことなん、
／あられふる深山の里は朝夕にながむる空もかきくらしつゝ
かくいふは、神無月のつごもりなりけり。

隔月恋　　実隆

800 雪 かきくらしながむる空も神無月さぞなあられのうぢの山里

【二四七】

雪のかきくらしふる日、ひねもすにながめくらして、世人のすさまじきことにいふなるしはすの月夜のくもりなくさし出たるを、すだれまきあげてみ給へば、むかひの寺の鐘の声、枕をそばだてゝ、けふもくれぬとかすかなるを聞て、

╱をくれじと空行月をしたふかなつゐに住べき此世ならねば
風のいとはげしければ、しとみおろさせ給に、四方の山のかゞみと見ゆる汀の氷、月影にいとおもしろし。

月照網代　重治

801 永正百首 波ばかり夜のあじろをもる月のすさまじげなるうぢの川風

【二四八】

まだ夜ぶかき程の雪のけはひいとさむげなるに、人〳〵声あまたして、むまのをと聞ゆ。何人かはかゝるさ夜中に雪を分べきと、大徳たちもおどろきおもへるに、宮、かりの御ぞにいたうやつれて、ぬれ〳〵入給なりけり。

雪　定家卿

802 関白左大臣家歌合 たればかり山路を分てとひくらんまだ夜はふかき雪のけしきに

暁

803 旅人の行方遠くいでぬ也まだ夜はふかき雪のけしきを

801 後柏原院御着到百首・十一月九日。

【二四八】 匂宮、真夜中の雪の中を、中の君のもとへ弔問。新全集五—三三五。大成一六六六。

802 拾遺愚草・上・洞院摂政家百首・一四五〇。洞院摂政家百首・九一九。＊桃本集付「拾愚」。

803 拾遺愚草員外・詠百首和歌四季神祇・五二六。＊定家の作。桃本集付「拾員外」作者「同」。

雪　　実隆

804 夜分し山路の雪の哀をも深くやたどる宇治の里人

【二四九・巻名】

あげまき　　同

805 雪 よりあはで過しもあやし総角の絶なましとは見えぬものから

○早蕨

【二五〇】

／此春はたれにか見せんなき人のかたみにつめる峯の早蕨

源氏物語の巻々を見るによめる　　西行

806 夫木 もえ出る峯の早蕨なき人のかたみにつみてみるもかひなし

さわらび　　後柏原院

807 柏 とはゞやなよをうぢ山に住人も峯のさわらび折はしるやと

---

804 雪玉集・巻十八・一夜百首・三四一一、題「里雪」。

【二四九】

805 雪玉集・巻十三・詠源氏物語巻巻和歌・五五四九。

【二五〇】中の君、例年の通り蕨などを贈ってきた阿闍梨に返歌。新全集五―三四六。大成一六七八。

806 夫木抄・雑十八・一七〇三一、結句「見るもはかなし」。

807 三玉集類題・春。

【二五一・巻名】

早わらび　　実隆

808 雪 見し人のかたみ空しき雪消の袖打ぬらすみねのさわらび

○寄　生

【二五二】

薫 かほ鳥の声も聞しにかよふやとしげみを分てけふぞ尋る

寄鳥恋　　実隆

809 雪 分きつるみを宇治山のしげみにもみぬ貌鳥のねをやなかまし

【二五三・巻名】

やどり木　　同

810 同 人の世はねざしとゞめぬやどり木のはかなき物を何おもふらむ

【二五一】

808 雪玉集・巻十三・詠源氏物語巻巻和歌・五五五○。

【二五二】薫、弁の尼に浮舟に取り次ぎを依頼し、和歌を詠む。新全集五―四九五。大成一七八八。さしとむる……の和歌。新全集六―九一。大成一八四五。

809 雪玉集・巻十六・春日若宮法楽百首・六五五四。

【二五三】

810 雪玉集・巻十三・詠源氏物語巻巻和歌・五五五一。

○東屋

【二五四・巻名】

あづま屋　実隆

811 雪 東屋のあまりにもあるか深き夜にきても蓬の丸寝せよとや

薫 ╲さしとむる葎やしげきあづま屋のあまり程ふる雨そゝぎ哉

催馬楽　東屋のま屋のあまりの雨そゝぎ我立ぬれぬ此戸ひらかせ

【二五五】（後補）

さる山ふところの中にも　浮舟母の詞

812 梅がゝを山懐に吹ためていりこん人にしめよ春風　西行

【二五四】

811 雪玉集・巻十三・詠源氏物語巻巻和歌・五五五二。

＊桃本、この歌と注なし。

【二五五】浮舟母、浮舟を伴い中君の邸を訪れ、再会。新全集六―四六。大成一八一四。

＊桃本、この場面と歌なし。

812 山家集・上・三九、二句「たに懐に」。夫木抄・春三・六七三。

○浮　舟

【二五六】

汀の氷をふみならす馬の足をとさへ、心ぼそくものがなし。

汀氷　実隆

813 雪 汀行駒の足音にくだけちる氷は石を踏かとぞ聞

【二五七】

山のかたは霞へだてゝ、さむきすさきにたてるかささぎのすがたも、所がらはいとおかしう見ゆるに、宇治橋のはる〴〵とみわたさるゝに、柴つみ舟の所々にゆきちがひたるなど、ほかにてはめなれぬこと共のみ、とりあつめたる所なれば、見給ふたびごとに、なをそのかみのことのたゞ今のこゝちして、いとかゝらぬ人を見かはしたらんだに、めづらしきなかのあはれおほくそひぬべき程なり。

川　入道前太政大臣

【二五六】匂宮、浮舟と契った後、別れを惜しんで京へ帰る。新全集六―一三六。大成一八八一。

813 雪玉集・巻四・冬・一六一一。

【二五七】薫、宇治の情景や浮舟を見るにつけ、大君を思い出す。新全集六―一四五。大成一八八七。

河辺鳥　　　　後柏原院

814 嘉元二年百首 見わたせば白洲にたてる鵲をさしてぞ下すう宇治の川舟

河眺望　　　　公綱

815 こゝにかもわたすかいかに宇治川のすさきにたてる鵲の橋

水郷眺望　　　　後西院

816 新明 うぢ川や柴つみ小舟遠近の波のまに〳〵行かへる也

817 柴ふねもすさきの鷺も所からあかぬながめや宇治の川面

【二五八】

／宇治橋のながき契は朽せじをあやぶむかたに心さはぐな
／たえまのみ世にはあやうきうぢ橋を朽せぬ物と猶たのめとや

橋辺柳　　　　後柏原院

818 柏 浪風に堪ぬ柳もうぢ橋や《のイ》あやぶむ方に靡く色哉

寄橋恋

819 新明 朽せじな契もかけぬ宇治橋はふみ見るばかり絶〳〵にして

814 嘉元元年百首・三八二。＊「入道前太政大臣」は西園寺実兼。

815 柏玉集・雑・一六二二。

816 新明題集・雑・四二七九、二句「柴つみ舟の」。

817 新明題集・雑・四二八〇。

【二五八】薫、匂宮と浮舟の関係を知らずに、女と和歌の贈答。新全集六―一四五。大成一八八八。

818 柏玉集・春上・一八五、二三句「絶えぬ柳にうち橋の」。同・五百首上・二〇一三、三句「宇治橋の」。

819 新明題集・恋・三七九三、初句「朽せじの」。＊□雄（烏丸光雄）の作。

【二五九】

有明の月すみのぼりて、水のおもてもくもりなきに、「これなん橘の小嶋」と申て、御舟しばしさしとゞめたるをみ給へば、おほきやかなる岩のさまして、されたるときは木のかげしげれり。「かれ見給へ。いとはかなけれど、千年もふべきみどりのふかさを」との給て、
／年ふともかはらん物かたち花の小嶋の崎に契るこゝろは
女も、めづらしからんみちのやうにおぼえて、
／たちばなの小嶋は色もかはらじをこのうきふねぞ行ゑしられぬ

羇中舟　　太上天皇

820 続古今 袖のかや猶とまるらん橘の小嶋によせし夜半の浮舟

寄川恋　　源頼康

821 新拾 思かねうぢの川長ことゝはん身のうきふねもよるべありやと

顕恋　　沙弥春誉

822 親長家歌合 はかなしやがてうき名に橘の小嶋に契る末はとをらで

寄嶋恋　　実隆

823 雪 移りがや猶あかざりし橘の小じまの波を袖にかけても

【二五九】匂宮、浮舟を邸から連れ出し、小舟に乗る。新全集六―一五〇。大成一八九二。

820 続古今集・雑中・一六四三。白河殿七百首・六〇七。＊「太上天皇」は後嵯峨院。

821 新拾遺集・恋二・一〇八三。

822 親長卿家歌合・百四番右。

823 雪玉集・巻五・恋・二〇六二。

無題　同

824 雪 世中よ思へば誰も浮ふねの行ゑしられぬ沖津白波

河辺恋　通茂

825 新題 小夜ふかく小嶋によせし名残しもみのうき舟やこがれ侘けん

絶不知恋

826 同 しゐてわがかけし契は浮舟の行ゑもなみに猶ぞこがるゝ

寄嶋恋　為尹

827 其名げに匂ふかほりに橘の小嶋の波の宇治の川風

嶋山吹　仙洞

828 今も誰舟さしとめて立花の小嶋にめづる山吹の花

【二六〇】

雪の降つもれるに、我すむかたを見やり給へば、霞のたえ〴〵に木末ばかり見ゆ。山はかゞみをかけたるやうにきら〳〵と夕日にかゞやきたるに、よべわけこし道のわりなきなど、哀おほうそへてかたり給ふ。

／峯の雪汀の氷ふみ分て君にぞまどふ道はまどはず

824 雪玉集・巻十一・四四四七。

825 新題林集・恋中・六五七六。

826 新題林集・恋中・六五六七。＊実業の作。桃本作者「実業」。

827 為尹千首・恋二百首・六四七。

828 元禄千首・春二百首・一七九。＊「仙洞」は霊元院。

【二六〇】匂宮、浮舟と、邸の対岸の家で過ごす。新全集六―一五四。大成一八九四。

829 柏玉集・秋下・八九八。

830 類題和歌補闕・秋。後柏原院御百首部類・秋、題「山月」、二句「雪にかはらで」。＊後柏原院の作。

831 師兼千首・冬百首・五六四。

832 雪玉集・巻四・冬・一七二二、初句「四方の山も」。

833 雪玉集・巻十二・四九八四。

834 新題林集・秋中・三五九六。

835 後柏原院御集拾遺。三玉集類題・春。

836 雪玉集・巻八・夏日詠百首・三〇五一。

浦月　後柏原院

829 しがの浦や波の千里に月は出ぬ山はかゞみを空にかけつゝ

秋深月明　御製

830 類 さやけさは雪にかはりて秋の月山はかゞみのかげを見すらん

暁山雪　師兼

831 千首 山はみなかゞみをかけて有明の月にみがける嶺の白ゆき

禁庭雪　実隆

832 一人三臣 四方の山かゞみと爰にうつりきて雲ゐの庭をみがく雪哉

庭雪　同

833 雪 四方の山のかゞみもあれど目に近き俤あかぬ庭の雪かな

秋月添光　兼豊

834 秋は猶さやけき影やますかゞみかけて出たる山のはの月

立春　後柏原院

835 柏 春きぬと霞ぞまがふ嶺の雪汀の氷道はたどらで

雪消氷又解　実隆

836 雪 まよはずも春きにけりと嶺の雪汀の氷あとや見すらん

冬　左大臣

冬旅　　　　　弘資

837 千五百番 杣くだすにふの川上跡たえぬ汀の氷みねの白雪

冬　　　　　源道親

838 新題 故郷にかへるさならば峯の雪汀の氷ふみまどふらし

春地儀　　　　　後西院

839 正治百 朝ごとに汀の氷ふみ分て君につかふる道ぞかしこき

風光所々　　　　　通茂

840 新題 とけゆけば水こそ増れ嶺の雪汀の氷ひとつながれに

841 同 嶺の雪汀の氷いつ解てあらしも波も今朝霞むらん

若菜

842 同 心ざし深き沢辺の若なをや汀の氷ふみ分てつむ

【二六一】

／里の名を我身にしれば山城のうぢのわたりぞいとゞ住うき

覓花来渡口　　　　　実隆

843 雪 尋ても咲ずは猶や里の名の宇治のわたりは花にかこたん

837 千五百番歌合・千二十二番左・二〇四二。秋篠月清集・千五百番歌合・八六八。＊「左大臣」は藤原良経。

838 新明題集・雑・四三四〇。

839 正治初度百首・五六二。新古今集・雑上・一五七八。＊「源道親」は源通親。

840 新題林集・春下・一七二三。

841 新明題集・春・七九。＊桃本集付「新明」。

842 新明題集・春・二八六。＊道晃の作。

【二六一】 浮舟、薫の文の「里人」に対して、手習の和歌。新全集六―一六〇。大成一八九九。

843 雪玉集・巻八・夏日詠百首・三〇六二、四句「う治のわたりを」。

水郷春曙　定基

844 新題 里の名の宇治とは誰かながめけん川づらあかぬあけぼのゝ空

渡霧　実隆

845 雪 秋や猶うぢのわたりと里の名も立川霧にながめそ《侘イ》ふらん

里鹿　為家

846 家 里の名やみにしらるらん棹鹿のよをうぢ山と鳴ぬよもなし

月　実隆

847 雪 里の名残秋はことなる波風も月になぐさむ宇治の山人

水郷月　同

848 同 里の名を我身の上の秋風に月も涙のうぢの川波

寄名所恋　定家卿

849 家 里の名を身にしる中の契ゆへ枕にこゆる宇治の川長《波歟》

宇治にて十首の内　慈鎮

850 同 哀ともたゞにいひてか山城の宇治のわたりの明る夜の空

水郷《辺イ》旅宿　実隆

851 雪 仮寝する袖にかけてや里の名も我身の上の宇治の川浪

名所里　定基

844 新題林集・春中・八七七、初句「里の名を」、結句「曙の春」。

845 雪玉集・巻三・秋・一一四三、結句「ながめわぶらん」。雪玉集・巻十七・七三一二、結句「ながめわぶらん」。

846 為家集・下・一八四四、結句「なかぬ日もなし」。

847 雪玉集・巻三・秋・一一六三、初句「里の名の」。

848 雪玉集・巻八・七百首題内七十首・三一七九。

849 拾遺愚草・上・光明峯寺摂政家百首・一一六七、結句「宇治の川なみ」。

850 拾玉集・巻五・五一九三。

851 雪玉集・巻六・雑・二四一二、題「水辺旅宿」。

852 新題 里の名をうぢとは聞ど宿しめて住ばやあかぬ川づらの里

【二六二・巻名】

浮ふね　実隆

853 雪 つく〳〵と終のよるべをたどるには此うきふねのうき沈みつゝ《みしづみ、イ》

○ 蜻蛉

【二六三】

十首題百首の中に虫　定家卿

ありと見て手にはとられずみれば又行ゑもしらずきえしかげろふ

854 家 分かぬる夢の契に似たる哉夕の空にまがふかげろふ

不憑恋　実隆

855 雪 有としもたのまん物かかげろふのはかなく見えし人の契りは

【二六四・巻名】

かげろふ　同

852 新題林集・雑上・七八九五、結句「河づらの秋」。

【二六二】

853 雪玉集・巻十三・詠源氏物語巻巻和歌・五五五三、結句「うきみしづみみ」。＊桃本この次に一首あり。追補942参照。

【二六三】薫、八宮の娘たちを思い、自らの人生を述懐。新全集六―二七五。大成一九八四。

854 拾遺愚草・上・十題百首・七七六。

855 雪玉集・巻五・恋・一九六三。

【二六四】

856 同 かげろふに何かことなるとばかりを夕のそらにながめつくして

○ 手　習

【二六五・巻名】

源氏物語の名によせてよめる　登連

857 夫木 逢ぬ夜の心ゆかしき手習は恋しとのみぞ筆はかゝるゝ

てならひ　実隆

858 雪 思ふこと心にあまるおり〳〵はたゞ手ならひのあとのはかなさ

○ 夢浮橋

【二六六・巻名】

中の秋、石山にまうでゝ月を見侍けるに、宵の程くもりたりければ　光広

859 曇るとも末なとをりそ名に高き月も一夜の夢のうき橋

夢のうきはし　実隆

860 うちわたし誰も思ひのおなじ世をいつおどろかんゆめのうき橋

856 雪玉集・巻十三・詠源氏物語巻巻和歌・五五五四。

【二六五】

857 夫木抄・雑十八・一七一二五、二句「こころゆかしの」。＊作者は登蓮。

858 雪玉集・巻十三・詠源氏物語巻巻和歌・五五五五。

【二六六】

859 黄葉集・巻四・八三二。

860 雪玉集・巻十三・詠源氏物語巻巻和歌・五五五六。

＊桃本奥書すべてナシ。

此二巻者、源氏物語本歌詞取用作例也。以敬斎、敬義斎、多年被書集置者也。従敬義斎相伝、書写畢。

陶々斎四達

于時安永六酉年六月

右書、敬義斎相伝陶々斎之以写本書とゞめ畢。

光豊

寛政二庚戌霜月念五

三玉挑事抄による追補

『源氏作例秘訣』を少しでも補うために、『三玉挑事抄』において源氏物語が典拠であると指摘されている歌のうち、『源氏作例秘訣』に収録されていないものをここにまとめて掲げた。『三玉挑事抄』は四季・恋・雑に部類されているが、ここでは同抄の典拠として指摘する源氏物語の場面に基き、物語内での順序によって配列してある。同抄内での所在は、部立と巻頭から私に振った歌番号で示した。それに続けて、各歌の各家集での所在（柏玉集・碧玉集・雪玉集それぞれの新編国歌大観番号）を示した。

表記は原文に従ったが、適宜濁点を付し、左注には句読点を施した。漢文の返点・送り仮名等は原文どおりである。改行は通意を優先し、原本とは違えている。歌題に（　）を付したのは、『三玉挑事抄』でその前に並べられている歌に歌題があって、当該の歌には欠く場合である。

掲げられている源氏物語の場面については、『源氏作例秘訣』に引かれているものはその通し番号を、引かれていないものは【小学館新日本古典文学全集の分冊と頁数／『源氏物語大成』校異編の頁数】を【①-66／44】のように示した。

◎帚　木

（寄炉火恋）

861 柏 またいかにねどころかへて埋火のはいかくれぬる人のゆくゑは（恋483／柏玉集・恋下・1494）
帚木巻、深き山里、世ばなれたる海づらなどにはひかくれぬかし云々。【①-66／44】
一首の心は、中川の宿、のちの度の空蝉などにもや侍るべからん。

七夕糸

862 おもふことしるし見するや七夕の手にもをとらぬさゝがにの糸（秋155／雪玉集・巻三・秋・962）
帚木巻云、立田姫といいはんにもつきなからず、たなばたの手にもをとるまじく云々。【一五】

月下擣衣

863 白妙の月のきぬたや七夕の手にもをとらぬ物とうつらん（秋239／雪玉集・巻三・秋・1391）
帚木巻云、立田姫といいはんにもつきなからず、たなばたの手にもをとるまじく云々。【一五】

冬歌中

864 深きよの月にたが行道ならし笛のねすめる木枯の声（冬290／雪玉集・巻十七・詠百首和歌・7221）
帚木巻云、神無月の比ほひ、月面白かりし夜、内よりまかで侍るに、あるうへ人きあひて、此車にあひのりて侍れば、大納言の家にまかりとまらんとするに、此人のいふやう、「こよひ人待らんやどなん、あやしく心ぐるしき」とて、此女の家、はたよきぬ道なりければ、あれたるくづれより、池の水影見えて、月だに宿るすみかを過んもさすがにて、おり侍りぬかし。本よりさる心をかはせるにや有けん、此男いたくすゞろぎて、門ちかき廊のすのこだつ物に尻うちかけて、とばかり月をみる。菊いと面白くうつろひわたりて、風にきほへる紅葉のみだれなど、哀とげに見えたり。ふところより笛とり出て吹ならし、「かげもよし」などつゞしりうたふ程に云々。【一六】

閑居恋

865 まれにきてはらふもかなし虫の音にきほへる露の床夏の花（恋381／雪玉集・巻五・恋・1953、巻十七・詠百首和歌・7342）

帚木巻云、おもひ出しまゝにまかりたりしかば、例のうらもなき物から、いと物思ひがほにて、あれたる家の露しげきをながめて、虫の音にきほへるけしき、むかし物語めきておぼえ侍し。【一八】

（恋歌中）

866 いかにこは人たがへにもとばかりをいひあへぬさまもげにぞわりなき（恋407／雪玉集・巻十七・百首住吉法楽・7232）

帚木巻云、「こゝに人」ともえのゝしらず、心地はたわびしく、あるまじき事とおもへば、あさましく、「人たがへにこそ侍めれ」といふも、いきのしたなり。きえまどへるけしき、いと心ぐるしく、らうたげなれば、おかしと見たまふて【①－99／69】

◎夕　顔

逢恋

867 世をしらぬ物とも見えず新枕われにとのみはさだめがたしや（恋341／雪玉集・巻十一・文亀三年自桃花節禁裏着到和

歌・4607）
夕貌巻云、人のけはひいと浅ましくやはらかにおほどきて、物ふかくおもきかたはをくれて、ひたぶるにわかびたる物から、世をまだしらぬにもあらず。【①-153／114】

（近擣衣）
868柏 衣うつわざもさこそと思ふ夜になを身のうへを賎が声々（秋240／柏玉集・巻五・秋下・959）
夕貌巻云、となりの家々、あやしき賎の男の声々、めさまして、「あはれいとさむしや」云々。【三九】しろたへの衣うつきぬたの音もかすかに、こなたかなた聞わたされ、【四〇】

寄河恋
869 猶ぞおもふおきなか川とたのめてもいか成せにか絶んとすらん（恋455／雪玉集・巻五・恋・2057）
夕貌巻、まだしらぬことなる御たびねに、おき中川と契りたまふより外の事なし。【①-161／120】

竹裏雀
870柏 村すゞめわが家ばとの陰しむる竹をあらそふ夕ぐれのこゑ（雑622／柏玉集・雑・1628）
夕貌巻の詞春部に見えたり。（＊春部ニ不見。「竹の中に家鳩といふ鳥の、ふつつかに鳴くを聞き給ひて」ヲ指スト思ワレル。）【四五】

◎若　紫

山家松

871 柏 朝夕の烟もたてじ柴の庵松の葉すきてあるにまかせば（雑588／柏玉集・雑・1741、2429）
若紫の巻に、さるべき物つくりてすかせ奉る云々。【①-200／152】
孟津抄云、すかせは、食（スカス）也。松のはすきてなど、おなじ事也。

（寄絵恋）

872 柏 なれてだにうちみじろかぬつれなさを絵にかく人になすもわりなし（恋430／柏玉集・恋上・1430）
若紫巻云、只絵にかきたるもの丶ひめ君のやうにしすへられて、うちみじろきたまふこともかたく、うるはしうて物したまへば、おもふことも打かすめ、山みちの物がたりをも聞えんに、いふかひ有ておかしう打いらへ給はゞこそあはれならめ云々。【①-226／170】

◎ 末摘花

雪中待人

873 みせばやな独こぼる丶した折に打はらふ袖を松のしら雪（冬293／雪玉集・巻四・冬・1691）
末つむ花の巻に、橘の木のうづもれたる、御随身めしてはらはせたまふ。うらやみがほに松の木のをのれおきかへりて、さとこぼる丶雪も、「名にたつ末の」と見ゆるなどを云々。【六四】

◎ 紅葉賀

（乞巧奠）

874
たへがたき契をやおもふかすことも二のほしの中の細緒は（秋148／雪玉集・巻十七・百首・7492）
紅葉賀巻の詞、夏の部にしるし侍り。（＊夏132…さうのことは、中の細をのたへがたきとて、へうでうにをしくだしてしらべたまふ云々）【七一】
江次第曰、乞巧奠、東北机、自御所申下箏一張、置東北西北等机上北妻、延喜十五年、例用和琴立柱有三様、常用半呂半律、秋調子也。

寄下草恋

875
あはれいかに盛過たる下葉さへ扇てふ名はなをたのみてん（恋480／雪玉集・巻十七・百首・7593）
紅葉賀巻云、「似つかはしからぬ扇のさまかな」と見たまひて、わがもたまへるにさしかへて見たまへば、あかき紙のうつる計色ふかきに、木高き杜のかたをぬりかくしたり。かたつかたにては、いとさだ過たれどよしなからず、「杜の下草老ぬれば」など書すさびたるを云々下略
女はさもおもひたらず、
内侍「君しこば手なれの駒にかりかはん盛過ぎたる下葉なりとも」といふさま、こよなう色めきたり。【七二】

◎花　宴

聞音恋

876
わりなしや月なき空のこたへのみこすのひまもる俤に見て（恋357／柏玉集・恋上・1308）

花宴巻云、只時〳〵打歎くけはひするかたによりかゝりて、木丁ごしに手をとらへて、「梓弓入さの山にまどふかなほのみし月の影やみゆるとなにゆへか」とをしあてにのたまふを、え忍ばぬなるべし。「こゝろいるかたならませば弓はりの月なき空にまよはましやは」といふ声、只それなり。【七九】

◎　葵

（哀傷歌中）

877 たぐひとてふたつだになき袖のうへの玉くだけゝむ心をぞしる（雑664／雪玉集・巻十三・5611）

あふひの巻に、袖のうへの玉くだけたりけんよりも云々。【②-50／306】

◎　賢　木

古寺月

878 此ごろの秋も見がてら露霜の野寺の月に一夜あかしつ（秋202／柏玉集・秋下・863、五百首下・2347、雪玉集・巻十二・文亀三年九月九日已来同年公宴・4738・御製）

879 こゝにてもうき人しもと月やみんをし明がたの雲の林に（秋203／雪玉集・巻三・秋・1290）

榊巻云、秋の野も見たまひがてら、雲林院にまふでたまへり云々。【②-116／356】

所がらに、いとゞ世中のつねなさをおぼしあかしても、猶うき人しもとぞおぼし出らるゝ。をし明がたの

月かげに、法師ばらのあか奉るとて【②-117／356】

880
雑歌中
折ふしの花折ちらしあかむすぶたよりもあれや山の下庵（雑670／雪玉集・巻十一・詠百首和歌春日社法楽　大永五年二月・4444）
賢木巻云、あか奉るとてから〳〵とならしつゝ、菊の花、こきうすき紅葉など折ちらしたるもはかなけれど云々。【②-117／356】

◎須　磨

881
隔我慕他恋
恨てもさりやいづれにおつるぞとはゞ涙のいかゞこたへん（恋372／雪玉集・巻五・恋・2163）
須磨巻云、「さも成なんにいかゞおぼさるべき。近き程のわかれに思ひおとされんこそねたけれ。『いける世に』とは、げによからぬ人のいひ置けん」と、いとなつかしき御さまにて、物を誠にあはれとおぼし入てのたまはするにつけて、ほろ〳〵とこぼれ出れば、「さりや、いづれにおつるにか」とのたまはす云々。【②-198／421】

882
烟寺晩鐘
世の中をおどろくべくは沖つ波かゝる所のいりあひのかね（雑525／雪玉集・巻十五・八景・6343）
須磨の巻に、又なくあはれなる物はかゝる所の秋也けり云々。【一〇八】

海上雁飛

883 旅にして身にしむすまの波風を思ひしるにや雁も鳴らん（秋237／雪玉集・巻八・三百三十首題内卅四首・3234）

須磨巻云、沖より船どものうたひのゝしりてすぎ行なども聞ゆ。ほのかに只ちいさき鳥のうかべると見やらるゝも心ぼそげなるに、雁のつらねてなく声、かぢの音にまがへるを打ながめたまふて、御涙のこぼるゝをかきはらひたまへる云々。【②-201／423】

塩屋煙

884 これやこの塩やくならし夕煙月ともいはじすまの浦波（雑600／雪玉集・巻十八・8094）

すまの巻、烟のいと近くとき〴〵立くるを、これやあまの塩やくならんとおぼしわたるは、おはしますうしろの山に、柴といふものふすぶる也けり。【一一三】

春歌中住吉法楽云々

885 百千どりさこそはあまのさへづりも春のうみべのうらゝなる空（春79／雪玉集・巻十七・百首住吉法楽・7175）

すまの巻、あまどもあさりして、かいつ物もてまゐれるをめし出て御らんず。浦にとしふるさまなどとはせたまふに、さま〴〵やすげなき身のうれへを申す。そこはかとなくさへづるも云々。【②-214／432】

◎明　石

岡月

886 月よいかにたゞあたらよのと計に誰にしられん岡のべの松（秋188／雪玉集・巻三・秋・1232）

あかしの巻に云、かの岡べの家も、松のひゞき、波の音にあひて云々。【②‐240／453】

又云、十三日の月の花やかにさし出たるに、只「あたらよの」と聞へたり。【一二二】

待恋

887 ふけぬとも只あたらよのとばかりは猶いひやりて心をやみん（恋340／雪玉集・巻十三・五十首・5291）

あかしの巻、十三日の月花やかにさし出たるに、「只あたらよの」と聞へたり。君は「すきのさまや」とおぼせど、御なをし奉り、ひきつくろひて、夜ふかして出たまふ云々。【一二二】

名所汀

888 あかしがた貝やひろはん月清きなぎさはいせの海ならねども（雑509／雪玉集・巻六・雑・2396）

明石巻、いせの海ならねど、「清きなぎさに貝やひろはむ」など、声よき人にうたはせて【②‐243／455】

◎蓬生

（薙草通三径）

889 里はあれぬいづれか三の道ぞともわかぬ蓬をはらひかねつゝ（雑639／雪玉集・巻六・雑・2612）

蒙求三輔決録曰、詡舎中竹下開三逕。

帰去来辞、三径荒就て松菊猶を存せり。

蓬生巻、いづれか此さびしき宿にもかならず分たるあとあなる。三の道とたどる云々。【②‐338／528】

宮樹影相連

890
雨そゝぎ秋の時雨とふる宮の木のした道ぞわけんかたなき（雑613／雪玉・巻八・夏日詠百首和歌・3130）

蓬生巻云、あれたる家の、木立しげく森のやうなるを過たまふ。おほきなる松に藤の咲かゝりて、月かげになびきたる、風につきてさと匂ふがなつかしく、そこはかとなきかほり也。橘にはかはりておかしければ、さし出たまへるに、柳もいたうしだりて、ついひぢもさはらねば、みだれふしたり。「見し心地する木立哉」とおぼすは、はやう此宮なりけり云々。中略御さきの露を、馬のむちしてはらひつゝ、入奉る。雨そゝぎも秋の時雨めきて打そゝげば、「御笠さぶらふ、げに木の下露は雨にまさりて」と聞ゆ。御さしぬきのすそはいたうそほちぬめり。【一三五】～【一三六】

◎松　風

（秋歌中）

891
小鳥つくる枝も色々かかり衣花を折たる野べのかへるさ（秋228／雪玉集・巻十・百首　延徳年独吟・3796）

松風の巻、小鳥しるしばかりひきつけさせたる荻の枝など、つとにしてまゐれり。【②-418／594】

◎薄　雲

水郷寒芦

892
しほれあしのよる〳〵いかに川づらの冬に成行波風の声（冬274／雪玉集・巻十・百首和歌明応五秋・3998）

薄雲巻云、冬になり行まゝに、川づらの住ゐいとゞ心ぼそさまさりて【②-427／603】

893
秋恋
ともにこそあやしと聞し夕なれはかなやひとり露もわすれぬ（恋400／雪玉集・巻七・百首・2726）
薄雲巻云、秋の雨いとしづかにふりて、おまへの前栽の色々みだれたる露のしげさに、いにしへの事どもかきつゞけおぼし出られて、御袖もぬれつゝ、女御の御方にわたり給へり。中略【②-458／625】
「ましていかゞ思ひわき侍らん。げにいつとなき中に、あやしと聞し夕こそ、はかなうきえ給ひにし露のよすがにもおもひたまへられぬべけれ」と、しどけなげにのたまひけつも、いとらうたげなるに、え忍びたまはで云々。【②-462／628】

◎朝　顔

894
（雪）
ふるたびにかきあつめつゝ此比は心をつくる雪の山かな（冬296／雪玉集・巻四・冬・1680）
朝貌巻云、わらはべおろして雪まろばしせさせたまふ云々。【②-491／654】
又云、一とせ、中宮のおまへに雪の山つくられたりし、世にふりたる事なれど云々。【一五三】

◎乙　女

春雪

895 あつめきてなれしをしたふ身にしあらば春をや枝の雪に恨む（春16／雪玉集・巻七・百首・2651）

窓落葉

蒙求孫氏世録曰、康家貧無油、映雪読書。少々清介交遊不雑。後至御史大夫。

乙女巻云、窓の蛍をむつび、枝の雪をならしたまふ心ざしのすぐれたるさまを云々。【③-26／672】

896 柏 枝の雪もいまやみてまし窓ふかくあつめぬ物の積るこのはに（冬272／柏玉集・冬・1063）

落葉窓深

897 同 色こきは木の葉も窓の光にておもはぬ枝の雪ぞつもれる（冬273／柏玉・冬・1064、五百首上・1962）

乙女巻云、まどの蛍をむつび枝の雪をならしたまふ云々。【③-26】

夏月透竹

898 柏 した風の涼しかるべき心をも月に見えぬる庭の呉竹（夏120／柏玉集・夏・557、五句「夏の呉竹」）

乙女巻、御まへ近き前栽、くれ竹、した風涼しかるべく云々。【③-79／709】

◎玉　鬘

難忘恋

899 柏 いかにみて猶あかざりし夕貌の露の行ゑをおもひ置けむ（恋370／柏玉集・恋下・1544）

玉かづらの巻に、年月隔りぬれどあかざりしゆふがほを露わすれたまはず。【③-87／719】

（蕭寺）

900 初瀬山もろこしまでもあはれびの深きをわきてたのむとぞ聞（雑579／出典未詳）柏
玉かづらの巻云、初瀬なん日の本にあらたなるしるしあらはしたまふと、もろこしにも聞え有也云々。【③-104／731】
河海抄引縁起曰、僖宗皇帝の后馬頭夫人文宗孫玄成太子女、かたちのみにくき事を歎き給けるに、仙人の教によりて、東に向て、日本国長谷寺の観音に祈請し給ひけるに、夢中に一人の貴僧、紫雲にのりて東方より来て、手をのべて瓶水を面にそゝくとみて、忽に容貌端正になりにけり云々下略

◎胡　蝶

寄松恋

901 いかならん大田の松の色に出てのちもつらさのみさほ成せば（恋471／雪玉集・巻五・恋・2088）
こてふの巻に、色に出し給てのちは、大田の松のとおもはせたる事なく【③-191／800】

◎蛍

夏夜恋

902 夢をだに見ずとやいはん夏虫の光のうちのさよの手まくら（恋404／雪玉集・巻十八・8000）
蛍巻云、御木丁のかたびらをひとへ打かけ給ふにあはせて、さとひかる物、しそくをさし出たるかとあきれたり。蛍をうすきかたに、此夕つかたいとおほくつゝみ置て、光をつゝみかくしたまへりけるを、さり

げなくとかく引つくろふやうにて、俄にかくけちゑんにひかれるに、あさましくて扇をさしかくし給へるかたはらめ、いとおかしげなり。中略

はかなく聞えなして、御身づからひきいり給にければ、いとはるかにもてなしたまふうれはしさを、いみしく恨聞えたまふ。すき〳〵しきやうなれば、ゐたまひも明さで、軒の雫もくるしさに、ぬれ〳〵夜ぶかく出たまひぬ。【一七六】

床間虫

903 なけやわがゆかをゆづらん蛩身は露のまの夢もたのまず（秋175／雪玉集・巻三・秋・1066）

詩経、見右。（＊毛詩曹風蜉蝣、詩経註云、蜉蝣、渠略也。朝生暮死云云）

物語

蛍巻云、ゆかをはゆづりきこえたまふて、御木丁ひき隔ておほとのごもる云々。【③-209／815】

904 おもひとけば誠しからぬ世がたりもたゞいひなしにそふあはれ哉（雑532／雪玉集・巻六・雑・2615）

蛍巻云、さても此いつはりどもの中に、げにさもあらんとあはれをみせ、つき〳〵しうつゞけたる、はた、はかなしごとゝしりながら、いたづらに心うごき、らうたげなる姫君の物おもへる見るに、かたごゝろつくかし云々。【③-211／816】

◎常　夏

納涼

905
からころもひもときさけて夕涼み月もいづみにむかふ涼しさ（夏126／雪玉集・巻二・夏・841）

とこなつの巻、風はいとよくふけども、日のどかに、くもりなき空のにし日になる程、蝉の声などもいとくるしげにきこゆれば、「水のうへむとくなるけふのあつかはしさかな、むらいのつみはゆるされなんや」とて、よりふしたまへり。「いとかゝる比は、あそびなどもすさまじく、さすがにくらしがたきこそくるしけれ。宮づかへするわかき人々、堪がたからんな。帯ひもゝとかぬほどよ。こゝにてだに打みだれ」云々。【③-223／829】

寄挿頭恋

906
さしもそのおなじかざしは柏木のおちばなりせば何うらみけん（恋445／雪玉集・巻五・恋・2133）

床夏巻云、「朝臣や、さやうのおち葉をだにひろへ。人わろき名の後の世にのこらんよりは、おなしかざしにてなぐさめむに、なでう事かあらん」云々。【③-226／830】

和琴

907
こと笛の中にうへなきしらべあれや名こそあづまと立くだれども（雑649／雪玉集・巻九・独吟百首　永正九二・3641）

床夏巻云、「あづまとこそ名も立くだりたるやうなれど、おまへの御あそびにも、まづふんのつかさをめすは、人の国はしらず、爰にはこれを物のおやとしたるにこそあめれ」云々。【③-231／834】

河海抄曰、和琴者伊奘諾伊奘冉尊の御時、令作出給云云。仍諸楽器之最上に置之也。

◎野　分

908

叢露

色草を尽してにほふませのうちの花には露も置まよふらむ（秋160／雪玉集・巻三・秋・1046）

野分巻云、中宮のおまへに秋の花をうへさせ給へること、つねの年よりも見所おほく、色草を尽して、よし有くろ木、あか木のませをゆひまぜつゝ、おなじき花の枝さし、姿、朝露の光も世のつねならず。【③-263／863】

909

故郷野分

ふりのこるひわだかはらも庭もせに木のはと散て野分吹空（秋182／雪玉集・巻七・内裏着到・3000）

おなじ巻云、おとゞの瓦さへのこるまじうふきちらすに云々。【③-268】

又云、見わたせば山の木ども、吹なびかして、枝どもおほくおれふしたり。草むらは更にもいはず、ひわだ、かはら、所々のたてじとみ、すいがいなどやうの物、みだりがはし。【一八五】

◎御　幸

910

野行幸

からころもみこしとゞめてぬぎかふる狩のよそひも花を折けり（冬531／雪玉集・巻十一・詠百首和歌春日法楽　大永五年二月・4304）

行幸巻云、かくて野におはしましつきて、みこしとゞめ、上達部のひらばりに物まゐり、御装束ども、狩の御よそひなどに改めたまふ程云々。【③-292／887】

◎真木柱

臨期変恋

911 柏 しらざりきふりはへ今は雪もよにひとり氷の袖をしけとは（恋394／雪玉集・巻八・内裏着到百首永正六九月九已来・3329）

槙柱巻云、かしこへ御ふみ奉れたまふ。「よべ俄にきえ入人の侍しにより、雪のけしきもふりいでがたく、やすらひ侍しに、身さへひえてなん。御心をばさる物にて、人いかにとりなし侍りけん」ときすぐにかき給へり。

「心さへ空にみだれし雪もよに独さえつるかたしきの袖

たへがたくこそ」と白きうすやうにづしやかにかいたまへり云々。【③-366／947】

◎若菜上

野梅

912 なをのこる雪もそれかと遠き野の夕日がくれに咲る梅が香（春20／雪玉集・巻十六・百首永正二年八月廿日・6775）

若菜巻上云、「なをのこれる雪」と忍びやかにくちずさみたまひつゝ【④-69／1062】

白氏文集、子城陰処猶残雪

（見恋）

913 ちるをのみ思ひなるべき花に先をらぬ嘆きのそふもわりなし（恋334／柏玉集・恋上・1317）

若菜巻上云、木丁のきはすこし入たる程に、うちぎ姿にて立たまへる人有。はしより西の二のまの、ひんがしのそばなれば、まぎれ所もなくあらはにみいれらる云々。【④-141／1114】まりに身をなぐる若公達の、花のちるをおしみもあへぬけしきどもをみるとて、人々あらはをふともえ見つけぬなるべし云々。

見増恋

又末の詞に云、「その夕べよりみだり心地かきくらし、あやなくけふをながめくらし侍る」など書て、よそに見ておらぬ歎きはしげれとも名残恋しき花のゆふかげ【④-148／1119】

914 花の色を御垣が原の夕よりおらぬなげきのそふもわりなし（恋336／雪玉集・巻五・恋・2173、巻十八・7956）

若菜巻上云、「一日のかぜにさそはれて、みかきが原を分入て侍しに、いとゞいかに見おとし給けん、其ゆふべよりみだり心地かきくらし」云々。【④-148／1119】

◎鈴虫

古寺紅葉

915 ゆく袖もにしきと見えて墨染の夕の寺にあまる紅葉ば（秋259／雪玉集・巻十・百首和歌明応五秋・3993）

重畳煙嵐之断処、晩寺僧帰

鈴虫の巻の詞、夕の寺に、置所なげなるまで、所せきいきほひになりてなん、僧どもはかへりける。【④-378／1294】

◎夕霧

恋歌中

916 いたづらに分かへりなばこよひもと露の思はんみちのさゝ原（恋316／雪玉集・巻十一・詠百首和歌・4431）

夕霧巻云、「あかさでだに出たまへ」とやらひ聞えたまふよりほかの事なし。「あさましや、こと有がほにわけ侍らん朝露のおもはん処よ。なを、さらばおぼししれよ」云々。【④-411／1320】

田家

917 もる庵はいぶせけれども秋の田に色こき稲はにしきをぞしく（雑602／雪玉集・巻十・百首和歌・4148）

夕霧巻云、色こき稲どもの中にまじりて云々。【三二一】

◎椎本

都早秋

918 音羽山けさ吹かぜや都にはまだ入たゝぬ秋を告らむ（秋140／雪玉集・巻十六・百首永正二年八月廿日・6804）

残暑

919 秋かぜぞまだ入たゝぬ涼しさの音羽の山や行てたづねん（秋141／雪玉集・巻十八・7797）

椎本巻云、七月ばかりになりにけり。都にはまだ入たゝぬ秋のけしきを、まきの山辺もわづかに色づきて云々。【⑤-178／1553】

仏寺

920 よのつねのふり行寺の仏のみかはらぬかざり光そひつゝ（雑581／柏玉集・雑・1720）

椎本巻云、塵いたうつもりて、仏のみぞ花のかざりおとろへず云々。【⑤-212／1577】

◎総　角

（隠恋）

921 柏 夢にてもあらぬ枕のきり〴〵すかべの中にやあかしはてけん（恋361／柏玉集・恋下・1493）

月令曰、季夏之月、律在林鐘、温気始至、蟋蟀居壁云云。

総角巻云、あけにける光につきてぞ、かべの中のきり〴〵すはひ出たまへる云々。【⑤-255／1610】

恥身恋

922 おもふとておもなくいかで見えもせん鏡にだにもつゝましきみを（恋388／雪玉集・巻九・内裏着到百首永正八三三已来・3534）

総角巻云、「只いとおぼつかなく物隔たるなん、むねあかぬ心地するを、ありしやうにてきこえむ」とせめたまへど、「つねよりもわが面影にはづる比なれば、うとましと見たまひてんも、さすかに心ぐるしきは」云々。【⑤-288／1633】

冬月

923 すさまじきためしといへどすむ月のあはれは冬の空にぞ有ける（冬283／雪玉集・巻十六・詠百首和歌文明六秋・6632）

総角巻云、世の人のすさまじきことにいふなるしはすの月夜の、くもりなくさし出たる【⑤-332/1664】

篁記云、しはすの望の比、月いとあかきに、物語しけるを人みて、あなすさまじ、しはすの月夜にもあるかなといひければ云々。

枕双紙に、すさまじき物、しはすの月夜、おうなのけそう云々。

（寄名所恋）

924 恋わびぬあらぬ薬も求めばやふじのねをだに雪の山とて（恋448/雪玉集・巻五・恋・2064）

雪山草、涅槃経見于冬部。（＊涅槃経二十五云、雪山有草、名曰忍辱。牛若食者、即得醍醐云々―冬295注）

総角巻云、もろともに聞えましとおもひつゞくるぞ、むねよりあまる心地する。

薫 恋わびてしぬるくすりのゆかしきに雪の山にや跡をけなまし【⑤-333/1664】

雪朝

925 けさのまのまたほの〴〵にとふ人はいかに夜ふかき雪を分けん（冬305/雪玉集・巻四・1689）

宇治の巻、まだよぶかき程の雪のけはひ、いとさむげなるに、人々あまた声して、馬の音聞ゆ。何人かはかゝるさよ中に雪をわくべき【二四八】

寄木厭恋

926 玉かづら神のつくてふ木にもあれやかけてわがみのならぬ恋する（恋415/雪玉集・巻七・内裏着到・3029）

宇治巻、「めでたくあはれに見まほしきみかたち、有さまを、などていともてはなれては聞たまふらん。何か、これは世の人のいふめるおそろしき神ぞつき奉りつらん」と歯は打すきて、あいぎやうなげにいひ

なす女あり云々。【⑤-254／1609】

万葉二、嫂巨勢郎女時歌、大伴宿祢安麻呂

玉葛《カヅラ》実不成樹爾波《ミナラヌキニハ》千磐破神曽著常云《ソツクトイフ》不成樹別爾《ナラヌキゴトニ》

◎宿木

（哀傷歌中）

927 人がたのものいふばかりつくりけんひだたくみをも尋ねやはせぬ（雑665／雪玉集・巻十四・6119）

寄生巻云、むかしおぼゆる人がたをもつくり、絵にもかきとめて、おこなひ侍らんとなむ云々。【⑤-448／1754】

列子湯問篇、周穆王西巡狩越二崑崙一、不レ至二弇山一反還。未レ及二中国一道有レ献二工人一。名二偃師一云云。偃師謁二見王一。王薦之曰、「若与偕来者何人。」対曰、「臣所レ造能倡者。」穆王驚視之、趣歩俯仰信人也。巧夫鎮二其頤一、則歌合レ律、捧二其手一、則舞応レ節。千変万化、唯意所レ適云云。

寄宿木恋

928 やどり木の色かはるにも忍ぶぞよつらなる枝の本の根ざしを（恋476／雪玉集・巻十七・百首・7588）

宿木巻云、太山木にやどりたる蔦の色ぞ、まだのこりたる。「こだに」など、すこし引とらせ給て、宮へとおぼしくて、もたせ給。

やどり木と思ひいでずは木の本の旅ねもいかにさびしからまし云云。【⑤-462／1764】

宮に紅葉奉れたまへれば、男宮おはします程なりけり。「南の宮より」とて、何心もなくもてまいりたるを、女君、「例のむつかしきこともこそ」とくるしくおぼせど、とりかくさむやは。【⑤-463／1764】

◎東　屋

初逢恋

929 まてしばし鳥だになかで明るよの蓬のまろね露もわりなし（恋342／柏玉集・恋・1422）

俄逢恋

930 雨そゝぎかゝる蓬のまろねにもならはぬ夢をいかにしのばん（恋343／雪玉集・巻五・恋・1891）

旅宿逢恋

931 くちざらん契をぞ思ふ露霜のかゝるよもぎのまろねなりとも（恋344／雪玉集・巻十八・7969）

東屋巻云、わすれぬさまにのたまふらんも哀なれど、俄にかくおぼしたばかるらんとはおもひもよらず。宵うち過る程に、「宇治より人まゐれり」とて、門忍びやかに打たゝく。さにやあらんとおもへば、弁あけさせたれば、車をぞひきいるなる云々。中略【⑥-89／1845】

「さのゝわたりに家もあらなくに」など口すさびて、さとびたるすのこのはしつかたにゐたまへり。さしとむる葎やしげき東屋のあまりほどふる雨そゝぎかな【⑥-91／1845】

又末の詞云、程もなう明ぬる心地するに、とりなどはなかで云々。【⑥-93／1846】

かゝる蓬のまろねにならひたまはぬ心地に、おかしうもありけり。【⑥-93／1846】

寄屋恋

932 柏 なみだより雨そゝぎして東屋の外なき物と袖はぬれけり（恋421／柏玉集・恋下・1512）

寄雨恋

933 同とひ来ても只に程ふる雨そゝぎ打はらふ袖を涙ともしれ（恋422／柏玉集・恋下・1513）

東屋巻云、雨やゝ降くれば、空はいとくらし云々。【⑥-91／1845】

「さのゝわたりに家もあらなくに」など口すさびて、さとびたるすのこのはしつかたにゐたまへり。

さしとむる葎やしげきあづまやのあまり程ふる雨そゝぎかな

と打はらひたまへる追風、いとかたわなるまで云々。【⑥-91／1845】

七夕扇

934 かすとても秋のあふぎの色はいさ七夕つめや心をかまし（秋158／雪玉集・巻七・百首・2685）

朗詠集、尊敬斑女国中秋扇色。

東屋巻云、さるは、扇の色も心をきつべき閨のいにしへをば、ひとへにめできこゆるぞ、をくれたるなめるかし。【⑥-101／1852】

◎浮舟

（寄絵恋）

935 きえねたゞつねにかくてもあらなくにこれをみよとの筆のすさびも（恋429／雪玉集・巻五・恋・2125）

浮舟巻、「心より外にえ見ざらん程は、これを見たまへ」とて、いとおかしげなるおとこ女もろともにそひふしたるかたをかき給て、「つねにかくてあらばや」などのたまふもなみだおちぬ。【⑥-132／1878】

水郷月

936　柏 はる〴〵と月に見わたすうぢばしの絶まを雲におもふ空哉（秋215／柏玉集・秋下・892）

浮舟巻、宇治ばしのはる〴〵と見わたさるゝに、柴つみふねの所々に行ちがひたるなど云々。【二五七】

被返書恋

937　つれなくもかへしてけりな波こゆる比ともしらぬ松のことの葉（恋377／雪玉集・巻九・独吟百首永正九二・3625）

浮舟巻、

波こゆる比ともしらず末の松待らんとのみおもひけるかな

「人にわらはせたまふな」と有を、いとあやしと思ふに、むねもふたがりぬ。御かへりごとを心えがほにきこえんもいとつゝましく、ひがごとにてあらんもあやしければ、御ふみはもとのやうにして、「所たがへのやうに見え侍ればなん、あやしくなやましくて何事も」と書そへて奉りつ。【⑥-176／1911】

◎手　習

（尋在所恋）

938　とふ人に打みん夢のあはれをもあはひあはせよ小野のかよひぢ（恋396／雪玉集・巻九・内裏着到百首永正八三三已来・3532）

手習巻云、「其女人、此たびまかり出つるたよりに、小野に侍るあまども相とぶらひ侍らんとて、まかり

よりたりしに、なく〳〵出家の心ざし深きよし念比にかたらひ侍しかば、かしらおろし侍りにき」云々。【⑥-345／2034】

末の詞云、僧都にあひてこそたしかなるありさまもとふべかめれ、など、只この事をおきふしおぼす云々。【⑥-368／2050】

其人々にはとみにしらせじ。有さまにぞしたがはん、とおぼせど、打見ん夢の心地にも、あはれをくはへんとにやありけむ。【⑥-368／2050】

桃園文庫本による追補

（1）場面【四二】、歌番号205と206の間。

初恋　同（＝実隆）

939 同ながめ（雪）てはか丶らん露の有とだに我まだしらぬゆふぐれの空（雪玉集・巻五・一八一七）

（▼次の道晃歌に改めて「寄雲恋」と歌題を書く。）

（2）場面【六四】、歌番号288と289の間。

交花　宗祇

940 家馴ぬとて花にわするな深山木のかたはらにだにあらじわが身を（宗祇集・春・三六）

（▼集付「家」の上方に同筆で「補」と記す。）

（3）場面【二二八】、歌番号752の次。

同じ題（＝匂兵部卿宮）　宗祇

941 家ぬれつ丶やなを身にしめん春雨の名残に匂ふ花の下風（宗祇集・春・四二）

（▼集付「家」の上方に同筆で「補」と記す。）

（4）場面【二六二】、歌番号853の次。

942

暁聞千鳥　　同（＝実隆）

同（＝雪）
あか月のねざめのちどり里の名を我身のうへのうぢの曙（雪玉集・巻九・内裏着到百首・三五一五）

解題

浅田　徹

一、源氏物語から中世和歌へ

藤原俊成が六百番歌合の判詞の中で「源氏見ざる歌詠みは遺恨のことなり」と述べたのは極めて有名なことだが、では源氏物語に依拠した和歌はどれくらいあるのだろうか。例えば、新古今集について言えば、源氏物語に対して目配りよく典拠としての指摘をしている久保田淳氏『新古今和歌集　上下』（新潮日本古典集成）は、ざっと数えたところでは、六十首ほどの頭注に源氏物語を掲示している。新古今集は二千首ある歌集だから、三パーセントに相当するが、同集は古い時代の歌をもたくさん採録している。もし新古今時代の歌人の作品のみに限定すれば、パーセンテージはもっと上がる（二倍くらいか）はずである。それならばかなり目立つ割合というべきだろう。

俊成の息、藤原定家は源氏物語について「詞づかひの有様の言ふかぎりなきものにて、紫式部の筆を見れば、心も澄みて歌の詞優に詠まるるなり」と言った（京極中納言相語）。源氏物語は作中の和歌が本歌取りされることが多いが、定家は散文部分をも賞賛しているように読める。

隔遠路恋

たづぬとも重なる関に月越えて逢ふを限りの道やまどはむ

右は拾遺愚草下巻2588に見える歌である。和歌の研究者であれば、一見してすぐに第四句に「わが恋は行方も知らず果てもなし逢ふを限りと思ふばかりぞ」（古今集・躬恒）を想起するだろう。しかし、なぜこの歌題でその本歌が引かれるのか、釈然としない。ところが、今回翻刻した『源氏作例秘訣』はここに源氏物語を指摘する。

姫君の、明け暮れにそへては思ひ歎給へるさまの、心苦しうあはれなるを、行きめぐりてもまたあひ見むことを必ずと思さむにてだに、なほ一日二日のほど、よそよそに明かし暮らす折々だに、おぼつかなきものに覚え、女君も心細うのみ思ひ給へるを、「幾年、その程、と限りある道にもあらず、逢ふを限りに隔たり行かむも、定めなき世に、やがて別るべき門出にもや」といみじう覚え給へば……（須磨巻、冒頭近く）

光源氏が須磨への退去を決意した折に、紫上との別離を思って苦悩する場面である。定家がここを踏まえていたのはまず間違いなかろう。「逢ふを限り」の語句は、紫式部が古今集から借りたものではあるが、須磨から京都の愛妻を思う、という文脈を付加されて初めて、「隔遠路恋」題への使用が可能になるのである。このように散文部分から取り込んでこられると、和歌の研究者としては検索が困難になってくる。

次のような例は、多くの和歌研究者は典拠を探り当てることができないのではないだろうか。

通書恋

あらぬ筋に書きかへてだに世に散らば誰が名か立たむ水くきの跡

雪玉集1839に収める三条西実隆の歌である。『源氏作例秘訣』はこれが次の夕顔巻の記述に基くことを指摘している。

さして聞こえかかれる心の、憎からず過し難きぞ、例の、この方には重からぬ御心なめりかし。御たたう紙に、いたうあらぬ様に書き変へ給ひて、

よりてこそそれかとも見めたそかれにほのぼの見つる花の夕顔

ありつる御随身してつかはす。

夕顔から贈ってきた「心当てにそれかとぞ見る白露の光添へたる夕顔の花」に対して源氏が歌を贈る有名な場面である。筆跡をわざと変えるという特殊な状況、表現の類似、そして源氏物語の語り手による「この方には重からぬ御心なめりかし」という評言が「誰が名か立たむ」という批判的な言い回し（古今集恋二603深養父「恋ひ死なば誰が名は立たじ世の中の常なきものと言ひはなすとも」に基いている）と重なってくることを考えると、まさしくこの場面が基になっていることが納得されるのである。だが、「あらぬ筋に書きかへてだに」という初二句を見て、源氏物語の索引を引こうと考える和歌研究者がどれだけいるだろうか？

実は、雪玉集を筆頭とするいわゆる三玉集（後柏原院の柏玉集、三条西実隆の雪玉集、冷泉政為の碧玉集を併せて言う）の時代は、源氏物語の取り込みが極端に目立ってくる時期なのである。それは連歌の全盛期でもあって、宗祇ほかの連歌作品に源氏物語の影響が濃厚に認められることはよく知られている。室町時代和歌・連歌を研究するに当って、源氏物語を自在に想起することができなくては、かなりのハンディを背負うことになろう。源氏物語に依拠している作例をまとめたような資料があれば、この方面の研究に極めて有益なものと言い得よう。

そして、『源氏作例秘訣』はまさにそのような資料なのである。

二、『源氏作例秘訣』について

《採られた場面》『源氏作例秘訣』は、江戸時代の歌人有賀長伯（以敬斎と号す。寛文元1661年〜元文元1737年）・長因（初め長川。敬義斎と号す。正徳二1712年〜安永七1778年）父子が、源氏物語を典拠とする和歌を多年にわたり書き集めたものであった。現存するのは東北大学付属図書館狩野文庫本と、東海大学中央図書館桃園文庫本（書名「源氏もの語掌故」）の二本のみと思われる。初めて本書を紹介したのは伊井春樹氏「源氏作例秘訣の世界―文化史としての詠源氏物語和歌―」（源氏研究5、平12・4。後に『源氏物語論とその研究世界』平14、風間書房に所収。以下伊井氏の説はこれに拠る）であろう。同論文は内容の詳しい分析を含んでおり、ぜひ読んで頂きたい。以後も、現在まで新たな研究は管見に入らない（安達敬子氏『源氏世界の文学』平17、清文堂の320頁に言及がある程度か）。

本書は源氏物語の諸場面に対して、それに依拠した和歌を掲げていく形式でできている。巻の特定の場面でなく、巻名そのものを題とした場合も便宜的に一場面と数えると、総計で二百六十六の場面が取り上げられ、八百六十首の和歌が作例として掲出されている。伊井論文も指摘するように、中には本当に源氏物語を典拠にしているのかどうか疑わしいものも含まれているが、これだけ多くの源氏物語取りの歌を収集整理した功績は大いに顕彰すべきではないかと思う。

二百六十六の場面の分布は明らかに偏っている。巻ごとの場面数と作例歌数を左に一覧しよう。

	場面	歌		場面	歌		場面	歌		場面	歌		場面	歌
桐壺	7	17	明石	11	20	蛍	3	4	横笛	2	2	早蕨	2	3
帚木	18	112	澪標	4	5	常夏	1	1	鈴虫	3	7	宿木	2	2
空蟬	5	33	蓬生	7	41	篝火	2	7	夕霧	4	8	東屋	2	2
夕顔	18	64	関屋	2	4	野分	7	13	御法	2	2	浮舟	7	41
若紫	10	33	絵合	2	2	行幸	1	1	幻	1	1	蜻蛉	2	3
末摘花	7	25	松風	6	8	藤袴	3	3	雲隠	1	1	手習	1	2
紅葉賀	10	44	薄雲	3	4	真木柱	4	6	匂宮	1	1	夢浮橋	1	2
花宴	5	67	朝顔	4	26	梅枝	4	5	紅梅	1	1			
葵	7	22	少女	5	6	藤裏葉	1	1	竹河	2	2	計	266	860
賢木	8	19	玉鬘	5	13	若菜上	3	4	橋姫	6	24			
花散里	2	5	初音	5	16	若菜下	5	14	椎本	3	7			
須磨	19	63	胡蝶	5	12	柏木	5	10	総角	9	19			

一見してわかるのは、最初の方に著しく集中していることである。場面数の多い巻を順に挙げていくと、①須磨19、②帚木・夕顔18、④明石11、⑤若紫・紅葉賀10…となり、須磨や明石以前の巻が甚だしく多い。歌数のほうでも同様であって、①帚木112、②花宴67、③夕顔64、④須磨63、⑤紅葉賀44…といった順番になる。明石までの十三巻のみで、全八百六十首のうち五百二十四首に達してしまうのである。宇治十帖など、分量は長いのにほとんど採られていない

ことがわかる（この点、既に伊井氏が指摘しておられる）。

このような集成を企図する人物が、源氏物語の内容について偏った知識しか持たなかった（例えば、宇治十帖については知識が浅く、それに依拠した和歌を適切に探し得なかった、等）と想定するのはいかにも不自然である。これはやはり中世・近世の作例そのものに大きな偏りがあったことを反映していると見たほうが素直ではないだろうか。例えば、連歌における安達敬子氏の調査でも、前半への集中は明瞭であるようであるから、これはこれで提示するに足りるデータであると判断することにした。

《撰歌の範囲と資料》　次に、本書が収集の対象にしていた和歌についてであるが、これも伊井氏がすでに指摘しておられるように、三玉集の時代を中心とし、ついで近世堂上の作品を資料としていることが知られる。

伊井氏が、歌人別に作例を採録された数を集計されたところに拠れば、採録数第一位は三条西実隆の二百四十一首、第二位が後柏原院の九十九首、以下藤原定家四十六首、後水尾院二十九首、中院通茂二十一首、烏丸光広十八首、後西院十七首、道晃十七首、冷泉為尹十五首、冷泉政為十四首、藤原家隆十三首、霊元院十三首、中院通村十二首、藤原為家十首…と続く。伊井氏は『秘訣』の作者表示に従って集計されたものと思うが、本書に今回付した頭注を見て頂ければ知られるとおり、『秘訣』の作者名は必ずしも正しくはなく、もしそれを訂正すればこの数字は変動しなくてはならない（巻末和歌作者索引参照）。しかし大勢が変ることはもちろんない。

この撰歌範囲は、近世の堂上派地下の歌人たち（公家たちを和歌の師匠と仰ぐ非貴族の歌人たち、またさらにその門流に属する人々）の模範とするところがそのまま反映したものと見てよい。堂上派が模範として最も推薦する家集は、頓阿や実隆のものであり、後水尾院・霊元院を中心とする近世堂上歌人たちの歌が最も身近なお手本となるのであった。確かに時代的には賀茂真淵や本居宣長などが出て、それまでとは全く違う超復古的な歌学が着実に成長を続けていた頃なのであるが、まだまだ大勢では二条派の理念に基く堂上の権威が支配的だったのである。

『源氏作例秘訣』を編纂した有賀長伯や長因は、細川幽斎・松永貞徳から伝わる由緒ある門流を継ぐ人々であり（幽斎—貞徳—望月長孝—平間長雅—有賀長伯—有賀長因…と伝わり、のち明治維新に至る）、多くの門弟を抱える有力な師匠達であった。二条派の正統であることは彼らの誇りであり、「作例」として提示するに足りる和歌を選ぼうとすれば、このような傾向になるのは順当なところであった。例えば正徹の作品には数多くの源氏物語摂取歌が見られる（安達氏前掲書参照）が、二条派の立場からは「異風」として退けられていた。『源氏作例秘訣』がほとんど正徹の作品を採っていないのも、たまたま資料の制約があったというようなことではないだろうと推測される。また、長伯や長因は地下の歌人だが、近世地下歌人の作品が一首も取られていないのは、自分達と同等の立場の者の歌を作例として掲げるのは不適切だと考えたからに違いない。

撰歌のための具体的な資料となったものは何だろうか。最も多いのは三玉集であり、以下勅撰集・六家集・夫木抄・六百番歌合・千五百番歌合など、版本になっていたものが多い。所収歌を検討してみると、三玉集に関しては版本三玉集のみでなく、松井幸隆編『三玉集類題』（元禄九1696年刊）も使用されていると推定できる。三玉集に関して、『源氏作例秘訣』の掲げる作者表示に混乱がある場合は、『三玉集類題』を経由したためであると思われる例が散見するようである。近世堂上の作品については多くは版本『新明題和歌集』（宝永七1710年）・『新題林和歌集』（正徳六1716年刊）、に拠るようだ。『類題和歌集』も一部使用されている。

その他、肖柏千首・栄雅千首（宋雅千首）・永正百首も版本『牡丹花家集』『千題和歌集（飛鳥井栄雅千首と題する本も）』『後柏原院御着到百首（改題本は「永正和歌結題」）』に拠ったものであろうか。正治百首・宝治百首・白河殿七百首・弘長百首・亀山殿七百首・延文百首・嘉元百首は『百首部類』で見られたであろう。建仁元年撰歌合・水無瀬殿恋十五首歌合・光明峯寺摂政家歌合・新玉津島歌合・親長家歌合・文明歌合・文亀三年歌合は『歌合部類』に収められている。紫禁和歌集（順徳院）・為家集・衆妙集（幽斎）・黄葉集（光広）も刊行されていた。

当時は刊行されていなかった作品としては、為尹千首・続撰吟抄・一人三臣和歌・後水尾院御集・伊勢法楽千首がよく使われているが（為尹千首は安永四年に『千首部類』に収められて刊行されたが、安永六年以前には成立していた『秘訣』には間に合わなかったのではないか）、写本で広く流布していたものが多く、珍しいものを資料としているわけではない。作例の参考にするという著作の性格上、あまり一般性のない作品を取り込むことは避ける面があろう。それにしても、巻名を直接詠み込むなどの特殊な場合を除けば、一首一首読んではメモしていくほかのない源氏享受歌を、よくこれだけの文献から探索し得たものである。

なお、正徳六1716年刊の『新題林和歌集』から採られた歌が相当数存在することから、『源氏作例秘訣』がほぼ現在のような形になったのは、少なくとも長伯（寛文元1661年〜元文元1737年）の晩年期以降であることがわかる。

また、源氏物語自体の本文引用が何に基づいているのかも問題だが、これについては詳しく検討していない（道統から言って、北村季吟の『源氏物語湖月抄』が第一候補となりそうだが、複数の本を見ているようでもある）。『秘訣』伝本間の異同もあるため、それを整理した上で今後の課題としたい。

三、狩野文庫本について

《書誌と伝来》『秘訣』の現在知られる二本のうち、今回の翻刻の底本とした東北大学狩野文庫本（整理番号・狩4-11405-2）は袋綴二冊。縹色無地の紙表紙の左上に、金箔散らしの題簽「源氏作例秘訣　上（下）」を貼る。表紙寸法は縦25.0×横17.4㎝。本文料紙は楮紙。上冊は百八丁、下冊五十五丁。もちろん狩野享吉旧蔵本だが、他に蔵書印として「渡部文庫／珍蔵書印」舟形印あり。

奥書は以下の通り。

此二巻者、源氏物語本歌詞取用作例也。以敬斎、敬義斎、多年被書集置者也。従敬義斎相伝、書写畢。

于時安永六酉年六月

陶々斎四達

右書、敬義斎相伝陶々斎之以写本書とゞめ畢。

光豊

寛政二庚戌霜月念五

最初の奥書で、「以敬斎」は有賀長伯、「敬義斎」は有賀長因である。この両名が多年書き集めて置いた作例を「四達」が長因から相伝されたので、それを安永六年(1777)に書写したという。本書の成立はこの年以前であることがわかる。なお、長因は翌安永七年に没している。四達については未詳。伊井氏は「陶々斎」の号から、『東海人物志』に「音楽・乱舞」を事とする人物として名の見える小沢玄沢である可能性を示唆しておられる。

次の奥書は、「光豊」がその四達書写本によって寛政二年(1790)にこれを書写したとある。伊井氏は日下幸男氏『近世古今伝授史の研究　地下篇』(平10、新典社)を引きつつ、長伯の書写した『八雲神詠和歌三神人丸伝』を文化二年(1804)に書写した「光豊」がいることを指摘、同一人物かとする。師系が同じであるから、その可能性は高いだろう。当該の『八雲神詠和歌三神人丸伝』は、これも東北大学付属図書館狩野文庫蔵（ただし後代の転写本）。一方、『秘訣』狩野文庫本の方も後述の通り転写本ではないかと思われる。

この「光豊」は、東京大学総合図書館所蔵の源氏物語梗概書『源氏物語大意』（整理番号E23・96。各巻の内容細目を箇条書きにして検索の便を図ったもの）の編者と同一人物であろう。同本は序文に推敲の痕跡があり、本人による稿本と認定してよいが、序文末尾に「寛政七乙の卯霜降月はじめの五日、北窓のもとに光豊書」、巻末奥書に「寛政第七乙卯中冬／影やどすいは井の水は浅けれど見るにさやけき秋の夜の月　光豊〈花押＝朱〉」とある。寛政七年という、『秘訣』と近い時期の奥書が見られるわけであるが、更にその序文には、本書をいったん書いてから「ひと日長収師に此事を問ければ、みづから見やすからむがためにあめるとなれば、これぞよきさゝめごとならむかしと、師の詞を其まゝ此書に題し侍りき」とある。これによれば光豊の師は有賀長収だったことになる。長収は『秘訣』編者有賀長因の養子となった人であるから、この光豊で間違いないものと考えられる。同時にその筆跡も知られたわけだが、狩野文庫本『秘訣』の筆跡とは異なるので、狩野文庫本『秘訣』が光豊筆本の転写本であることが確認できるのである。このことについてはなお後述する。

ちなみに『源氏物語大意』という書名は題簽に「源氏物語大意」とあることに拠るが、「大意」の字の右傍に「さゝめ言」と同筆で書かれている。さらに熟視すると、「大意」の二字には薄く墨滅の痕跡があり、長収の言葉に従って実際に書名を改めたことが知られる。そうであれば、本書は正しくは『源氏物語さゝめ言』と呼ぶべきものだったろう。(1)『国書総目録』は本書の編者を「勧修寺光豊」と認定するが、有賀長収の門弟が堂上の公家であるはずはない。姓は今のところ知られないのであるが、本書序文には自身を老耄と謙遜する部分があり、寛政七年にはそれなりの年配であったようだ。

《書き入れについて》『秘訣』狩野文庫本には多くの書入れがある。墨と朱の二種の書入れがあるが、恐らく本文と同筆ではないかと考えられる。墨書入れは本文の誤写などを訂正するものが多い。朱書入れについては

（1）源氏物語各巻名の上の○印、引用された源氏物語本文冒頭の合点、源氏詞に掛けてある合点。

（2）他資料による訂補。恐らくその主な資料は三玉集ではないかと思われる。

（3）独自に加えられた作例歌、また源氏物語自体の引歌・典拠の注。

の三種類があるが、いずれも同筆かと思える。（2）の書入れは下巻の前半までで、末尾近くには見えなくなる。今回の翻刻では、（1）の書入れは特に墨との区別を示さず（物語本文の引用冒頭にある合点は、本文引用そのものを枠で囲むことにしたので省略、源氏詞の合点は傍線に改めている）、（2）（3）の書入れは太字ゴシック体で墨本文と区別することにした。

このことは、『秘訣』が狩野文庫本の書写後にもなお補訂され続けていることを示している。朱書入れで増補されている例歌もごく少数だが存在する。後述する桃園文庫本では（2）（3）の朱書き入れ部分は存在せず、『秘訣』には本来存在しなかったことが明らかである。

従って、狩野文庫本は、長伯・長因の原撰本の形態からはやや離れている。しかし、源氏物語による中世・近世の作例をまとめて見たいというプラグマティックな用途から言えば、増補訂正が加わっているのはもちろん悪いことではない。朱書入れで増補されたものも区別せずに場面番号・歌番号を付したのはそのためである。

なお、狩野文庫本は源氏物語本文を長く引用した後で、「こんなに長く引く必要はなかった」と判断したものか、墨線で末尾近くを抹消している例がある（場面【七六】など）。これは狩野文庫本の段階で書写者が独自に抹消したものかと考えられそうだが、後述の桃園文庫本ではこれらの抹消部分が含まれていない。桃園本は狩野本の転写本では

ないので、共通の祖本の段階で何か抹消すべき印が付いていたものであろうか。

四、桃園文庫本について

《書誌》東海大学桃園文庫蔵「源氏もの語掌故」が『秘訣』の一伝本であることは、伊井春樹氏が前掲の論文を単行本に収録なさるときに情報として追加されて明らかになった。また、同氏編『源氏物語注釈書・享受史事典』（平13、東京堂出版）の『秘訣』の項目にもこのことが加えられている。実を言うと、我々は不注意で、今回の作業の遅い段階までこの追加情報に気づかなかった。もちろんその後原本は調査させて頂いたし、狩野文庫本との校異も取ってあるのだが、狩野文庫本による作業がかなり進んでいた上に、狩野文庫本に比べると本文的にはいくらか劣る点があること、また校異を細かく挙げていくと大量になって、頭注スペースが足りなくなることから、特に重要な異同以外は掲げないこととした。周知のように桃園文庫の御所蔵本は複写が許可されず、グループでのチェック作業には不向きであるという理由もあった。

桃園文庫本は整理番号「桃10－73」。縦24.0×横16.9センチの斐紙（薄様）袋綴一冊。本来は三冊本であったのを、各冊の前後の表紙を取り去って一冊に合本したものである。表紙は薄茶色無地の斐紙。ねずみ色題簽に「以敬斎著／源氏もの語掌故　全」と墨書。本文とは別筆で、内題のようなものもないので、これがいつの時点で加えられた書名であるのかは知られない。書写は江戸時代後期。池田亀鑑旧蔵本であることは言うまでもないであろう。

本来は三冊本であったことが料紙の汚れ方などで明らかなので、それに従って言うならば、もとの第一冊は桐壺から紅葉賀まで（狩野文庫本冒頭にあるような「詠格詞寄」やそのための源氏各巻略符号一覧は桃園本にはない）、第二冊は花宴から朝顔まで、第三冊は乙女から竹河までをまず書き、次いで「宇治十帖」として夢浮橋までを書く。さらにそれに続けて「伊物和歌抄」(伊勢物語の和歌のみを抜き出して集めたもの)を同筆で写して終わる。奥書の類は全くない。各冊冒頭(と宇治十帖冒頭)には巻の目録が半丁分置かれている。総数百九十一丁。

物語の引用文の冒頭には朱の○印。引用中の和歌には朱の合点。源氏詞(引用文中も、作例歌中も)には朱の傍線を付す。集付けは墨。朱の色が途中で代赭に変わるが、それを含めてすべて本文と一筆であると考えられる。源氏物語本文にはしばしば句点・濁点を付す。

場面【一四四】〜【一四六】を欠く。恐らく書写時に親本を一丁分めくり飛ばしたものかと思われる。また場面【二四三】と【二四四】とが逆順になっているが、源氏物語での順番は狩野文庫本が正しく、桃園本は誤写であろう。歌順に稀に異同があるが、狩野文庫本との優劣はにわかに決定しがたい。ただし大きな違いではない。また、葵巻部分に一丁錯簡があるが、これはおそらく三冊を一冊に合本した時などの単純な誤りであろう。

《両本の差異》さて、桃園文庫本と狩野文庫本との比較であるが、両者は誤脱を補い合う部分があり、一方が一方の親本のような関係にはないが、かなり近い親本から写されたものであり、あるいは従兄弟関係程度の近さにある本であるかも知れない。しかし、狩野文庫本にある他資料による朱の書き入れ部分は、桃園文庫本には存在しない。狩野文庫本の朱による増補場面・増補歌も持たない。その点では『秘訣』の原態に近いと言えよう。しかし、桃園文庫本には狩野文庫本には見えない独自歌が四首存在し、これらはやはり増補歌であろうと思われる。

(1) 我々の付した場面番号では【四二】、歌番号205と206の間に次の一首。

初恋　　　　同(=実隆)

同（雪）ながめてはかゝらん露の有とだに我まだしらぬゆふぐれの空　（次の道晃歌に改めて「寄雲恋」と歌題を書く。）

（2）場面番号【六四】、歌番号288と289の間に次の一首。

交花　宗祇

家　馴ぬとて花にわするな深山木のかたはらにだにあらじわが身を　（集付「家」の上方に同筆で「補」と記す。）

（3）場面番号【二二八】、歌番号752の次に一首。

同じ題（＝匂兵部卿宮）　宗祇

家　ぬれつゝやなを身にしめん春雨の名残に匂ふ花の下風　（集付「家」の上方に同筆で「補」と記す。）

（4）場面番号【二六二】、歌番号853の次に一首。

暁聞千鳥　同（＝実隆）

同（＝雪）あか月のねざめのちどり里の名を我身のうへのうぢの曙

右のうち、（2）（3）は「補」と記されているとおり後補と考えられるし、（4）は巻末巻名歌の後に同巻の別の場面に拠った歌が加わっている例で、ここにあるべきではないから、増補と見なくてはならない。（1）はそのような明らかな例ではないが、ここの狩野文庫本の前後の作者表記・歌題を見ると、狩野文庫本に脱落があるのではないことが推定できるので、後補と見てよかろうかと思う。その他、桃園本は竹河巻の末尾の実隆による巻名歌「はかなくも打ち出でしものを……」(755)の前に、それが依拠する薫の歌「竹川のはしうちいで、一ふしにふかきこゝろのそこはしりきや」を、頭に朱〇印を付して掲げているが、巻名歌には本文引用を付さないのが『秘訣』全体の方針であるので、これも後補と考えられる。

本文の細部にはそれなりの異同があるが、両者どちらかが特に本文的に卓越しているとは言えないようである(どちらかというと狩野文庫本がやや勝る)。特に源氏物語本文の部分では細かい異同がしばしばある。本作品の依拠した源氏物語本文を特定したりする場合には、注意しなくてはならないだろう。

結局のところ、源氏物語享受歌に関しては原典(勅撰集なら勅撰集)に戻って頂くのがよく、源氏物語に関しても流布の本文を参照して頂くのがよいのであって、本作品はそのための手掛かりとしてお使い頂くべきであると考える。

桃園文庫本と狩野文庫本との違いで、今ひとつ記しておかなくてはならないのが、源氏詞に付された合点(または傍線)である。これは源氏詞の認定に関わるので重要な情報だが、狩野文庫本の合点は極めていい加減な掛け方がしてあり、翻刻に大変困った。「大体このあたり」という程度の位置の指示でしかなく、我々が「後の作例歌から見て、おそらくこの詞に掛けてあるのだろう」と憶測しなくてはならなかったのである。

桃園文庫本の朱傍線は、それに比べるとかなり明確に掛かっている範囲を示している。だが、両者を比較してみると、掛けてある詞がずいぶんと違っており、一々を校異として示すのもあまりに煩雑である。一例として、本書の場面番号【一五】の部分を桃園文庫本で示そう。濁点は写本のママである。

〇立田姫といはんもつきなからすたなはたの手にもをとるまじく
　そのかたもぐしてうるさくなん侍しとていと哀と思ひ出たり

紅葉　　後柏原院

38 御集 立田姫といはんもさらにぬしならてさらせる布の秋の紅葉ヽ

紅葉似錦　　実隆

39 雪 立田姫いかにそめてかたなはたの手にもをとらぬ錦なるらん

はたをりの鳴けるを聞て　　頓阿

40 新続古 秋のよは更にをりはへたなはたの手にもをとらぬむしの声かな

花色　　（作者名ナシ―注）

41 新題 立田姫の手にもをとらし春霞たな引花の色のちくさは

同じ部分の狩野文庫本は次のようである。ここでは、本書翻刻編でのように、源氏詞の掛かっている部位をあれこれ推測したりはせず、写本に付されている合点の長さのままに示すことにする（ただし、他資料による朱傍記は省略した）。

＼立田姫といはんもつきなからすたなはたの手にもをとるましくそのかたもくしてうるさくなむ侍しとていと哀に思ひ出たり

紅葉　　後柏原院

38 御集 立田姫といはんも更にぬしなくてさらせる布の秋の紅葉は

紅葉似錦　　実隆

39 雪 立田姫いかに染てか七夕の手にもをとらぬ錦なるらむ

はたをりの鳴けるを聞て　　頓阿
40 新続古今 秋の夜は更にをりはへ七夕の手にもおとらぬむしの声かな
花色　　雅章
41 新題 立田姫の手にもおとらし春霞たな引花の色のちくさは

両者は似ているようで細部はかなり違いがある。おそらく、共通の祖本にこの種の点か傍線があったのだろうが、それは必ずしも厳密には写されず（祖本にあっても統一的な基準で徹底されていたかどうかは疑わしい）、現状のような違いが生じたものかと思われる。桃園本との合点・傍線の異同はあまりにも多く、かつ細かく違いを記述する意味があるかどうか疑問であるため、一切を省略した。また、桃園文庫本は後半に至るに従い、和歌作例に対する合点・傍線が少なくなってしまい、ややこれらの注記を徹底する意欲が薄かったようである。

なお、狩野文庫本冒頭の「詠格詞寄」は源氏詞のイロハ順一覧である。ここに掲げられた語彙から逆に、本文に付された合点の範囲を推定できるのではないかとも考えたが、「詠格詞寄」は源氏物語の文中の詞のみでなく、それに基づいた和歌作例の中の詞まで大いに取り込んでいるような便覧であって、そのような用途にはなじまないことがわかった。歌人にとっては便利な語彙集であろうが、厳密に源氏物語の中の語彙を抄出しているわけではないのである。

五、『源語支流』について

『秘訣』と密接なかかわりを持つ作品があることが伊井氏によって指摘されている。『源語支流』である。伊井氏の紹介に拠ると、『源語支流』は『秘訣』を基として「後人によるのであろう、全面的に編集し直され、歌も増補されて新たな姿となり、書名も『源語支流』と変えられた資料」であるとされる。編者は不詳。『秘訣』は源氏物語の場面ごとに例歌を集成していった作品だが、『源語支流』は「立春」以下の類題形式で、それにふさわしい物語場面を選び、さらにその場面に基いた例歌を掲げているのである。

確かに『源語支流』は『秘訣』に基いていると考えられるのだが、私見によれば単なる再編集本ではない。『源語支流』は、何よりも四季や雑の歌題に対応した源氏物語の本文を掲げる（一つの題に複数の場面を掲げることもある）ところに主眼があり、例歌は必ずしも必要とされていないからである。例歌を含まず、本文のみの抄出になっている場面が時折見られることから、それは明らかであると思う。『秘訣』には、源氏物語本文中に、和歌作例と対応した源氏詞に合点を掛けているが、『源語支流』にはない（例歌中の源氏詞に関しては、『秘訣』と同様に合点を掛ける）。このことも、源氏物語を場面として味わう姿勢の現われと見ることができよう。あえて言うならば、『秘訣』が和歌のための作例集であるのに対し、『源語支流』はむしろ和文のための文例集と見るべきなのではないかと思われる。

この作品は、静嘉堂文庫に二点所蔵されていることが『国書総目録』に見える。また、国文学研究資料館ホームページの古典籍総合目録によると、新潟大学図書館佐野文庫にも一本を所蔵する由である。伊井氏は前掲論文において静嘉堂文庫の一本（写本二冊）を紹介しておられるが、ここでは今一本（整理番号81‐56‐14925）を紹介したい。同書は写本四冊、白色布目地に渋引きの表紙の楮紙袋綴本である。巻末に「入保之写之」という、本写本の書写者の署名と見られる奥書がある。

さて、この本には大変注目すべき点がある。同本の筆跡が、狩野文庫本『秘訣』と同筆と見られるのである。つまり、狩野文庫本『秘訣』を書写したのは「入保之」なる人物であったと考えられる。また、狩野文庫本『秘訣』には三玉集などと比較した朱書入れがあったが、その朱で訂正された本文に関しては、『源語支流』は訂正後の本文によっているようである（忽卒の間の調査だったので一部しか拝見してはいないが）。そうであれば、『秘訣』の校訂作業がある程度進んだ後に『源語支流』は写されたものかと思われる。あるいは、『源語支流』の編者は保之その人であったのかも知れない。現在のところ、この人について詳しく知られないのが残念である。

六、『三玉挑事抄』について

『三玉挑事抄』（享保八1723年刊行）は、野村尚房（生年未詳〜享保十四1729年）が三玉集の中から歌集以外の諸典籍に典拠を有する歌を選んで、典拠を注記した作品である。[2] 物語や漢籍、有職書など採録している典籍は多彩で、そのなかに源氏物語も含まれている。『秘訣』は『三玉挑事抄』より後の成立だが、これを参照はしなかったらしく、『秘訣』には採られなかったかなりの源氏物語享受歌がここには見られる。『秘訣』と同じ時期を主たる対象とする作品であるだけに、参考のために補っておく意味はあるであろう。ここでは宮城県立図書館伊達文庫本に拠り（国文学研究資料館のマイクロフィルム使用）、本編の後に、続きの歌番号を付して、補遺編として『秘訣』に見えないもの七十八首（『秘訣』にもあるが別の場面に掲げられているものをも含む）を加えた。併せて利用していただければ幸いである。

注

（1） 伊井氏『源氏物語注釈書・享受史事典』はこの作品の書名について、「さゝめ言」を「大意」の振り仮名の如く解しておられるが、正しくない。著者「光豊」と狩野文庫本『秘訣』の書写者の関係についても、特に言及はしておられない。

（2）　尚房の事跡については、神作研一氏「一枝軒野村尚房の伝と文事」（近世文芸63、平8・1）を参照されたい。また、江戸時代における三玉集享受全般については鈴木健一氏「近世における三玉集享受の諸相」（鈴木氏『近世堂上歌壇の研究』平8、汲古書院に収録）に概説がある。ちなみに、宮内庁書陵部蔵『典拠注記和歌集』は『三玉挑事抄』版本に基づく抄出写本である。ついでを以て記しておく。

あとがき

浅田　徹

本書の企画は、伊井春樹氏による源氏作例秘訣の紹介論文を読んだ浅田が、その全体の翻刻刊行を漠然と構想したところから始まっている。和歌における源氏享受はもちろん重大な問題だが、特に室町～江戸期においてはまさに必須の知識であるにもかかわらず、和歌研究者の通常の感覚では、ある表現が物語に基いていること自体に気付くのが困難なのである（なお、浅田がそれを痛感したのは、大学院のゼミで『三玉挑事抄』を取り上げた時であった）。浅田のような「源氏読まざる研究者」にとっては、この作品に取り組むことによって自分自身が勉強できるだろうという希望が持てたことが大きかった。その後、西暦二〇〇八年が「源氏物語千年紀」として祝われることがわかり、この、重要だが大変地味な作品を世に出すためにはこの年を措いて他にないと考えるに至ったのである。

学会で存じ上げていた若手研究者の方々に企画を持ち掛けたところ、皆さん快諾して下さったのは有難いことであった。そのメンバーに大学院で指導する学生を加え、作業の手はずを整えた。分担は次のようである。

＊　企画・作業フォーマット＆マニュアル作成―浅田

＊　底本翻字―全員

＊　頭注―和歌出典調査…豊田・長谷川・松本・山本・米田
　　源氏物語関係…岩佐

＊　翻字・頭注チェックと統一―松本・山本

＊原本調査・解題―浅田

＊補遺（三玉挑事抄部分）原稿作成―米田

＊索引―和歌初句索引…米田

和歌作者索引…豊田

源氏詞索引…長谷川

メンバーの師系（?）はバラバラであり、むしろこの企画を通して異なった教育を受けた人たちが出会うことに意味があると思われた（全員で集まって討議する時間があまり取れなかったのはその点残念である）。不統一や誤りがあるとすれば、浅田の責任である。

狩野文庫本の調査と翻刻を御許可下さった東北大学付属図書館、また関連資料の調査でお世話になった諸機関、そしてこの本を刊行するに当ってご尽力下さった青簡舎の大貫祥子氏に、心より御礼申し上げる。

ゆふたちの 725
ゆふひかけ 276
ゆふまくれ
—むらくもさはき 684
—むらさめまよひ 685
ゆめにても
—あらぬまくらの 791
—あらぬまくらの 921
ゆめもやは 416
ゆめをたに 902

よかたりは 251
よしさらは 348
よしのかは 658
よしやその 32
よそにても 770
よそにみる 42
よそへみむ 308
よにあらは 78
よにしらぬ
—おほろつきよの 387
—おほろつきよは 378
—つきのゆくへや 382
—はなもみゆやと 7
よにもらむ 461
よのつねの 920
よのなかよ 824
よのなかを 882
よのほかの 8
よははるの 636
よもきの 567
よもきふに 533
よもきふの
—つゆのゆかりを 540
—つゆをわけしも 567
—まかきのむしの 542
よものやま 832
よものやまの 833
よられつる 668
よりあはて 805
よりそひし 786
よりてたに 226
よりてみむ 166
よるのくも 101
よるのそら 101
よるよるの 556
よるわけし 804
よろつよよ 720
よをしらぬ 867
よをふかく 108

わ行

わかおもひ 271
わかおもふ 486
わかくさの
—つゆもまたひぬ 241
—つゆもまたれぬ 241
—またはつかなる 227
—またはつかなる 233
わかそてに 697
わかやとの 544
わかれてふ 451
わきかぬる 854
わきかへり
—いはもるみつに 660
—いはもるみつよ 659
わけかたき 570
わけきつる
—あはれはかけよ 49
—みをうちやまの 809
わすれては 757
わひつつそ 205
わりなくも 303
わりなしや
—うきみにおもひ 250
—ここもかしこも 264
—つきなきそらの 876
—ひるねのとこに 82
われならて 51
われにうき 107
われにのみ 155

をきのはに
—しのひしのひに 154
—つゆのかことを 222
をくるまの
—わかれよふかき 2
—わりなきみちや 45
をしへけむ 389
をはつせや 629
をやまたの 743
をらはおち
—とらはけぬへき 55
—ひろははきえむ 64
をりにあへは 334
をりふしの 880
をりふしも 588
をりをりは 156
をるからに 54

みしあきも 340
みしあきを 340
みしつきの 393
みしはなの 299
みしひとの 808
みしやとと 440
みしゆめを 116
みすはとや 31
みすやひと 33
みせはやな
　—つゆのゆかりの 631
　—ひとりこほるる 873
みそめつる 236
みたれあふ 287
みちたえし 553
みちのへや 58
みちもなき
　—よもきかにはに 549
　—よもきかにはは 549
みちもなく
　—しけるとみえし 565
　—わけしよもきか 552
みつくきの 134
みつちかく 698
みつむすふ 89
みてすきよ 191
みにそいま 74
みにそしむ 474
みにそしる 474
みにちかく
　—ならすもつらき 141
　—ならすもはかな 139
みねのゆき
　—あたたかけにて 280
　—みきはのこほり 841
みのうへも 20
みやこにて 744
みやこにと 571
みやまきの
　—あらしやはなの 290
　—いろこそなけれ 293
みるからに 144
みるひとに 286
みるひとよ 286
みるままに 562
みるままの 59
みるもうき 602
みわたせは
　—しらすにたてる 814
　—はなももみちも 506
　—をちかたひとの 171
みをかへて
　—なけくためしも 412
　—なにしかおもふ 136
みをさらぬ 456
みをつくし 526

むかひても 12
むしのねは 420
むしのねも
　—かれかれになる 419
　—かれゆくのへの 421
むすひおかむ 789
むすひおく 349
むすふてに 581
むつましき 587
むつれあふ 287
むめかかを 812
むめのはな 701
むらすすめ 870
むれゐつつ 655

めつらしき 687
めてきつる 598
めとまるそ 187

もえいつる
　—あしもみとりの 272
　—みねのさわらひ 806
もしほたれ 487
ものおもへは 379
ものみにと 399
もみちはに 291
もみちをも 47
ももくさの 733
ももちとり 885
もらすなと 212
もるいほは 917

や行

やとりきの 928
やとりせぬ 246
やとりとる 244
やまかけて 499
やまかせに
　—たきのよとみも 238
　—ひとりのこりて 231
やまかつの
　—かきほなりとも 65
　—つゆのなさけを 186
やまさとは 640
やまはいま 289
やまはみな 831
やまふかみ 740
やまもさらに 424
やりみつの 670

ゆきなやむ
　—いはまのみつの 611
　—いはまのみつも 612
　—みつのよとみを 609
　—よとむいはまに 610
ゆきふりし 274
ゆきふりて 274
ゆきやらて 712
ゆくあきは
　—いまたにいてし 265
　—いまたにかなし 265
ゆくそても 915
ゆくつきの 210
ゆくはるに 242
ゆくはるよ 242
ゆくふねに 621
ゆくふねを 578
ゆくみつも 86
ゆふかほの
　—たそかれときの 195
　—はなのかきねの 172
　—はなはひとりの 167
ゆふくれに 699
ゆふけふり 442
ゆふしくれ 628
ゆふすすみ 88

源氏作例秘訣　源氏物語享受歌集成

二〇〇八年六月二〇日　初版第一刷発行

編　者　「源氏物語と和歌」研究会
発行者　大貫祥子
発行所　株式会社青簡舎
〒一〇一-〇〇五一
東京都千代田区神田神保町一-二七
電　話　〇三-五二一八三-二二六七
振　替　〇〇一七〇-九-四六五四五二
印刷・製本　富士リプロ株式会社

ISBN978-4-903996-03-5　Printed in Japan

「源氏物語と和歌」研究会（五十音順）

浅田　徹（あさだ　とおる）＊研究会代表

1962年生。お茶の水女子大学文教育学部准教授。専門は歌学史。

著書『百首歌　祈りと象徴』（臨川書店、1999年）、共編著『シリーズ　和歌をひらく』（岩波書店、2005〜2006年）等。

岩佐　理恵（いわさ　りえ）

1981年生。お茶の水女子大学大学院博士後期課程在学。専門は中世王朝物語。

論文「『有明の別れ』考―巻二以降における左大臣の役割について―』」（『国文』105号、2006年7月）」、「『有明の別れ』の巻二以降の左大臣―忍び歩きの意味について―」（『平安朝文学研究』復刊第15号、2007年3月）等。

豊田　恵子（とよだ　けいこ）

1978年生。宮内庁書陵部図書課第一図書調査室員。専門は中世和歌。

論文「『三条大納言殿聞書』考」（『叙説』32号、2005年3月）、「正徹の「異風」について―舟の歌を中心として―」（『書陵部紀要』59号、2008年3月）等。

長谷川　範彰（はせがわ　のりあき）

1978年生。立教大学大学院博士課程後期課程在学。専門は中古・中世の和歌。

論文「『源氏物語』の通過儀礼と和歌―婚姻儀礼としての後朝の歌―」（小嶋菜温子編『王朝文学と通過儀礼』竹林舎、2007年）、「後鳥羽院の恋歌―正治・建仁期を中心に―」（『立教大学日本文学』96号、2006年7月）等。

松本　麻子（まつもと　あさこ）

1969年生。青山学院大学非常勤講師。専門は連歌。

共著『新撰菟玖波集全釈第1巻〜第8巻』（三弥井書店、1999〜2007年）、論文「連歌寄合書と『夫木和歌抄』」（『連歌俳諧研究』112号、2007年3月）等。

山本　啓介（やまもと　けいすけ）

1974年生。日本学術振興会特別研究員、青山学院大学非常勤講師。専門は和歌（主に中世）。

論文「和歌会における作法―作法書『和歌秘伝聞書』について―」（『和歌文学研究』91号、2005年12月）。「和歌会作法書の生成―二条流・飛鳥井流の二書を中心に―」（『中世文学』52号、2007年6月）等。

米田　友里子（よねだ　ゆりこ）

1984年生。お茶の水女子大学大学院博士前期課程在学。専門は和漢聯句。

索　　引

源氏詞索引（長谷川範彰作成）
和歌作者索引（豊田恵子作成）
和歌初句索引（米田友里子作成）

源氏詞索引

凡例

・本索引は『源氏作例秘訣』の作例歌が源氏物語のどのような語句を引用し、その語句が源氏物語のどの場面の語句であるかを検索するために作成されたものである。各項目に付された番号は『源氏作例秘訣』本文の場面番号に対応する。
・本索引の項目は、作例歌に引用された源氏物語の該当箇所を立項したものである。
・それぞれの項目は『源氏作例秘訣』所載の源氏物語本文に拠る。但し、漢字のみの表記の違いの場合は一つの項目にまとめた。
　(例)「琴の音」「ことのね」「琴のね」→「琴の音」に統合。
　また用言は終止形に改めてある（但し句単位で立項した場合は改めていない）。
・各項目からキーワードを認定し、各項目はそのキーワードごとにまとめられている。
・一つの語句内にキーワードが複数認められる場合はそれぞれのキーワードごとに立項した。例えば「松の雪」という語句の場合は、「松」と「雪」それぞれの箇所に立項してある。
・各キーワードは以下のように分類・配置されている。

一、　歳事
　1 四季
　2 年・月・日
　3 朝・昼・晩
二、　天象
　1 空・日・月・星
　2 雨・風・雲等
三、　地形・地名
　1 地形
　2 地名
四、　器物・建物
　1 器物
　2 建物
五、　動・植物
　1 植物
　2 動物
六、　一般
　1 動作
　2 状況・様子
　3 心情
　4 感覚
　5 身体
　6 色彩
　7 その他

一、歳　　時

1、四季
・春
春　【一八三】
春の明ぼの　【一五〇】
春の御前　【一七一】
・夏
夏　【一八〇】
・秋
秋　【八九】【一〇八】【一三六】【一五〇】【二一二】【二一八】
秋風　【一六三】
秋のよの月毛の駒　【一二二】
嵐吹きそふ秋はきにけり　【一八】
心づくしの秋風　【一〇八】
・冬
冬の夜　【一五三】

2、年・月・日
・年
年たちかへる　【一六六】
・月

神無月　【二四六】
・日
一二日　【九九】
3、朝・昼・晩
・暁
暁かけて月いづる頃　【一〇四】
暁ちかく　【三九】
暁の道　【三七】
・有明
月はあり明　【二二】
・東雲
しのゝめの道　【四二】
・曙
春の明ぼの　【一五〇】
・明ぐれ
明ぐれ　【二〇五】
・朝
朝　【六二】
朝日夕日を　【一三四】
朝朗　【二三三】
今朝のほど　【三八】
・昼
ひるま　【三八】
ひるますぐせ　【一九】
・黄昏
たそかれ　【三四】
・夕
夕　【一四九】【一八七】
朝日夕日を　【一三四】
・夜
夜　【七六】
夜半　【二四四】
ふかき夜の哀をしる　【七六】
冬の夜　【一五三】
まだ夜ぶかき　【二四八】
みじか夜　【五六】
・このごろ
此ごろ　【二〇】

二、天　象

1、空・日・月・星
・空
空　【二二】【九一】【一五三】【二〇五】
空にまがへて　【七七】
空の色かはりて　【一八二】
空のけしき　【一六六】
ながむる空　【二四六】
・日
朝日夕日を　【一三四】
いる日　【二三二】
・月
月　【七六】【七七】【九三】【一二二】【一二三】【一五三】【一八〇】【二三二】【二四七】
月だにやどる　【一六】
月のかほのみまもられ　【一一一】
月の行衛　【七七】
月はあり明　【二二】
月もえならぬ　【一六】
見し月　【七九】
行月　【四二】
入月　【七六】
暁かけて月いづる頃　【一〇四】
おぼろ月夜　【七六】
・七夕
たなばたの手にもを（お）とるまじく　【一五】
2、雨・風・雲等
・雨
雨　【九】【五四】
雨そそき　【七三】
雨にまさりて　【一三六】
・雪
雪　【六四】【一三四】【一五三】【一五九】【二四八】【二六〇】
雪はづかしう　【六一】
ゆきまの草　【一六六】
雪まろばし　【一五三】
松の雪　【六三】
峯の雪　【二六〇】
・霰
あられ　【二四六】
玉ざさの霰　【一七】
・雲
雲　【四六】
雲井のかり　【一五六】
むら雲まよふ　【一八七】
・霞
霞のまより　【一八三】
・風

風　【一六】【四七】【八五】【一〇八】【一六三】【一八六】【一八七】
風吹とをせ　【二六】
あらき風　【三】
川風　【二三五】
山風　【五四】
をひ風　【九六】
心づくしの秋風　【一〇八】
・木枯し
木がらし　【一六】
・嵐
嵐吹きそふ秋はきにけり　【一八】
よものあらし　【一〇八】
・霧
霧　【三六】【二二〇】
きりこめて　【二三三】
霧なへだてそ　【九二】
朝ぎり　【一四三】
朝霧のたつや　【一二六】
・氷
氷　【一五三】【一五四】【二五六】【二六〇】
・垂氷
軒のたるひ　【六二】
・霜
霜　【四七】【八六】
玉ざさの葉分の霜　【一九一】
・露
露　【一七】【一八】【三二】【三六】【五三】【六九】【七六】【八六】【二一二】
露けし　【一八】
露のかごと　【四七】
露の玉のを　【一八二】
露のゆかり　【七〇】
いづくの露　【二〇五】
うつ蝉の羽にを（お）く露　【二九】
おなじ野の露　【一九〇】
白露　【三二】
萩の露　【一七】
見し折の露わすられぬ　【一五二】
夕貌の露　【五九】
蓬の露　【一三六】
を（お）くらす露　【五〇】

三、地形・地名

1、地形

・山
山　【一三】【一一三】【二二〇】【二四六】
山かぜ　【五四】
山はかがみ　【二六〇】
山田　【二二一】
山のはの心もしらで　【四二】
山水　【五五】
お山　【二三三】
・峰
峯の早蕨　【二五〇】
峯の雪　【二六〇】
・森
もりの下草　【七二】
木だかき森　【七二】
・茂み
しげみ　【二五二】
・原
草の原　【七六】
草の原をば　【七七】
・野
野　【一九〇】
野べ　【八九】【二一八】
・岡辺
をかべ　【一一九】
・谷
谷より　【一六三】
・石
石ま　【一五四】
・岩
いはほ　【一八四】
わきかへり岩もる水　【一七四】
・里
里　【二四六】
里の名　【二三八】【二六一】
待里　【二〇七】
・関
関迎　【一三九】
へだつる関　【二二】
・関屋
せきや　【一三九】
・道
道　【二四】【二六〇】
道もなく　【一三六】
暁の道　【三七】
しののめの道　【四二】

・海
あら海のいかれるいを　【一三】
・浦
浦　【一〇八】【一四三】
浦浪　【一〇八】
あまの塩やくうらみ　【一〇〇】
・洲崎
すさき　【二五七】
・川
川　【一九三】
川風　【二三五】
中川　【二〇】
・高瀬
高瀬　【二三四】
・滝
瀧　【二二一】
滝のよどみ　【五四】【一六九】
滝のをと　【五五】
・池
池　【一六】【一七二】
・島
橘の小嶋　【二五九】
・澪
ながるるみを　【一〇三】
・汀
汀　【二六〇】
・よどみ
滝のよどみ　【五四】【一六九】
・橋
橋　【二五七】

2、地名

・明石
あかし　【一二六】
明石の浦　【一二六】
・淡路
あはぢの嶋の哀　【一一七】
・伊勢
いせまで誰かおもひ　【九二】
いせ嶋　【一〇七】
・入佐の山
いるさの山　【七九】
・宇治
宇治　【二三四】【二三八】【二五七】
うぢのわたり　【二六一】
宇治橋　【二五八】
・大島
大嶋　【一六一】
・暗部の山
くらぶの山　【五六】
・鈴鹿川
すずか川　【九二】
・須磨
すま　【一〇八】
・園原
そのはら　【二四】
・竹河
竹川　【二三〇】
・難波
なには　【一九九】
なにはなる　【一二八】
・澪標
みをつくし　【一二八】
・御手洗川
かげをのみみたらし川　【八二】

四、器物・建物

1、器物

・梓弓
梓弓　【七九】
・扇
あふぎ（名）　【七二】【七六】【七九】
・鏡
さらぬかがみ　【一〇六】
さらぬ鏡の影　【一〇二】
山はかがみ　【二六〇】
・篝火
かがり火　【一八〇】
・鐘
鐘つきて　【六〇】
・櫛
別の御くし　【九二】
・琴
琴　【七一】
琴のね　【一一二】【一二五】
・棹
さすさほの雫　【二三四】
・塩
塩　【一一三】
あまの塩やくうらみ　【一〇〇】
塩ひのかた　【一〇七】

・簾
すだれ　【八三】【二三二】
・墨
墨書　【一三】
・笛
笛　【一六】【二一五】
・筆
なげの筆づかひ　【三五】
筆かぎりある　【五】
・絵
絵　【五】【一三】【一〇九】【一四一】
つくりゑ　【一一〇】
・枕
枕をそばだてて　【一〇八】
ふるき枕　【八六】
・緒
中のを　【一二五】
中のほそお（を）　【七一】
・帯
帯　【七四】
・衣
衣うつ　【四〇】
中のころも　【一五七】
・挿頭
かざし　【八三】【二〇六】
・袖
袖　【一八】【二九】【五三】【七六】【八四】【九二】【二三四】
袖ふる　【六七】
おほふばかりの袖　【一八二】
かかる袖　【二〇五】
・錦
錦くらう　【九四】
・三重襲
みへがさね　【七七】
・舟
舟　【一四三】【一六一】【二三四】【二四五】【二五七】【二五九】
ふなみち　【一六一】
舟人　【一六一】
うきふね　【二五九】
唐めいたるふね　【一七一】
２、建物
・住処
すみか　【二三六】
・東屋
あづまや　【七三】
・家
家々　【三九】
あまの家だにまれに　【九八】
・垣
垣　【一一四】
あやしき垣ね　【三一】
数ならぬ垣ね　【一六六】
神がき　【九〇】
山賤の垣ほ　【一八】
・籬
鹿はただまがき　【二二一】
・庭
庭　【一六】【一八〇】
・壁
かべのなか　【二四二】
・軒
軒のたるひ　【六二】
軒をあらそひて　【一三二】
軒端の荻　【四七】
・柱
槙の柱　【一九五】
松の柱　【一一四】
・伏屋
ふせや　【二四】
・床
床　【八六】
・窓
窓の中　【一〇】
・真屋
まやのあまり　【七三】
・遣水
やり水　【一五三】【一八〇】
・渡殿
わた殿　【二一七】

五、動・植物

１、植物
・葵
人のかざせるあふひ　【八三】
・朝顔
朝貌　【三六】
浅茅
あさぢ　【八九】

・蘆
あしで　【一九九】
・稲
色こきいね　【二二一】
・枝
枝　【一七二】
・柏木
柏木　【二一三】
・桂
かつら　【九六】【一四四】
・木
木　【六四】
木草　【五五】
木だかき森　【七二】
木葉　【八五】
・菊
菊　【一六】【六八】
・草
草　【五一】【一九八】
草むら　【一八二】
木草　【五五】
初草の若葉のうへ　【五三】
もりの下草　【七二】
ゆきまの草　【一六六】
・梢
木末　【一一九】【二〇三】
・木立
こだち　【一三五】
・賢木
さか木ば　【九〇】
・桜
さくら　【七七】【七八】【一八三】【二二四】
・早蕨
峯の早蕨　【二五〇】
・椎本
しゐが本　【二三九】
・柴
柴　【一一三】【二三四】
柴つみ　【二五七】
・薄
一むらすすき　【二一二】
・竹
竹　【一一四】
竹の中　【四五】
なよ竹　【二一】
松と竹とのけぢめ　【一五三】
・橘
たち花　【六四】
橘の小嶋　【二五九】
・玉鬘
玉かづら　【一三三】【一六四】
・玉ざさ
玉ざさの霰　【一七】
玉ざさの葉分の霜　【一九一】
・千枝
千枝　【一一〇】
・常夏
床夏　【一八】
・撫子
撫子　【一八】
撫子の花　【六九】
・二木
二木　【七八】
・根
ねにかよひける　【五七】
・萩
萩の露　【一七】
小萩がうへ　【三】
・花
花　【一八】【三一】【三六】【五五】
【七八】【一六八】【一八三】【二〇三】
【二二二】【二二四】【二三〇】
花ざかり　【七八】
花といはばかくこそ匂はまほしけれな
【二〇二】
花におれつつ　【一七三】
花のかたはら　【六六】
花の夕貌　【三四】
花紅葉　【一一八】
口お（を）しの花の契りや　【三一】
撫子の花　【六九】
ゆふ貌の花　【三二】
・浜木綿
はまゆふ　【一五八】
・檜皮
ひはだ　【一八五】
・深山木
み山木　【六六】
・藤
藤　【一三七】【一七二】

・藤袴
藤ばかま　【一九〇】
・帚木
はは木木　【二四】
きゆるはは木木　【二四】
・槙
まき　【二三三】
まき（巻きor槙）　【二三二】
まきの戸　【一二三】
槙の柱　【一九五】
・松
松　【六四】
松こそ宿のしるし　【一三七】
松と竹とのけぢめ　【一五三】
まつにひかれて　【一六七】
松のこだかく成　【一三七】
松の柱　【一一四】
松の雪　【六三】
・葎
葎　【一一】【一三二】
・紅葉
紅葉　【一六】【二四三】【二四五】
紅葉のかげ　【六八】
花もみぢ　【一一八】
・柳
柳　【一七二】
柳のめ　【二一一】
・夕顔
夕顔　【三一】【三七】
夕貌の露　【五九】
ゆふ貌の花　【三二】
花の夕貌　【三四】
・蓬
蓬　【一三四】
よもぎの露　【一三六】
ふかき蓬　【一三六】
・若葉
初草の若葉のうへ　【五三】
・荻
軒端の荻　【四七】
2、動物
・家鳩
家鳩　【四五】
・鶯
鶯　【一六七】
・空蝉
うつ蝉の羽にを（お）く露　【二九】
・鴛鴦
をし　【一七二】
・蜻蛉
かげろふ　【二六三】
・かささぎ
かささぎ　【二五七】
・かほ鳥
かほ鳥　【二五二】
・雁
雲井のかり　【一五六】
・きりぎりす
きりぎりす　【二四二】
・駒
秋のよの月毛の駒　【一二二】
・魚（いを）
あら海のいかれるいを　【一三】
・鹿
鹿のたたずみありく　【五五】
鹿はただまがき　【二二一】
・しみ
しみ　【二三六】
・鈴虫
すずむし　【二一八】
・雀
すずめの子　【四九】
・蝶
てふ　【二二二】
・蜩
ひぐらし　【二二〇】
ひぐらしの声　【二〇七】
・蛍
蛍　【二〇】【一七六】【一七七】
・松虫
松虫　【二一八】
・水鳥
水鳥　【一七二】
水とりのくがにまどへる　【一六二】
・虫
むし　【二二一】
虫の声々　【二〇】
虫のね　【八九】
むしのねそはん　【二一二】
・山鳥

山鳥のここち　【二四四】

六、一般

１、動作

・明かす
あかし　【一二六】
あかしかね　【二四四】
・明く
明く　【二四二】
・開く
あくとをしふる　【九三】
・飽く
思へども猶あかざりし　【五九】
・あふ
逢ふ　【一二五】【二四一】
逢をかぎり　【九九】
・天駆ける
あまがける　【一三〇】
・あやぶむ
あやぶむかた　【二五八】
・荒る
荒れはつ　【一八】
・いふ
いはず　【六〇】
いひかはす　【三九】
・うたふ
うたふ　【一六一】
・うづむ
ちかううづませ　【一九八】
・うとむ
猶うとまれぬ　【七〇】
・うらやむ
うらやみ顔　【六四】
・遅る
おくれるかた　【一〇】
すすみを（お）くれたる　【一九七】
を（お）くれて　【七八】
・落つ
おらば落ぬべき　【一七】
いづれにおつる　【一一六】
・おどろかす
おどろかす　【二二】
・思ふ
思ふ　【一〇】【一二】【九九】【一六一】
【一七四】
思ひあがる　【一二一】
思ひあはせつる　【五二】
思ひみだるる　【二一〇】
思ふかたより　【一〇八】
思へども猶あかざりし　【五九】
つらきものに思ひはて　【八八】
・愚（お）る
花におれつつ　【一七三】
・書く
書かふ　【三四】
・かざす
かざす　【二三〇】
・変はる
かはらざらなん　【一二五】
・隠る（木隠る）
木がくる　【二九】
・聞く
聞く　【一〇】【一〇八】【一六七】
聞かなやまん　【一二〇】
・消ゆ
消ゆ　【二一〇】
消えなんとする　【一七】
・暮る
くる　【一六三】
・こたふ
こたへまうき　【六〇】
・咲く
咲く　【三一】【七八】
・さしかふ
さしかふ　【六八】【二三四】
・騒ぐ
さはぐ　【一八七】
・しのぶ
忍ぶ　【八】【一四七】
・しほる
いひしほる　【一五七】
・知る
しらず　【五一】
しるらめや　【一一二】
我まだしらぬ　【四二】
玉のありかをそこと知るべく　【四】
・すすむ
すすみを（お）くれたる　【一九七】
・巣立つ
す立し　【一六七】

・すむ
すむ　【一五三】
・たづぬ
たづぬ　【五七】【七六】
たづねても　【一三六】
たづねゆく　【四】
・たたむ
たたみなし　【一三】
・立つ
立つ　【一五二】
立そひて　【二一〇】
立ならぶ　【六六】
立のぼる　【一九四】
たちまふ　【六七】
・奉る
奉る　【二二四】
・頼む
頼む　【二三九】
たのめを（お）く　【一二五】
・契る
契る　【一九三】【二五九】
・散る
散過て　【六八】【二〇三】
外のちりなん　【七八】
・つくる
つくり出づ　【九一】
・つつむ
つつむ　【一七六】
・つむ
つむ　【二三四】
・出づ
いでん（む）　【二二〇】
出たる　【一三九】
・とぢむ
とぢめん（む）　【六〇】
・とどむ
さしとどむ　【二五九】
・訪ふ
とはじ　【七六】
我こそとはめ　【一三六】
・止む
とむ　【九〇】
とめぬ　【三六】
・とりかふ
とりかふ　【七六】
・ながむ
ながめ侘　【一一九】
・鳴く
鳴く　【四五】
・なげく
歎く　【一二六】
・鳴らす
ならす　【二一三】
・似る
にる物ぞなき（しくものぞなき）　【七六】
・濡る
ぬる　【二九】【二三四】
ぬれぬれず　【九二】
立ぬるる　【七三】
・ねたます
ねたます　【一六】
・乗る
えものりやらず　【二】
・払ふ
はらふ　【六四】【一三六】
・ひきとる
ひきとられ　【七四】
・引く
引く　【一一二】
引たてて　【二二】
・拾ふ
ひろふ　【一七】
・吹く
吹く　【八五】【一〇八】
ふきいづ　【一八二】
吹のぼりて　【一六三】
吹みだる　【一八六】
・ふすぶ
ふすぶ　【一一三】
・ふせぐ
ふせぐ　【三】
・踏む
ふみ分て　【二六〇】
・ふる
降りつもりたる　【一五三】
ふり出づ　【二一八】
・巻く
まき（巻きor槙）　【二三二】
・交じふ
まじふ　【一七二】

・まどふ
まどふ　【二六〇】
まどひけん（む）　【四二】
・見る
見る　【三二】【五二】【五三】【一〇二】
ほのぼの見つる　【三四】
よそへつつ見る　【六九】
・見ゆ
見ゆ　【七九】【一七四】
・見渡す
みわたす　【二五七】
・結ぶ
結ぶ　【二四一】
むすばず　【四七】
・むせぶ
むせぶ　【一五三】
・もらす
もらすな　【四三】
・埋る
埋（も）る　【六四】
・行く
行　【二〇五】
行なやむ　【一五四】
・別る
わかる　【一】
・わく
分く　【一三六】【二四八】【二五二】
・忘る
わすれず　【五九】
・渡る
わたらぬ　【一九三】
・わる
わる　【一九五】
・教ふ
をしふ　【七八】
あくとをしふる　【九三】
・折る
折る　【一六】【三六】
おらば落ぬべき　【一七】
おるべくもあらず　【二一】
一ふさ折て　【三一】

２、状況・様子

・暖かげ
あたたかげ　【六三】
・荒らまし
あらまし　【二三五】
・あり
あり　【二六三】
あらず　【三四】
あるにもあらず　【二四】
・いふかひなし
いふかひなき　【一〇七】
・うちとく
打ちとけぬ　【五九】
・上の空
うはの空　【四二】
・うらがなし
うらがなし　【一六一】
うらがなしげ　【一六一】
・衰ふ
おとろへにけれ　【一〇二】
・おぼろけ
おぼろけならぬ　【七六】
・かけはなる
かけはなる　【一三三】
・かすむ
かすむ　【七七】【一一九】
・かひなし
かひなし　【一〇六】
・かれがれ
かれがれなり　【八九】
・朽つ
朽せぬ　【二五八】
・曇る
すずしくくもれる　【一八〇】
・心尽くし
心づくしの秋風　【一〇八】
・こぼる
こぼる　【六四】
・寒し
寒し　【三九】
・忍び忍び
忍び忍び　【二九】
・すさまじ
すさまじ　【二四七】
・涼し
すずしくくもれる　【一八〇】
・たへがたし
たへがたし　【七一】
・たゆたふ

たゆたふ　【一一二】
・とりあへず
とりあへぬ　【二二】
・なげ
なげの筆づかひ　【三五】
・なつかし
なつかし　【二八】
・はかなし
はかなし　【二一八】【二五九】
はかなきこと　【二三二】
・はやし
はやくの　【一四六】
・ほのぼの
ほのぼの見つ　【三四】
・まばゆし
まばゆし　【一九】
・見劣る
見おとりせぬ　【一〇】
・短し
みじかし　【二三二】
・乱る
みだる　【一八二】

3、心情

・哀
哀　【一六】【一八】【一四三】【一五〇】【一五三】【一九五】
哀はかけよ　【一八】
あはぢの嶋の哀　【一一七】
ふかき夜の哀を知る　【七六】
又なく哀なるもの　【一〇八】
・憂し
みづからぞうき　【八四】
・恨み
あまの塩やくうらみ　【一〇〇】
・うらめし
うらめし　【二三八】
・思ひ
思ひ　【一七七】
思ひの外　【一一】
・悲し
悲し　【一】
・口惜し
口お（を）しの花の契りや　【三一】
・恋し
恋し　【一二二】
・心
心　【一〇】【一八】【三六】【三八】【四二】【七七】【八三】【一一二】【一二一】【一二八】
こころあささ　【一五三】
すめる心　【五五】
ひとへ心　【六】
もとの心　【一三六】
山のはの心もしらで　【四二】
・心あて
心あて　【三二】
・心苦し
心ぐるしけれ　【一五〇】
・つらし
つらし　【二七】
つらきものに思ひはて　【八八】

4、感覚

・音（おと）
足を（お）と　【二五六】
滝のを（お）と　【五五】
・音（ね）
音（ね）　【二二】
ね　【一五六】
ねをそへし　【一四七】
琴のね　【一一二】【一二五】
虫のね　【八九】
むしのねそはん（む）　【二一二】
・匂ひ
匂ひ　【一九七】
匂ひもなく　【二三〇】
・香
人香にしめる　【二八】

5、身体

・命
命　【二一八】
・口
口かため　【四三】
・声
声　【二一八】
声はせで　【一七七】
ひぐらしの声　【二〇七】
虫の声々　【二〇】
・玉の緒
露の玉のを　【一八二】
・涙

涙　【五五】【一〇二】【一〇八】
涙の川　【一〇三】
もろき御涙　【八五】
・羽
うつ蝉の羽にを（お）く露　【二九】
羽をかはさん（む）　【四一】
・眉
まゆひらけたる　【三一】
・身
身　【一〇二】
身にしれば　【二六一】
身にちかくならしつつ　【二八】
身をかへて　【二七】
みをつくし　【一二八】
身をのみこがす　【一七七】
うき身世にやがて消なば　【七六】
・目
めとまる　【三五】
6、色彩
・色
色　【一五七】【一七四】
色こきいね　【二二一】
色をましたる　【一七二】
空の色かはりて　【一八二】
・浅緑
あさみどり　【一五七】
・白
白　【六一】
白し　【三一】
・紫
紫　【五七】
7、その他
・逢瀬
逢瀬なき　【一〇三】
・綾
入あや　【六八】
浪のあやに　【一七二】
・遊び
あそび　【一二九】
・跡
分たる跡　【一六】
・海人
あまの家だにまれに　【九八】
あまの子　【四四】
あまの塩やくうらみ　【一〇〇】
・いさらゐ
いさらゐ　【一四六】
・いとなみ
いとなみ　【二三四】
・犬君
いぬき　【四九】
・賤
賤　【三九】
・いらへ
いらへ　【三五】
・いつとなく
いつとなく　【一〇〇】
・うきふし
うきふし　【一四】
・縁
えに　【一二八】
・おのれ
己　【六四】
・おぼえ
おぼえ　【一七七】
・面影
俤　【五二】【一〇六】
・親
おや　【一六四】
・折々
折々　【三五】
・うらやみ顔
うらやみ顔　【六四】
・かかる所
かかる所　【一〇八】
・限り
かぎりとて　【一】
筆かぎりある　【五】
逢をかぎり　【九九】
・かくろへごと
かくろへごと　【八】
・陰
陰　【六八】【一三四】【二三九】
涼しきかげ　【二〇】
・影
影　【一六】【一〇二】【七九】
かげをのみみたらし川　【八二】
さらぬ鏡の影　【一〇二】
・かごと
露のかごと　【四七】

・かしこ
ここもかしこも　【五九】
・かたかど
只かたかど　【一〇】
・形見
かたみ　【一二五】
なき人のかたみにつめる　【二五〇】
・神
葉守の神　【二一三】
・川長
川おさ　【二三四】
・口かため
口かため　【四三】
・気色
けしきばかり　【一二三】
・煙
煙　【一一三】【一八〇】
煙くらべ　【二一〇】
・ここ
ここもかしこも　【五九】
・理
ことはり　【一五〇】
・これひとつやは
これひとつやは　【一四】
・さしぐみ
さしぐみに　【五五】
・さすが
さすが　【六〇】
・しじま
しじま　【六〇】
・雫
雫　【二三四】
・品
品にもよらじ　【一二】
・しらべ
しらべ　【一二五】
律のしらべ　【一六】
・しるし
しるし　【一二八】
・しるべ
しるべ　【九〇】
・末
おひゆく末　【五一】
・筋
すぢ　【一六四】
・関迎
関迎　【一三九】
・総角
あげまき　【二四一】
・絶え間
たえま　【二五八】
・竹河
竹川　【二三〇】
・田子
おりたつ田子の　【八四】
・立田姫
立田姫といはん　【一五】
・旅
旅　【一三九】
・玉
玉　【一六六】
・魂
玉のありかをそこと知るべく　【四】
・ためし
すさまじきためし　【一五三】
・誰
たれ　【一六一】
たれとともに　【八六】
あれは誰どき　【一六八】
・契
契　【四一】【一九三】【二四一】【二五八】
口お（を）しの花の契りや　【三一】
・名
名　【八】
里の名　【二三八】【二六一】
名にはたがひて　【二一八】
・中
中　【七一】
・仲
絶ぬる中　【七四】
・中宿り
中やどり　【二三八】
・名残
名残かすめる梢　【二〇三】
名残なくくもらぬ　【一六六】
・名のり
名のり　【四四】【七六】
・波
浪　【九九】【一〇八】
なみ（うらなみ）　【一一二】

波ただこともとに　【一〇八】
浪のあやに　【一七二】
波のよるよる　【一二六】
やよせの浪　【九二】
・葉守
葉守の神　【二一三】
・初音
初ね　【一六七】
・光
光おさまれる　【二二】【一五三】【一七七】
ひかりそへたる　【三二】
おぼえなきひかり　【一七七】
・人
人　【一二一】【一二六】
むかしの人　【一四三】
・人妻
人づま　【七三】
・一房
一ふさ折て　【三一】
・一人
ひとり　【三一】【一九四】
・文
文　【二四三】
・隔て
へだて　【一五八】
・仏
仏　【二二四】
・幻
まぼろしもがな　【四】
・水
水　【一五四】【一七二】【一九八】【二三四】
水せき入れて　【二〇】
わきかへり岩もる水　【一七四】
水かげ　【一六】
・文字
別といふもじ　【一〇〇】
・もと
もと　【一三六】
・もの
物　【三八】
・宿
宿　【一六】【二〇】【一三七】
宿の木末　【一一九】
・宿り
やどり（名）　【五六】
・山賤
山賤の垣ほ　【一八】
・ゆかり
ゆかり　【五七】
露のゆかり　【七〇】
・行方
行ゑしられぬ　【二五九】
月の行衛　【七七】
・夢
夢　【五二】【五五】【五六】
見し夢　【二三】
・世
世　【二三四】
世にあらばはかなき世にぞさすらふらん
【一八】
世にしらぬ　【七七】
うき身世にやがて消なば　【七六】
此世とのみは　【四一】
・律
律のしらべ　【一六】
・別れ
別といふもじ　【一〇〇】
・我
我御うへ　【二〇】
われはうかばず　【二三四】
我まだしらぬ　【四二】
・遠方人
遠かた人　【三一】
・遠近
遠近もしらぬ　【一一九】

和歌作者索引

凡例

・本索引は『源氏作例秘訣』（桃園文庫本による追補を含む）に収める和歌の作者の索引である。『三玉挑事抄』による追補については、後柏原天皇と三条西実隆の作品のみであるので、あえて索引化する必要はないと考え、省略した。この両名については『三玉挑事抄』部分にも直接当たられたい。
・人名の配列は頭の一文字の通行音により、五十音順、画数順に従って配列した。
・人名は、改名後の名前を立項した。また、本文中に改名前の名が記されている場合は、適宜ミヨ項目（→）を立てた。
・原則として実名で立項し、括弧内に名字を記した。養子に入った場合などによる改姓は、原則として、改姓後の名字を記した。なお、本文中に法名で記されている場合は、出家前の名前で立項することとし、適宜ミヨ項目を立てた。また、僧侶・連歌師については、名字・号は省略した。
・天皇については、原則的に、本文中に「○○院」とある場合についても、索引では「○○天皇」として立項した。
・親王については「○○親王」と立項した上で、必要に応じて括弧内に（○○宮）と記した。
・「御製」「太上天皇」「仙洞」「親王御方」とのみ記されている場合は、ミヨ項目を立てず、頭注に従って立項した。同じく、「内大臣」などと官職名が記されている場合にも、頭注に従った。
・女性の人名に関しては、原則的に「○○女」として立項した。但し、複数人が存在する場合、また出自が不確定である場合は、「○○室」「○○母」として立項し、その名字に従った。また、「小侍従」などの称号については、適宜ミヨ項目を立てた。
・例えば本文中に「後柏原院」とあるが、実際には「後水尾院」の作である場合、その両方の項目に番号を記した。その際、本文中の人名に従って記す場合には山括弧〈　〉で、頭注に従って訂正した場合には二重山括弧《　》で示した。なお、訂正後の番号は、まとめて末尾に記した。
・「読人しらず」、または作者が確定できない場合には、索引の末尾にまとめて記した。
・名字は、『和歌大辞典』（犬養廉ほか編、明治書院、1986）、『公卿補任』（黒板勝美、国史大系編修会編、国史大系第53巻～57巻、吉川弘文館、1964～1966）、『国書人名辞典』（市古貞次ほか編、岩波書店、1993～1999）、『系図纂要』（名著出版、1990～1997）を参照した。

あ行

安嘉門院高倉→親縁女ヵ
惟庸（竹内）　143
意光（裏松）　734
為家（藤原）　172・307・309・515・532・595・596・684・765・846
為教（京極）　177
為経（吉田）　419
為顕（藤原）　399
為広（冷泉）　54・128・470・717・794・《250》・《681》
為孝（冷泉）　382・430
為綱（冷泉）　559・560・663・746
為子（藤原）　474
為氏（二条）　219・228・550

為世女（二条）　772
為相（冷泉）　549
為定（二条）　464
為道女（二条）　456
為尹（冷泉）　9・133・305・326・376・483・492・534・556・575・579・632・692・693・827
維貞（大仏）　722
一条局→師親女
栄雅（飛鳥井）　547・〈643〉・〈681〉
永福（高倉）　132

か行

下野→家長室
家長（源）　379・387
家長室（源）　161・336
家長女（源）　348
家房（藤原）　682
家隆（藤原）　117・153・218・241・406・487・667・763・764・766・768・783・799
家隆女（藤原）　56・339・《67》
花園天皇　488
雅永（飛鳥井）　282・306
雅喬（白川）　23・142・169・170・200・498
雅経（飛鳥井）　70・147
雅光（白川）　14
雅俊（飛鳥井）　771
雅章（飛鳥井）　16・41・63・160・604
雅親（飛鳥井）　34・221
雅朝（飛鳥井）　179
雅朝（白川）　237
基家（九条）　375・657
基元→実陳
基凞（近衛）　144・266・593
季経（四辻）　193
季種（小倉）　567・615
季凞→季種
輝光（日野）　166
義尚（足利）　788
義澄（足利）　581
教秀（勧修寺）　333
具起（岩倉）　102
具親（源）　150・174
経慶（勧修寺）　491
経広（勧修寺）　300
月花門院→綜子内親王
兼行（源）　585
兼盛女（平）　3
兼豊（水無瀬）　834
賢俊　454
顕兼（源）　145
顕実母（源）　477
憲清（佐藤）　668・748・806・812
元連（飯尾）　793
玄旨→藤孝
後宇多天皇　257
後京極→良経
後嵯峨天皇　569・820
後小松天皇　518
後水尾天皇　24・〈26〉・27・48・61・71・73・〈76〉・〈82〉・106・157・198・254・263・279・〈280〉・301・337・367・432・442・472・494・714・744・761・781・《46》
後西天皇　13・36・62・163・187・278・〈321〉・322・323・489・521・566・634・637・650・〈669〉・817・840
後醍醐院女蔵人万代→盛徳女
後鳥羽天皇　90・332・377
後土御門天皇　288
後奈良天皇　728・《655》
後柏原天皇　5・8・10・11・22・29・31・33・38・42・43・44・〈46〉・51・57・83・101・107・109・119・127・155・178・182・183・195・199・203・212・213・214・235・242・243・247・248・260・265・273・274・285・286・287・324・349・357・381・384・388・407・414・415・416・423・424・473・478・481・499・526・528・533・554・568・582・590・599・603・619・626・629・630・646・651・656・674・678・697・698・705・735・736・737・740・780・791・796・807・815・818・829・830・835・《30》・《82》・《280》・《321》・《514》・《669》・《787》
後堀河院民部卿典侍→定家女
光栄（烏丸）　190
光広（烏丸）　28・58・59・84・277・292・331・366・420・431・451・562・587・605・612・648・859
光俊（藤原）　85・546
光俊女（藤原）　238
光雄（烏丸）　819
公雅（滋野井）　225

公経（西園寺）　222·311·344·608
公綱（葉室）　816
公守（洞院）　463
公雄（小倉）　244·461
好仁親王（高松宮）　95
弘資（日野）　25·66·〈74〉·297·445·838·《26》
行家（九条）　479
行慶　699
行輔（九条）　220
杲守　725
幸仁親王（有栖川宮）　18·513·638
康親（中山）　447·482
康通（石川）　158
耕雲→長親
高定（藤原）　312
国基（津守）　700
国助（津守）　175

さ行

済継（姉小路）　523·617
氏孝（水無瀬）　96·224
師兼（花山院）　365·426·609·831
師親女（藤原）　281
資栄（源）　462
資慶（烏丸）　79·256·261·268·457·468·760
資名女（日野）　548
資茂（日野）　594
慈鎮　114·380·850
持為（冷泉）　100·741
時成（西洞院）　188·458
時方（平松）　774
実陰（武者小路）　125·140·156·〈167〉·255·〈401〉·467·517·598·《688》
実夏（洞院）　《134》
実家（一条）　535
実教（小倉）　168·〈134〉
実業（清水谷）　20·189·372·495·675·743·757·797·826
実兼（西園寺）　814
実種（風早）　64·97
実条（三条西）　694
実陳（河鰭）　408
実明女（正親町）　610
実雄（山階）　136
実隆（三条西）　2·4·7·15·17·〈30〉·32·37·39·45·47·49·53·65·〈67〉·68·72·75·86·94·99·103·108·115·118·121·〈122〉·126·129·162·181·192·197·201·202·204·205·208·210·211·215·216·226·229·230·231·232·251·252·253·259·267·270·284·289·290·291·294·319·320·327·328·334·335·338·350·351·353·355·356·358·363·364·369·392·393·394·395·397·404·412·413·417·418·433·434·436·437·438·439·441·448·449·469·475·480·493·503·507·508·509·511·〈514〉·516·520·522·524·527·529·530·553·555·570·571·572·574·576·577·578·583·588·597·606·611·614·618·620·621·623·624·627·628·633·639·640·641·642·644·649·653·659·661·662·664·665·666·673·676·677·683·686·687·〈688〉·690·696·701·702·703·704·706·707·708·710·711·713·716·720·724·729·730·732·738·739·747·749·750·751·752·753·754·755·773·775·777·779·782·785·786·〈787〉·789·790·792·800·804·805·808·809·810·811·813·823·824·832·833·836·843·845·847·848·851·853·855·856·858·860·939·942·《104》·《167》·《401》·《643》
実量女（三条）　55
寂恵→隆房
寂蓮　91·409·726
宗祇　450·940·941
宗山　484
宗清→為広
宗宣（大仏）　712
宗尊親王　207
宗良親王　217
宗量（難波）　283
秀直（富小路）　561
秀能（藤原）　466·539
従一位宣子→資名女
重治（菊池）　801
重治（田向）　275
重条（庭田）　400
俊成（藤原）　6·〈52〉·405·452·525·531
俊成女（藤原）　69·77·310·537·709·《52》

俊通（富小路）　718
俊定（坊城）　551
俊平（源）　541
俊頼（源）　304
俊量（綾小路）　89
春誉　822
淳房（万里小路）　564
順徳天皇　149・543
小侍従→清光女
少将内侍→信実女
肖柏　12・239・374・383・622・647
奨子内親王　429
浄空→雅永
信実（藤原）　778
信実女（藤原）　403
信尹（近衛）　733
親縁女ヵ（源）　410
真観→光俊
親長（甘露寺）　137・536
親長（源）　303・396・719
親定→後鳥羽天皇
尽空（釈空カ）→為定
帥中納言　81
澄渕→隆淵
政為（冷泉）　87・〈104〉・110・111・138・234・318・359・360・600・601・602・645・680
政家　〈88〉
政基　〈88〉
正徹　427・435・586・742
西行→憲清
清光女（紀）　165・308
盛徳女（藤原）　343
誠光（三室戸）　460・《122》
赤染衛門→兼盛女
宣定（烏丸）　607
素然→通勝
綜子内親王　501

た行

泰仲（五辻）　317
鷹司院帥→光俊女
但馬→家長女
知家（六条）　209
知宗（平）　486
知忠→智忠親王
智仁親王（八条宮）　〈250〉
智忠親王（八条宮）　176・635
忠守（丹波）　180・671
忠定（中山）　148
忠度（平）　584
長明（鴨）　341
長親（花山院）　173
通夏（久世）　141
通具（源）　80・345
通純（中院）　299
通勝（中院）　227・233・262・325・660・679
通親（源）　19・116・186・371・759・839
通村（中院）　92・196・258・269・373・385・389・490・558・613・652
通茂（中院）　21・50・112・113・123・124・139・159・272・295・329・386・421・443・444・505・565・625・654・795・798・825・841・《74》・《695》
通躬（中院）　362・425・557・〈695〉
定家（藤原）　154・171・191・223・240・245・246・313・314・316・346・347・370・378・398・411・422・428・446・465・471・485・496・500・506・510・512・519・542・580・616・689・691・723・758・762・767・769・770・776・784・802・803・849・854
定家女（藤原）　453
定基（野宮）　402・844・852
定誠（花山院）　636
貞常親王（伏見宮）　552
貞敦親王（伏見宮）　〈655〉
登連→登蓮
登蓮　857
土御門院小宰相→家隆女
冬基（醍醐）　35
藤孝（細川）　60・93・120・276・293・352・390・391・591
道永親王（伏見宮）　194
道夏→通夏
道寛親王　78
道晃親王　98・105・130・206・264・271・296・298・361・368・476・563・589・842・《76》
道親→通親
道良女（二条）　538
頓阿　40・354・497

な行

如願→秀能
能清（藤原）　1

は行

伏見天皇　342
邦高親王（伏見宮）　249

ま行

茂成（和気）　545

や行

有維（千種）　459
有光（六条）　455

ら行

頼康（土岐）　821
頼行（河内）　592
隆淵　540
隆賀（櫛笥）　131
隆慶→隆賀
隆信（藤原）　164･315･544･685
隆房（藤原）　302･330･731
良経（藤原）　146･151･152･185･340･658･837
良平女（醍醐）　502
蓮性→知家
霊元天皇　135･184･236･440･504･670･715･727･745･756･828
読人しらず　573･631･672･721

和歌初句索引

本書及び三玉挑事抄追補・桃園文庫本追補に載る和歌の初句を、ひらがな・歴史的仮名遣いによる五十音順で配列した。同一の初句が複数あるときは第二句までを掲げた。本文の傍記を活かして二通りの形で掲出した場合もある。

あ行

あかしかた
—いさをちこちも 510
—かひやひろはむ 888
—みせはやとおもふ 514
あかしより 579
あかつきの 942
あきかせそ 919
あきかせも
—しのひしのひに 159
—しのひてやふく 158
—せみなくつゆの 157
あきさむき 198
あきちかき
—しつかかきねの 90
—ふもとののへの 92
あきのよの
—うらみやせまし 374
—つきけのこまを 515
—つきはありあけの 110
あきのよは 40
あきはなほ 834
あきやなほ 845
あくるまて
—つきはありあけの 112
—ねをたにたてす 790
あくるよの 329
あけおきて 130
あけくれの 750
あけぬよの
—おもひをなにに 249
—こころにまよふ 253
あけまきの
—よりあふからに 787
—よりそふからに 787
あさかほと
—なにこそたてれ 614
—みえこそたてれ 614
あさきりの 577
あさことに 839
あさちふに 91
あさとあけて 635
あさなあさな 458
あさほらけ
—いさよふなみも 758
—まきのをやまは 759
あさみとり
—またあさはかの 617
—やなきかえたも 651
あさゆふに 772
あさゆふの 871
あちきなく 710
あつまやの 811
あつめきて 895
あはぬよの 857
あはれいかに
—いくよをすまの 476
—かかるところの 475
—さかりすきたる 875
あはれとも
—あまのしほやく 447
—たたにいひてか 850
—みゆらむものを 693
—われこそとはめ 546
あはれにも 114
あひみねは 206
あふさかの
—なこりわすれにし 573
—はなとそみゆる 572
あふせなき 463
あふとみる 584
あふひくさ
—かけてもさらに 402
—ひとのかさしと 398
あまころも 472
あまそそき
—あきのしくれと 890
—かかるよもきの 930
あまのかは 464
あまのこの 214
あまのとや 100
あまひとの 488
あやにくに
—くらふのやまも 254
—こころまとひを 23
あらかりし 677
あらきかせ 4
あらしふく
—あきいかならむ 68
—あきよりのちは 71
—あきをもしらて 75
—かせはいかにと 3
—みねのもみちは 405
あらすなる 359
あらそひし 396
あらぬすちに 181
あらはなる 359
ありあけの
—つきのゆくへの 385
—つきのゆくへを 380
ありとしも 855
ありとみし 126
ありとみて 118
あれわたる 452

いかならむ
—おほたのまつの 901

—くらふのやまに 252
—このよとのみは 200
—このよのみとは 200
—わかれかなしき 520
いかにいはむ 656
いかにこは 866
いかにせむ
—かきりあるふてに 13
—このよなからの 413
—さすかよなよな 769
—しのひしのひに 161
—ちきりはあさき 694
—ちきりもあさき 694
いかにねて 197
いかにみて
—なほあかさりし 260
—なほあかさりし 899
いかはかり 766
いくたひか 60
いけのをしも 652
いさとはむ 326
いそのかみ 749
いたつらに
—うちおくふみも 776
—みさへなかるる 462
—わけかへりなは 916
いつかたに 79
いつくにか 751
いつはらぬ 24
いつまてか
—よにうつせみの 162
—よはうつせみの 162
いててくる 211
いとけなき 133
いとヽまた 175
いとはやも 203
いとふなよ 745
いとまなみ 760
いにしへを 228
いはてのみ 428
いははこそ
—こたへもきかめ 267
—こたへもききぬ 267
いはまわけし 608
いひよれは
—さすかなひきて 96
—みおとりせぬは 26
いまさらに 502
いまひとへ 594
いままけは 217
いままては 217
いまもたれ 828
いまをなけき 504
いろかへぬ 441
いろくさを 908
いろこきは 897
いろにいてて 616
いろもかも 29

うかりつる 518
うきことの 318
うきしつみ 497
うきちきり 788
うきにみの 366
うきふしの 37
うくひすの 202
うしやたた 719
うしやわか 489
うすくこく 654
うちかはや
—ここそおもふか 780
—しはつみをふね 816
うちなひく 723
うちはらふ 282
うちもねす 625
うちわたし 860
うつしもて 752
うつせみの
—はにおくこれや 150
—はにおくつゆも 147
—はやますそのの 160
—よはのちきりを 142
うつせみは 160
うつもれて 281
うつりかや 823
うつりゆく
—こころそつらき 454
—こころそつらさ 454
うみやまの 576
うらかせに 448
うらなしと 15
うらみても
—さりやいつれに 881
—なほたのむかな 525

えたのゆきも 896
えならすと 53
えならすよ 53
えにしあれは 529
えにしあれや
—こたかきもりの 323
—はかなくきえし 262
—みをつくしてし 529

おきいつる 111
おくつゆの 177
おくれたる 25
おちそせむ 427
おとたつる 220
おとはやま 918
おとろかす 97
おのかおもひ 81
おのつから
—こたかきもりの 321
—すみやくみねの 279
おのれなく 145
おほえなき 663
おほかたに
—ちきるもしらぬ 16
—みさりしはなの 395
おもかけの 360
おもかけは
—たちもはなれす 679
—たちもはなれす 695
おもはすや 618
おもひいつや 620
おもひいてよ 218
おもひおく 309
おもひかね 821
おもひしる 268
おもひそむる 257
おもひとけは 904
おもひには 791
おもひのみ 455
おもひます 189

おもひやれ 531
おもふかたに 528
おもふかひ 125
おもふから 313
おもふこと
—こころにあまる 858
—しるしみするや 862
—むなしきからに 148
おもふとて 922
おもふひと 622
おもへかし 690
おもへとも
—なほあかさりし 261
—なほあかさりし 263
おもへなほ 363
おもへひと
—あすはとふとも 367
—こよひすきなは 368
おもほえす
—いるさのやまを 392
—ひかふるそても 331
おりたちて 404

か行

かいまみを 138
かきおきし 84
かきくらし 800
かきたえぬ 188
かきりあれは 14
かきりとて 1
かくふみも 11
かくまたも 521
かくまても 521
かけきやは 443
かけきよき 52
かけたかく 113
かけとめす 44
かけとめて 44
かけふけて 362
かけろふに 856
かしはきの
—もりてうきなに 721
—もりのこかくれ 727
かしはきや 717
かすとても 934
かすならぬ
—かきねのくさの 638
—かきねのゆきは 641
かすむとも 557
かすめても 509
かせのまに 221
かせふけは 46
かたかたに
—とちあはせたる 492
—とちあはせたる 575
かたかたの 483
かたふけは 337
かたみそと
—たのめしことの 519
—みるもはかなし 140
—みるもはかなし 469
かたみにも 582
かつこほる 239
かとさして 724
かなしさは 207
かねてより 523
かひそなき 468
かひなしや
—うきとしつきの 397
—はねをかはさむ 201
—はねをならへむ 201
—わかなけきより 522
かひもなし 535
かみかきは 225
かやりひの 671
からころも
—すそののはらの 672
—ひもときさけて 905
—みこしととめて 910
かりねする 851
かれかれに 561
かれぬるは 223
かれはてし 365
かれやらぬ 358
かをとめて 436

きえぬまは 124
きえねたた 935
きかすやは 792
ききしより 27
ききわひぬ 266
きくからに 30
きのふかも 437
きのふまて 768
きみかかく 34
きみかへむ 649
きみとわれ 426
きみみすは 328
きみもみし 377
きりのうちに 192
きりのうちは 192

くさのはら
—つきのゆくへに 346
—つゆのよすかに 342
—つゆをそそてに 347
—とへはしらたま 345
—をささかすゑも 370
くさむらの 675
くさもきも 686
くちさらむ 931
くちせしな 819
くもときえ
—ゆきとちりしも 294
—ゆきとちりゆく 294
くもまよひ 683
くもるとも 859
くるるより
—すたれみしかく 756
—もりくるつきも 626
くれなゐの 753
くろかみの 648

けさのほと 196
けさのまの 925
けさみれは 273
けふいくか 403
けふといへは 634
けふはまつ 644
けふもなほ 353

こかくれに 153
こかくれの 152
こからしの 48
こかるるも

—もゆるほたるの 356
—もゆるほたるも 356
こきかへる 798
ここにかも 815
ここにきく 737
ここにても 879
こころあてに
—それかとはかり 180
—つゆもひかりや 174
—ゆきかともみむ 173
こころさし 842
こころとき 390
こころとめて 513
こそのまま 590
こととはむ 508
ことのはの 547
ことふえの 907
ことりつくる 891
このころの 878
このころは
—あしろのなみも 775
—なかるるみつを 85
このよより 316
こひしなむ 352
こひわひぬ 924
こほるよは 624
こむといふ 706
こよひたに 245
こりすまに 498
こりつめる 761
これやこの 884
これやその 450
ころもうつ 868
こゑはせて 664
こゑをきく 319

さ行

さかきはの 423
さきてこそ 168
さきにけり 165
さくはなを 391
さくらはな 314
さけはちる 310
さしかへし 305
さしかへる
—うちのかはをさ 767
—しつくもそての 765
さしくみに 243
さしもその
—おなしかさしは 713
—おなしかさしは 906
—たのめていてし 270
さすかその 229
さすかまた 534
さすさをの
—しつくもいろは 764
—しつくもさむし 773
さすそとも 516
さそいかに 444
さそはれて 104
さためすよ 586
さつききて 763
さてもその 692
さとのなこり 847
さとのなの 844
さとのなや 846
さとのなを
—うちとはきけと 852
—みにしるなかの 849
—わかみのうへの 848
さとはあれぬ 889
さはかりと 21
さひしとは 317
さむさをも 607
さやけさは 830
さよかせに 131
さよかせも 131
さよふかく 825
さよまくら 481
さらにまた 425
さりともと 269
さをしかの 491

しかのうらや 829
しかはたた
—うきをこころに 742
—まかきになきて 741
したかせの 898
したはにて 718
したふらむ 527
したをれの 593
しののめは 204
しのひえぬ 18
しのひつつ 93
しのふとも 19
しのふなよ 22
しはしなほ 669
しはふねも 817
しひてわか 826
しほれけり 230
しもなれや 106
しものしたに 344
しらさりき 911
しらすいま 123
しらすけふ 702
しらせはや 722
しらつゆに 371
しらつゆの 185
しるへいかに 408
しるへせし
—ひとはしらめや 795
—ひとはしるめや 795
しるやいかに 449
しるらめや 496
しろたへの 863
しをれあしの 892

すさましき
—ためしといへと 923
—ためしにいひし 604
—ためしにいへと 597
—ものともみえす 605
すさましと
—おもふこころや 601
—こころあさくも 599
—みしほともなき 600
—みるひといかに 603
すすかかは
—せきのしらゆき 431
—やそせのなみは 429
すすしくも 176
すすしさは
—あふきのうちも 322
—つきのうちなる 439
—つきのちなる 439

すすしさや 507
すすむしの 739
すたちしは 645
すまのうらや
—このまもりこぬ 473
—なみここもとに 482
—わかきのさくら 484
すみかきの 36
すみなれし 551
すみゑにも 35
すむとても 595
すむひとは 726
すむやいかに 568
すむやたれ
—あはれはかけよ 66
—まつのこたかく 568
すゑつひに 730

せみのはに 151
せめておもふ 691
せめてわれ 460

そてかけて
—をらはおちぬへく 61
—をらはおちぬへく 62
そてにふけ 485
そてぬるる 213
そてぬれて 284
そてのうへは 711
そてのかや 820
そてもあらは
—あきのにしきも 676
—あきののにしも 676
そのなけに 827
そのはらや 117
そまくたす 837
そむるより 70
そらたかく 102
そらにのみ 606
それとなき 169

た行

たかさとに 383
たかためも 746
たかはるに 678
たきそへよ 673
たきのおとに 240
たくひとて 877
たくひなや 296
たけかはの 754
たけのかき 500
たそかれに 164
たそかれの 184
たそかれを 182
たちかへり
—くらきをてらす 524
—わすれすとはむ 357
たちさらは 414
たちさらむ 696
たちそひて 589
たちそよる 438
たちはなの 283
たつきりに 771
たつたひめ 39
たつたひめと 38
たつたひめの 41
たつぬとも 446
たつぬへき 373
たつねくる
—うちのあしろの 799
—ひとしなけれは 564
たつねこし 259
たつねても
—かけみゆへしや 394
—さかすはなほや 843
—たれとへとてか 536
—とはるるほとの 538
—ふかきよもきの 543
—わすれぬつきの 537
たつねみむ 6
たつねみる 471
たとりきて 121
たひにして 883
たひひとの 803
たへかたき
—あきかせもこの 320
—ちきりをやおもふ 874
たへてすむ 555
たまかつら
—いかにねしよの 532
—かみのつくてふ 926
—たえぬすちこそ 633
たまさかに 330
たよりありと 323
たらちをの 632
たれかその 129
たれかまた 410
たれかみむ 596
たれここに
—あらきかせをも 5
—くさのはらまて 341
たれとかは 208
たれとはむ 566
たれはかり 802
たをりても 194

ちきりあれや 224
ちきりおきし 550
ちきりおきて 715
ちきりおく 219
ちきりきや 480
ちよのいろ 278
ちりしきて 613
ちりすきし 306
ちるさくら 388
ちるをのみ 913
ちるをみし 381

つきかけも 477
つきならて 558
つきはなほ
—あやなかきぬの 199
—うつやころもの 199
つきははや 103
つきひへて
—うちたまつさは 777
—はらはぬつゆも 560
つきもはや 433
つきよいかに
—こころをかはす 335
—たたあたらよの 886
つきをこそ 517
つくつくと 853
つくりゑを 494
つたはらむ 732

つたへおく　179
つのくにの　700
つひにきて　793
つひにみの　417
つゆけさを　77
つゆしけき　409
つゆならぬ　235
つゆのいろは　734
つゆのまも　728
つゆのまを　232
つゆのみの　351
つゆはらふ　545
つゆもなほ　781
つらからむ　418
つらかりし　312
つらくとも　137
つれなくも　937
つれなさを　445
つれもなき　401

てにつまむ　237

とかむなよ　661
ときしあれは　639
とけゆけは　840
とこなつの　73
とこのうへに　411
ところから　285
としもへぬ　415
としをへて　459
ととめおきて　453
とはしとは　350
とははその　369
とははやな　807
とはれすは　43
とはれねは　435
とひきても　933
とふひとに　938
とふひとも　69
とふほたる
—いはもるみつに　657
—きえすはとはむ　355
とふやとは　183
とへかしな　738
とほくこし　736
ともしさす　255
ともにこそ　893
とりかはす　372
とりかへし　376

な行

なかからぬ　17
なかそらに　384
なかむらむ　511
なかむれは
—かなしきものと　315
—こころさへこそ　585
—なみたももろし　406
なかめきて
—あはれことしも　338
—みのゆくすゑも　115
なかめては　939
なかめわひぬ　708
なかれてと　135
なきぬらす　83
なくせみの　146
なけやわか　903
なつのひを　667
なつむしも　87
なてしこの　666
なにとかは　163
なにゝかは　10
なにゝこの　797
なひくてふ　193
なほそおもふ　869
なほのこる　912
なほもわか　407
なみかせに　818
なみかせの　503
なみかせは　623
なみたより
—あまそそきして　324
—あまそそきして　932
なみならぬ　478
なみのあやに　653
なみはかり　801
なもしるき　333
なよたけの　95
ならすとて　729
ならへては　295
なれてたに　872
なれぬとて　940

にしになる　216

ぬるよなき　457
ぬれつつや　941
ぬれぬれて　430

ねにかよふ　258
ねをそなく　796

のこるよの　109
のちせさへ　98
のとけしな　650
のへのほか　422
のへはあれと　735

は行

はかなくも
—うちいてしものを　755
—なにしたふらむ　122
—ひろへはきゆる　56
—もゆるほたるの　356
—もゆるほたるも　356
はかなしや
—あらしふきそふ　72
—いはほもいかか　680
—ひとよふせやの　120
—やかてうきなに　822
はきかはな
—たたつゆしもの　434
—をらはおちぬとも　63
はきのつゆに　57
はしひめの　779
はつしもの　783
はつせやま
—あかつきかけて　466
—もろこしまても　900
はてはまた　778
はなさかぬ　67
はなちりて　705
はなといはは
—かかるをうゑむ　704
—けにかくこそと　703

はななれや　277
はなにおく　178
はなにこそ　298
はなのいろの　762
はなのいろを　914
はなのかけ　288
はなのころ　297
はなもみち　619
ははききの
—かけいかならむ　128
—よそめはかりは　119
はまちとり　501
はらひこし　541
はらへかせ　386
はるあきの　300
はるきても　354
はるきぬと　835
はるのあめは　774
はるのいろに　707
はるのいろを　646
はるはたた　465
はるはなほ　339
はるはると　936
はるをまつ　643
はれまなき
—こころのうちは　530
—すまのうらみの　467

ひきたかへ　400
ひきたてて　99
ひくらしの
—こゑもをりはへ　716
—なくゆふくれの　714
ひたすらに　28
ひとかたの　927
ひとこころ
—あらしふきそふ　76
—あれにしのちの　563
—はなにうつろふ　301
ひとしれぬ　149
ひとつまと　325
ひとかとほり　215
ひとにさて　327
ひとのよは　810
ひとはよし　143
ひとふさは　170
ひとめもる　574
ひとりこし　583
ひるまなき　80

ふえたけの　50
ふえのねを　731
ふかきよの
—あはれしりけむ　375
—あはれはしるや　332
—あはれもそらに　336
—つきにたかゆく　864
ふかくおもふ　647
ふかみとり　569
ふきいてむ　674
ふきとほす　132
ふきのほる
—たにかせなから　627
—たにかせみえて　630
ふきまよふ　307
ふきみたる　682
ふけぬとも　887
ふちはかま　688
ふてのあとに　493
ふてはなほ　9
ふみみむは　794
ふみわけて
—たれかはとはむ　343
—たれかはとはむ　539
ふゆかれは　785
ふゆきては　689
ふゆくさの　642
ふゆもなほ　361
ふりつむも　591
ふりのこる　909
ふりみたれ
—うつおとたかし　94
—うつおとはけし　94
ふるさとに　838
ふるそては　302
ふるたひに　894

へたてある
—ほととしられす　747
—ほとはくもゐの　615
—ほとわすられす　747
へたてしな　637

ほかにまた　292
ほしあひの　256
ほたるにも　662
ほとけには　748
ほとときす
—こゑもさやかに　105
—なくありあけの　709
—なほうとまれぬ　311
—ふたむらやまを　304
ほとへても　554
ほともなき　247
ほのかなる
—おもかけなから　234
—よるのほたるの　665
ほのみしは　681

ま行

まきのとに　495
まきのやに　479
まくらとて　364
ますかかみ　470
またいかに　861
またきても　127
またしらぬ　512
またひとの　580
またもみむ　248
まちえても　190
まつのゆき　275
まつはなほ　592
まつひとの　784
まつほとよ　209
まつむしの　548
まつよひの　782
まてしはし　929
まよはすも　836
まれにきて　865
まれにたに　559

みおくらむ　432
みきはゆく　813
みさほなる　490
みしあきの　505